徳間文庫

新・御算用日記

断金の交わり

六道　慧

徳間書店

目次

主な登場人物

生田数之進《いくたかずのしん》 元加賀藩の勘定方《かんじょうかた》。二十七歳。姉二人がつくった借金を返すため、幕府の御算用者《ごさんようもの》となった。仕事は身分を隠して疑惑の藩に勘定方として入り込み、内情を探る。

早乙女一角《さおとめいっかく》 数之進の盟友《めいゆう》。二十六歳。御算用者。タイ舎流の剣の遣《つか》い手。藩主に仕《つか》える小姓《こしょう》として入り込み、数之進と協力して内情を探る。

村上杢兵衛《むらかみもくべえ》 数之進、一角の上役。幕府の徒目付組頭《かちめつけくみがしら》。六十四歳。

鳥海左門《とりうみさもん》 御算用者を従える指揮官。幕府の両目付《りょうめつけ》。幕府の直臣《じきしん》である旗本《はたもと》のほか、諸大名の動静を昼夜、監察している。

生田冨美《ふみ》 数之進の三人いる姉のうちの次姉。国元の加賀で嫁《とつ》いだが、離縁され、妹の**三紗**《みさ》とともに江戸の数之進のもとに転がり込む。数之進は二人の姉に振り回され、頭が上がらない。長姉の**伊智**《いち》は婿《むこ》をとって家を継いだ。

松平信明《まつだいらのぶあきら》 老中首座《ろうじゅう》。大名の取り潰《つぶ》しに積極的で、左門と対立している。

序章

武道場には、淡い月の光が射《さ》していた。

文化九年（一八一二）一月。

——まさか、ここまで悪くなっているとは。

男は稽古《けいこ》着《ぎ》姿で竹刀《しない》を持ち、若者と軽く打ち合っている。明かりは格子《こうし》窓《まど》から射し込む月光だけだったが、それで充分だった。息を吐くたびに湯気のごとく、顔の前が真っ白になる。かなり汗を掻《か》いているせいか、稽古相手の身体《からだ》からも靄《もや》のように白いものが立ちのぼっていた。

先程、下屋敷にそっと忍び込み、内部の状況を見て戻って来たところだった。密《ひそ》かに行われている『人助け』とやらが脳裏に焼きついている。

藩内に深く入り込んだ限りなく深い闇。

はたして、あれをすべて綺麗《きれい》にできるだろうか。いや、とうてい無理だと諦《あきら》めの気持ちが湧《わ》いた。裏にいるのは……。

「はぁっ」

若者に強く打ち込まれて、男はどうにか受け止めた。伊達《だて》に日々、稽古をしているわけではない。武道場で過ごすこの時間だけが、たったひとつの慰めになっていた。

「考え事をなされていましたか」

間合いを取って休む状態になっている。男も手拭《てぬぐ》いで汗を拭い、あらかじめ用意しておいた竹筒の水を飲んだ。

「うむ」

その場に座して大きく息を吐く。

「ふう。さすがに正月はみな稽古を休むな。身体がなまってしまうとは考えぬようじゃ。我が藩の今がこれよ」

「休んでいるのであれば、また、動き出せばよいことです。あれこれ考えるよりも思いつくままやってみるのが、よろしいのではないかと存じます」

若者も座って汗を拭っていた。男は苦笑いせずにいられない。

「そのほうにとっては他人事《ひとごと》ゆえ、気楽なものよ」

気にさわったのか、

「今のお言葉は、ちと心外《しんがい》でございます。それがしは色々考えておりまする。たとえば、そう、幕府御算用者《ごさんようもの》に助力していただくというのは、いかがでございましょうか。小藩を救って大掃除をしてくれるとか」

真面目《まじめ》な顔で言い返した。ふだんは穏やかで軽口ばかり叩《たた》く気質であり、政《まつりごと》談義のような話はしたことがない。意外な話が出て、男は当惑を返した。

「それは偽《いつわ》りじゃ。幕府御算用者は、小藩を救うのではなく、潰《つぶ》すと聞いている。いかにも助けるような顔をして潜入した結果、改易《かいえき》された藩は少なくない由《よし》。噂《うわさ》を信じて助力を求めたが最後、お取り潰しに遭《あ》い、藩士は路頭に迷うという話じゃ」

「噂でございます。それがしは、まったく逆の話を耳にしました。御算用者の存在をよく思わぬ者が、わざと悪い噂を流しているのやもしれませぬ」

「会《お》うたこともない者を、なぜ、そこまで信じられるのか」

男は呆《あき》れ顔で言った。

「幕府御算用者は、さぞかし剣術が得意なのであろう。遣《つか》い手を送り込み、この藩は改易となった際、藩主を闇から闇に葬り去る。陰《かげ》でどれだけの藩が泣いていることか。非道《ひど》い話よ」

「いえ、彼《か》の者たちの武器は、無私の心と千両智恵《せんりょうちえ》であるとか」

若者は聞き慣れない言葉を口にした。

「なに?」

思わず眉《まゆ》を寄せる。

「巷《ちまた》では、お助け侍と呼ばれているそうです。民の相談に乗って商いの手ほどきをしているとか。試してみるのが、よろしいのではないかと存じます。もし、それがしの考えにご賛同いただけるようであれば、手筈《てはず》を整えますが」

「い、いや、待てまて」

男はあわてた。反逆罪に問われて改易、関わり合わぬ方がよい、連絡《つなぎ》を取ったことをあのお方に知られたら等々、弱気の虫が頭をもたげた。二年前の十二月、父親だった前藩主《さきの》が逝去《せいきょ》した後、本意ではなかったが、やむなく嫡男《ちゃくなん》として後を継いだ。できれば穏便《おんびん》に事を済ませたいというのが、正直な気持ちだった。

「先送りするのでございまするか」

若者は辛口の問いを投げた。

「後をお継ぎになられて以来、いえ、以前からやもしれませぬが、優柔不断《ゆうじゅうふだん》な面が目立ってきたように感じられます。藩士の明日を思えば、大鉈《おおなた》を振るうしかござりませぬ。このままでは、いいように利用されますぞ」

忌憚《きたん》なき意見を述べるのは、腹違いの弟だからだ。案ずるがゆえの進言であり、信頼できるたったひとりの者であり、進言したのが打開策であるのはわかっていた。が、そう簡単には決められない。

「今少し時を……」

「助け手は、それがしだけではござらぬ」

若者は、立ちあがって武道場の戸を開けた。そこにはひとりの女子《おなご》が、冷たい地面にひれ伏していた。いつから待っていたのだろう。今宵《こよい》は雪が降りそうなほど冷えきっているというのに……。

「表向きは、今までどおりに仲違《なかたが》いしているように見せかけた方がよろしいと存じます。なにかを企む輩《やから》が、連絡を取ってくることも考えられますので。敵の動きを知るには、それがよろしいかと」

若者の進言はもはや耳に入らない。

「中に入れ」

男は立ちあがって招き入れる。百万の味方を得た思いがした。

——この命、懸《か》ける時がきたのやもしれぬ。

武者震《むしゃぶる》いしていた。

第一章　八百屋お七の恋火《こいび》

一

「火事だっ」

文化九年（一八一二）二月中旬。

「起きろっ、火事だぞ！」

未明に響いた絶叫と半鐘《はんしょう》で、生田数之進《いくたかずのしん》は目を開けた。場所は本材木町《ほんざいもくちょう》一丁目の『四兵衛《よへえ》長屋』に借りた家だが、寝起きがよくないたちゆえ、頭がぼんやりしている。

まだ、夢のなかにいるようだった。

「なにをしているのじゃ、数之進。火事という叫び声が、聞こえなんだか！」

隣に寝ていた盟友《めいゆう》の早乙女一角《さおとめいっかく》は、すでに身支度《みじたく》を整えていた。

「早く起きろっ」

話すたびに見える白い息が、このところの冷え込み具合を示している。搔《か》い巻《ま》きを引《ひ》き剝《は》がされて、ようやく目が覚めた。

「か、火事？　どこだ!?」

慌てて飛び起きたものの、あまりの寒さに呼吸《いき》が止まりそうになる。暑いのも寒いのも苦手だが、この寒さはどうだろう。息を吸い込んだとたん、咳《せ》き込みそうになった。寝ていた六畳間から三畳間に行き、三和土《たたき》に降りて水瓶《みずがめ》の水を飲む。

「ふう」

「先に行っているぞ」

何事にも素早い友は、素足に下駄を履《は》いて『四兵衛長屋』を飛び出して行った。数之進も急いで奥の六畳間に戻り、着物と袴《はかま》に着替えるや、開け放たれたままの戸を出る。向かいの家に住む二番目の姉・冨美《ふみ》が、顔を突き出していた。地味な色目の着物に半幅《はんはば》の帯を締め、自分で作った半纏《はんてん》を羽織《はお》って、不安そうに見やっている。

「火は見えませんが」

武家婦人の嗜《たしな》みと思い、素早く着替えたに違いない。髪も乱れていなかった。

「少し離れているのかもしれません。姉上は彦右衛門《ひこえもん》さんの家に行ってください。様子を見て来ます」

言い置いて、一角の後を追いかけた。大屋の彦右衛門は、表店の角に〈にしき屋〉という絵双紙屋《えぞうしや》を構えている。女房《にょうぼう》のりくが、潜り戸《くぐど》の前に立っていた。

「うちの人によると、新肴場《しんさかなば》あたりらしいですよ。一度、戻って来たんですけどね。また、行っちまいました」

背中に声を聞きながら、数之進は走った。

本材木町は、江戸橋の雑然とした蔵地の南から楓川《もみじがわ》の西岸沿いに、京橋の白魚橋《しらうおばし》までの間に一から八丁目がある。町名どおり、材木商の町屋が多く、楓川の東側対岸は、南町や北町奉行所《ぶぎょうしょ》に勤める与力《よりき》同心の屋敷地で、八丁堀《はっちょうぼり》と称される一帯だ。

「用心のために、帳簿や金目《かねめ》のものを穴蔵へ」

大店《おおだな》の材木問屋では、主《あるじ》らしき男が奉公人に指図《さしず》していた。火事が多い江戸においては、蔵や穴蔵といった耐火施設を設けておき、家財や帳簿、商品などはそこに放り込み、土戸《つちど》を閉めるのが常だった。出入りの左官屋ではないだろうか。件《くだん》の材木問屋に道具を抱えて入って行った。

店先に飾られている雛人形《ひなにんぎょう》が、どこか心細そうに感じられた。雛祭りまではまだ間があるものの、江戸の町はすでに華やかな祭りの雰囲気に包まれていたのだが……。

――乾《いぬい》（北西）の季節風か。

走りながら数之進は、風向きを確かめている。町人地には燃えやすい木造家屋が密集しているうえ、消火設備は甚《はなは》だ貧弱であり、延焼を防ぐには風下の家屋を破壊するしかなかった。町火消《まちびけし》が早くも取り壊しの準備をしている。大小の梯子《はしご》、手桶《ておけ》、鍬《くわ》、鳶口《とびぐち》といった消火のための七つ道具を地面に広げていた。

「火元はどこだ」

周囲を見まわしているうちに、本材木町二丁目から三丁目の河岸《かし》に着いていた。日本橋の魚河岸同様、毎日、魚市が立つことから、ここを新肴場、あるいは単に新場《しんば》と呼んでいた。一階は魚屋の店、二階はそれぞれの住まいにしているのだろう。二階建ての建物が、軒《のき》を連ねている。

りくはこのあたりだと言っていたが、すでに消し止められたのだろうか。江戸湾からの冷たい風で、耳がちぎれそうだった。

「火は見えぬな」

しかし、独特のきな臭《くさ》さは漂っていた。小火《ぼや》で済んだのかもしれないが、馴染《なじ》みの店もあるので胸が痛んだ。少し明るくなり出した新肴場の河岸には、物見高い江戸っ子が集まり始めている。数之進は鼻をうごめかして臭《にお》いがする方に歩いて行った。

「数之進」

一角が、馴染みの魚屋から出て来る。外された雨戸や消火に用いられた手桶、竜吐《りゅうど》水《すい》の名を持つ手押しポンプも店の前に散らばっていた。

竜吐水は宝暦年間（一七五一―一七六四）に阿蘭陀人《おらんだじん》の指導によって長崎で製作された『ブランド・スポイト』なる揚水用の手押しポンプを買い取り、それを参考にして作られたものだ。水が貴重な江戸では、火を消すためのものではなく、火消したちの身体にかけて用いるのが常だった。

火の熱さをやわらげるためのポンプである。

「小火だったのか？」

数之進の問いに頷《うなず》いた。

「うむ。火の気のない一階の店で、いきなり燃えだしたようじゃ。喉《のど》が渇《かわ》いて水を飲みに降りた主が気づいた由。近頃、あちこちで聞く『お七《しち》の恋火』のことがあったからだろう。あらかじめ水を汲《く》み置いておいたのが、奏功《そうこう》したというわけよ。日頃の用心が肝心だな」

「確かに」

二月になってから神田や日本橋、下谷、浅草、そして、下町の深川や本所など、広範囲にわたって小火や火事が頻発《ひんぱつ》していた。お七とは恋した男逢《あ》いたさに、附《つ》け火《び》をして火炙《ひあぶ》りの刑に処せられた八百屋お七のことだが、悪い風邪《かぜ》が流行《はや》れば『お七風』、火事が起きれば『お七火事』と、なにかにつけて怨霊《おんりょう》のように扱われるのは本意ではあるまい。

だが、まことしやかに、お七の幽霊を見たという噂も広まっており、そういった話が苦手な数之進は、早くこの騒ぎがおさまってほしいと祈るような思いだった。

「幸いにも大火《たいか》にはならずに済んでいるがな。小火を出したのが馴染みの魚屋という点が、気にならなくもない」

ふと出た呟《つぶや》きを、友は笑って受けた。

「出たな、苦労性と貧乏性の業《ごう》が。おまえはあれこれ気に病むと逆に落ち着くという厄介《やっかい》な気質の持ち主ゆえ、致し方あるまいがな。『お七の恋火』の被害を受けた家われらの知り合いは、こたびが初めてぞ。関わりあるまいさ」

話し声が聞こえたのかもしれない、

「生田様」

魚屋の若い主・与一《よいち》が出て来た。後ろで会釈《えしゃく》をした女房は、衝撃を受けたのか。青い顔で立ちつくしている。二代目の主は二十二、三、早死にした先代に似て酒好きなのは聞いていた。

おそらく昨夜も一杯が二杯と杯を重ねたのではないだろうか。赤ら顔で吐く息は酒臭かったが、酒を飲むと夜半に喉が渇くことが多い。水を飲みに降りたお陰《かげ》で出火に気づいたのであれば、酒に礼を言わねばならないかもしれなかった。

「小火で済んだのは、なによりだ。火消したちは段取りよく、立ち働いたようではないか。今宵も乾の風が強かった。消し止められたのは幸いよ」

「いや、それが」

与一は顎《あご》で竜吐水を指した。

「壊れていたんでさ。水なんぞ、一滴も出やしねえ。呼び名だけは大仰な役立たずの道具でございますよ」

囁《ささや》き声になったのは気の荒い火消し人足を警戒するがゆえだろう。刺《さ》し子半纏《こばんてん》を着た町火消したちは、少し離れた場所で七つ道具を片付けていた。

「壊れていた？」

数之進の疑問を、一角が受ける。

「まことじゃ。おれも身体に水をかけて手伝おうとしたが、動かなんだわ。天水桶《てんすいおけ》や他の店から水を汲み、しのいだ次第よ」

小声で言い添えた。火消し人足たちは、ばつが悪いに違いない。目を合わせずに竜吐水を大八車《だいはちぐるま》に載せた。

「念のために他の竜吐水も、調べておいた方がいいのではあるまいか。火消したちを守る大事な水だ。壊れていたでは済まされぬ」

数之進の進言が耳に届いたのか、

「おう、お侍。さいぜんから妙な目つきで見ながら、コソコソ話しやがって気にくわねえな。言いたいことがあるなら、はっきり言わねえか！」

ひとりが啖呵《たんか》を切った。刺青《いれずみ》を見せるように、わざとらしく半纏を袖《そで》まくりして睨《にら》みつけている。火消したちは、ふだんは土木業に従事する鳶《とび》がほとんどだ。身が軽いこともあって兼業しているのだが、喧嘩《けんか》は日常茶飯事であり、むしろ愉《たの》しむ部分もあるのではないだろうか。仲間の火消したちも顔つきが変わっていた。

一角が受けて立つとばかりに一歩、前に出る。

「道具に不備があったのは間違いない。肝心なときに使えねば困るではないか。ゆえに竜吐水を改めておいた方がいいのではないかと我が友は言うた次第よ」

「聞き捨てならねえな。それはあれか、おれたちの手入れが悪いと言っているわけかい。道具はいつでも使えるようにしているつもりだがね。今回はたまたま、竜吐水の案配《あんばい》が悪かっただけの話よ。いつものことじゃねえや」

「ほう、たまたまか。それは、おぬしらにとってはいつものことという意味ではないのか。たまたまは、つまり、いつもそうだという意味か」

一角は負けていなかった。

「なんだと!?」

男はさらに一歩、前に出る。

「やめぬか」

数之進は無理やり間に入った。

「よけいなことを言うてしもうた。すまぬ」

頭をさげて、続けた。

「住まいが近いゆえ、ちと心配になったのだ。それに今月はやけに火事が多い。使う頻度《ひんど》が高まれば、道具は壊れやすくなるからな。ふだん以上に手入れが必要になるのは自明の理。そう思うただけのことよ」

「最初に消口《けしくち》を見つけたのは、うちだ!」

今度は別の場所で怒声がひびいた。

「なにぬかしやがる、てめえらはあとから来たじゃねえか。一番はじめに水を掛《か》けたのは、うちなんだよ。難癖《なんくせ》つけるんじゃねえや」

他の組の男が語気を荒らげた。

町火消は隅田川以西の『いろは四十八組』と、以東の本所・深川の十六組、併せて六十四組のまとい持ちがいる。消口とは、火消したちが消火に取りかかる場所、あるいは延焼を食い止めた場所を言うのだが、うちの組こそが一番だと名乗りをあげたいのは同じだろう。つまらないことですぐ喧嘩になる。

睨み合いになったとき、

「消口を見つけたのは、主の与一じゃ」

一角が言った。

「自ら消火したゆえ、広がらなんだのよ。言い争うほどのことではないと思うがな。それよりも、道具じゃ。手入れを怠《おこた》るでない」

喧嘩腰ではなく、穏やかに諭《さと》したのがよかったのかもしれない。火消人足たちは無言で、それぞれの道具を大八車に積んでいった。八丁堀の同心はまだ来ていないようだが、数之進は念のために与一の店の周囲を見てまわる。

「む？」

河岸に面した裏口の前で足を止めた。夜目の利かない数之進でもわかるほどに、周囲は明るくなってきている。白っぽい紐《ひも》のようなものを拾いあげた。

「紙縒《こよ》りのようだが」

ちり紙や障子紙《しょうじがみ》を糸状に縒《よ》って作るのが、紙縒りだ。落ちていたのは二寸（六センチ）ほどの長さで湿っている。火を消すときに濡れたのは間違いなかった。

——魚臭い。

紙縒りの臭いを嗅《か》いで、苦笑いする。魚屋なのだから、あたりまえだ。

二

「どうした？」

後ろにいた一角が、数之進の手元を覗《のぞ》き込む。

「紙縒りのようなのだが、なぜ、かような場所に落ちているのかと思うてな」

足下《あしもと》を見まわした。船着き場に近いからなのか、さして広くない店であるにもかかわらず、裏手に勝手口が設けられている。引き戸は一尺（三十センチ）ほど開いていた。二人は中に入る。

土間造りの一階はせいぜい六畳程度であり、とにかく狭いため、階段を設けられないのだろう。二階へは吊《つ》りさげられた梯子であがるらしく、階段と呼べるほど上等な代物《しろもの》ではなかった。

「与一さん」

数之進は若い主を呼んだ。女房とともに表の出入り口近くを片付けていた与一が、こちらに来る。視線で勝手口を指して訊《き》いた。

「勝手口は開けたままにしておいたのか」

「いえ、閉めたと思います」

答えて、肩越しに女房を振り返る。

「そうだったよな、お千代《ちよ》」

自信のなさが、浮かびあがっていた。女房も一緒に酒を飲んでいたのか、

「さあ、どうだったかしら。閉めたような気はするけど」

けだるそうに答えた。

亭主よりもさらに若そうな千代は、二十歳前後。はなはだ頼りない返事になった。

不用心なことこのうえないが、金目のものは寝るときに二階へ持って行くに違いない。

台所は一階にあるので、水を入れた樽《たる》や桶、俎板《まないた》などが散らばっていた。

「これが勝手口の外に落ちていた。紙縒りだと思うが、使うた憶《おぼ》えはあるか」

紙縒りを差し出したが、与一は怪訝《けげん》そうに首を傾《かし》げる。

「昨夜は台帳をつけたりしなかったんで」

紙縒りは帳簿類や書物の綴《と》じ紐《ひも》として利用されることが多い。落ちていても不思議ではないが、勝手口の外というのが引っかかった。頭の隅《すみ》に留め置いて、数之進は火元となった店の真ん中あたりに屈《かが》み込んだ。

「火元はここだな」

念のために問いかける。

「はい。梯子を降りる途中で気づきました。『火事だっ』と叫びながら、桶に汲んでおいた水をかけたんでさ。二つあった俎板のうちのひとつが、おそらくこれではないかと」

与一は、焼け焦げた俎板の残骸《ざんがい》を持ちあげた。その横には、紙か布らしき燃《も》え殻《がら》が残っている。紙か布に火を附けて、横に俎板を置いたのではないだろうか。だとすれば、考えられるのはひとつしかない。

「…………」

数之進は、隣に屈み込んでいた一角と思わず顔を見合わせた。

「附け火か？」

友が疑問まじりに呟いた。

「まさか」

与一は一蹴《いっしゅう》して、続ける。

「やめてくださいよ、早乙女様。なぜ、うちが狙《ねら》われるんですか。こんなちっぽけな店に押し入っても、たかが知れた稼《かせ》ぎにしかなりませんぜ。怨《うら》まれる憶えもなし、見当がつきませんや」

だれでも附け火は御免被《こうむ》りたい。火事騒ぎを起こして盗みを働く非道《ひどう》が、あたりまえになっている。与一の薄気味悪さを込めた言葉には、頷き返すしかなかったが……女房の千代は、相変わらず青白い顔で台所に突っ立っていた。心あたりがあるように思えたが、出直すことにした。

「これでは煮炊《にた》きはできまい。あとで飯と惣菜《そうざい》を持って来る」

数之進は告げて、紙縒りを懐紙《かいし》に包み、懐《ふところ》へ入れた。一角とともに魚屋を出るや、二人同時に腹が鳴る。笑うしかなかった。

「まずは蕎麦《そば》でも食べて小腹を満たすとしよう。与一への差し入れは、それからじゃ。腹が減っては、なにもできぬゆえ」

友の提案に頷き返した。

小火騒ぎで店を早く開けたらしく、蕎麦屋は商いを始めていた。出入り口近くの席に陣取る。いつの頃からか、格子《こうし》の窓越しに外が見える場所を選ぶようになっていた。尾行の有無や、不審者への素早い対応を無意識のうちに考えているのかもしれない。

首をひねりながら座ったとたん、

「同感だ」

一角が笑って告げた。

「おかしい」

「すまぬ。おまえの十八番《おはこ》を先に言うてしもうたな。魚屋の若い女房殿のことであれば、おれも同じように思うた次第よ。火事の衝撃はむろんあるだろうが、それだけではない不安が横顔に浮かびあがっていたように感じられた」

違うか？

と、問いかけの目を投げた。

「そのとおりだ。お千代さんだったか。台所に突っ立って、なにかを考えている様子に見えた。上《うわ》の空《そら》という体《てい》だった」

話をいったん中断させて、運ばれて来た蕎麦を食べ始める。汁を啜《すす》った時点で美味《うま》くない店だと思ったが、空《す》きっ腹には汁の温かさが沁《し》みた。少しの間、夢中で食べる。

「近頃は、歌舞伎《かぶき》や浄瑠璃《じょうるり》の演目が、みな八百屋お七の話じゃ。命日が近いと聞いたが、お七がらみの火事が起きたのは、確か明暦（一六五五―一六五八）の一月なかばぐらいではなかったか？」

一角は自問まじりの問いを投げた。早飯、早足、早寝は特技のひとつであるため、すでに食べ終わっていた。

「おぬしは、振袖《ふりそで》火事が起きた明暦時代と八百屋お七の火事を、ないまぜにしているな。振袖火事は明暦三年（一六五七）に起きた火事で、八百屋お七が恋しい男に出会うた火事は天和二年（一六八二）の暮れ、十二月二十八日の夜だ」

数之進も食べ終えて茶を飲んだ。

「なんだ、そうなのか。おれは今まで振袖火事と八百屋お七の火事は、同じものだと思うていた。振袖ゆえ、若い女子と結びつけたのよ。演目にはならぬようだが、振袖火事のときも凄《すさ》まじい被害が出たであろう？」

「さよう。死者は十万を超えたとも言われている。一月十八日から二十日にかけて、燃え広がったと記されているが、附け火の噂も捨てきれぬようだ」

自然に懐紙を出していた。少し湿っていた二寸ほどの紙縒りが、懐紙の上では薄汚れて見えた。

「その紙縒りは、関わりあるまい。おそらく与一が使うたのであろうさ」

「おぬしの言うとおりであればいいのだが」

数之進の頭には、ひとつの仮説が浮かんでいる。

「なんじゃ、意味ありげに切るではないか。言うてみろ、なにが引っかかっているのか。紙縒りが附け火に一役買っていると、おまえは考えているのか」

「断定はできぬが」

前置きして続けた。

「科人《とがにん》はあらかじめ、一階の土間に布や紙を置いて魚油《ぎょゆ》を掛けた。ついでに俎板を隣に並べておけば、燃えあがって火の勢いは強くなるからな。こういった仕掛けをしたうえで、長く縒った紙縒りを伸ばして、科人は勝手口から外へ出た。むろん紙縒りも、魚油に浸《ひた》しておいたのであろう」

「で、火を附けた、か。なれど、火はどうやって附けたのじゃ。火打ち石は使えぬぞ。深更《しんこう》にカチカチ音をたてれば、与一夫婦に気づかれてしまうゆえ」

「火もらい桶よ」

数之進は答えた。竈《かまど》や火鉢《ひばち》の火が消えてしまい、火熾《おこ》しが面倒なときは、『火もらい桶』を持って近所に行けば火を分けてもらえる。

「あらかじめ、火もらい桶を用意しておき、燃えやすい紙や藁《わら》を店の真ん中あたりに置いて、魚油を染みこませておく。外まで伸ばした紙縒りに火を附ければ、紙縒りを伝い、火は店の中に走るではないか」

「仕掛けておいた布や紙が、一気に燃えあがるか」

継いだ一角は、腕組みして唸《うな》った。

「いつもながら、おまえの考えには驚かされるわ。紙縒りをかような仕儀に使うなど、だれも思いつかぬであろうさ」

「魚油は比較的、安価であるうえ、与一の店は魚屋だ。魚の臭いのする紙縒りが落ちていたとしても怪しまれぬ。本当は紙縒りも持ち帰るつもりだったのかもしれぬが、思いのほか早く与一さんが降りて来たのではないだろうか」

「ゆえに、燃えた紙縒りの端《はし》が、勝手口の外に残されたか」

と、友は目をあげる。

「どうする？」

奉行所《ぶぎょうしょ》に行くか、少し様子を見るか。附け火であることがはっきりしたときに、おそれながらと訴《うった》え出た方がいいだろうか。

「鳥海《とりうみ》様にお話ししてみよう」

数之進は、もっとも手堅い案を口にした。鳥海左門《さもん》は、能州《のうしゅう》の加賀《かが》藩に奉公していた数之進を引き抜いた恩人であるとともに、幕府の両目付《りょうめつけ》を務める上役であり、非常に信頼できる人物だ。二番目の姉・冨美と恋仲なのだが、なにか事情があるのかもしれない。いまだに祝言《しゅうげん》は挙げていなかった。

「それがよい。考えすぎやもしれぬゆえ、お！」

一角は格子の隙間《すきま》から往来《おうらい》を覗いた。つられて数之進も見る。振り売りが行き交う時刻になっていたが、一カ所に人だかりができていた。能州育ちのおっとりした数之進と違い、友は物見高い江戸っ子のため、野次馬《やじうま》を無視できない。

「何事であろうな」

すでに立ちあがっていた。

「やめておけ、一角。面倒に巻き込まれるやもしれぬ」

などと言いつつ数之進は、蕎麦の代金を主に渡して友を追いかけた。だんだん似てくるのは致し方あるまい。一角の着物の袖を摑《つか》み、なかば強引に二人は野次馬の中に割り込んだ。

「なぜ、火打ち石や紙なんか、持っていたんだ？」

同心が十手《じって》を片手に、ひとりの男を調べていた。

「ええ、答えろ。だんまりは通用しないぜ」

時々見かける同心で、年は二十代後半。数之進や一角と同世代のように思えた。痩《や》せぎすで鋭い目つきをしている。目こぼしなど絶対にしそうもない雰囲気が、研《と》ぎ澄《す》まされた剃刀《かみそり》のように思えた。背丈は数之進よりも三寸（九センチ）ほど高いことから、よけい鋭利な細身に感じられる。

――剃刀同心か。

勝手につけた異名を心の中で告げる。隣に立つ小者《こもの》は六十前後だろうか。父親の代から仕えているのかもしれない。穏やかな表情は、同心とは好対照な懐の深さを感じさせた。責めたてる同心を宥《なだ》める父親のような存在。そんなことが浮かんだ。

「勘弁《かんべん》してくださいよ、旦那。煙草《たばこ》でさ。何度も話したじゃないですか。大工なんですよ。深川の現場に行くとこでしてね。蕎麦で腹ごしらえしながら、買ったばかりの煙管《きせる》で一服と思ったんでさ」

三十代なかばぐらいの男は、取りあげられた煙管を恨《うら》めしげに見つめていた。煙管の中間を竹で繋《つな》ぐ安物の羅宇《らお》煙管ではなく、すべてを銅もしくは鉄で作った延べ煙管だろう。かなり高価な品であるのは、詳しくない数之進にもわかった。

が、同心はいっそう冷ややかに睨《ね》めつける。

「お奉行様が先例を鑑《かんが》みて刑を決めるのは知ってのとおりだ。昔の話だがよ。火打ち石と布を持っていただけで死罪になった者がいるのさ。正直に言えばよし、あくまでもしらを切るなら、小伝馬町《こでんまちょう》送りだな」

「死罪」

男の顔が強張《こわば》った。往来で死罪を口にされれば、だれでも青くなる。脅《おど》しがきつすぎると感じたのか、還暦前後の小者が、同心の耳もとになにか囁いた。ふんと鼻を鳴らし、十手で神経質そうに自分の肩を叩き始める。

「すぐ近くで小火があってな」

顎を動かして与一の店の方角を指した。

「まだ、はっきりしねえが、附け火かもしれねえ。で、そこに火打ち石と布を持った男がうろついているとなりゃ、疑われて当然だろうがよ。だいたいが、煙草を喫《す》うのに火打ち石なんざ、必要ねえやな。それこそ蕎麦屋で、ちょいと火を借りりゃ済む話じゃねえか」

「仕事先は深川です。現場には、火がありません。店も少ない場所でしてね。親方に、あっ、そうだ、親方に聞いてくださいよ。火打ち石を持って来るように言われたんです。そうだ、親方に聞けばわかります」

途中で思い出したらしく、親方を繰り返した。もしや、与一の店に火を附けた科人かと思い、数之進は言うべきかどうか悩んだ。しかし、とりあえずは左門に話すべきだと判断する。もしかしたら、罪のない男を追い込むことになるかもしれないからだ。

「親方、か」

同心はさすがに勢いを削《そ》がれていた。ふたたび、年嵩《としかさ》の小者がなにか囁くと、さも忌々《いまいま》しげに舌打ちする。

「仕方ねえ。その現場とやらに案内しろ。親方に話を聞いてみようじゃねえか」

結論が出て、年嵩の小者が散れと仕草《しぐさ》で示した。野次馬は蜘蛛《くも》の子を散らすようにいなくなり、数之進と一角も家に帰るべく歩き始めた。

三

とそのとき、年嵩の小者と目が合った。

どうも。

というように会釈されて、戸惑った。

「顔見知りだったのか」

一角の問いには首を振る。

「いや」

それでも慌てて会釈を返した。同心もやりとりが、気になったのだろう。二言、三言、年嵩の小者と言葉をかわした後、にやりと笑いかけられた。これには曖昧《あいまい》な笑みで応《こた》えるしかなく、一角とふたたび歩き出した。

「年老いた小者は、千両智恵で民の明日を拓《ひら》くお助け侍のことを知っていたのであろう。それで挨拶《あいさつ》をし、興味をいだいた同心がおれと同じ問いを投げた。その結果、『なるほど、おまえさんが噂のお侍かい』と思い、にやりと笑った。そんなところだろうな」

友が推測まじりの説明をする。

「おぬし、近頃は冴《さ》えわたっているではないか。謙遜《けんそん》して五両智恵などと言うが、わたしもうかうかしていられぬ」

「いやいや、しょせんはその場限りの五両智恵よ。深刻な相談事には、とうてい対処できぬ。お、鳥海様じゃ」

目のいい一角は、こちらに走って来る鳥海左門にいち早く気づいた。いつもの着流し姿だったが、凄《すご》い勢いで走っているうえ、血相《けっそう》を変えている。走るたびに舞いあがる激しい土煙が、焦《あせ》りや心の乱れを表しているように感じられた。

目が合ったとき、

「鳥海様」

数之進は呼びかけたが気づかなかったらしく、『四兵衛長屋』の路地に駆け込む。絵双紙屋の着物の裾《すそ》を乱しながらの疾駆《しっく》は、いつもの左門とは思えない姿だった。のっ主・彦右衛門が、呆気《あっけ》に取られたように口を開けたまま、目で追いかけている。のっぺりした顔がひょうたんなまずのようだと、左門はよく評しているが、女房のりくも彦右衛門の横に来て首を伸ばしていた。

左門は真《ま》っ直《す》ぐ冨美の家に入る。

「いかがなされたのでしょうか。血相が変わっておられましたね」

彦右衛門は言い、数之進に目を向けた。

「急ぎの用向きがあったのであろう。姉上になにか頼まれていたのやもしれぬ」

あたりさわりのない答えを返すと、大屋は懐から文《ふみ》を取り出した。

「使いの者が、生田様にこれをと」

渡して、さらに続ける。

「おそらくその文とは異なる件だと思いますが、お助け侍の千両智恵を借りたいというご牢人《ろうにん》ふうの夫婦が、四半刻《しはんとき》（三十分）ほど前からお待ちになっておられます。うちで待つように申しあげたのですが、遠慮なさったのでしょう。生田様の家でお待ちになると仰《おっしゃ》いまして」

「おまえの家に招き入れられたが最後、絵双紙を売りつけられると懸念《けねん》したのであろう。近頃は銭への強い執着心が、夫婦ともども顔に浮かびあがっておるゆえな」

一角は彦右衛門の隣に立つ女房を見ながら、皮肉たっぷりに返して、長屋に足を向けた。数之進はただならぬ左門の様子が気になっている。

「大丈夫であろうか」

友の隣に並んだ。

「おまえは、まことにもって晩生《おくて》だな。民の悩みや苦しみばかりか、附け火の謎にまで切り込むものを、男女の恋火には疎《うと》い」

「男女の恋火」

そこでようやく気づいた。

「そうか。本材木町あたりが火事と聞いて、鳥海様は姉上の身を案じられたのか」

人目も憚《はばか》らずの全力疾走は、冨美の無事を一刻も早く確かめようとするがゆえだった。常に冷静沈着な左門だが、不安に駆《か》られてしまい、数之進たちのことは目に入らなかったのだろう。五十を過ぎてなお左門は、純粋な気持ちを持っていた。

「ありがたいことよ」

冨美の家に向かって一礼すると同時に、勢いよく戸が開いた。

「あ」

「お」

数之進と左門の声が重なる。水を汲みに出て来たらしく、桶を片手に持っていた。着いたとたん、嬉《うれ》しそうにこき使われるあたりにも、夫婦《めおと》に近い様子が感じられる。

数之進と一角は、幕府両目付の鳥海左門の配下――御算用者として極秘裡《ごくひり》に動いていた。両目付という役目は一代限りとして設けられたものであり、通常は老中《ろうじゅう》支配の大目付が大名を監察し、若年寄《わかどしより》支配の目付が旗本《はたもと》を監察している。大名と旗本の両方を取り締まれることから両目付という役名になっていた。

「杢兵衛《もくべえ》の子が、生まれたのじゃ」

左門の顔に安堵《あんど》したような笑みが浮かんでいる。

「女子《めのこ》でな。雛祭《ひなまつ》り直前ゆえ、これは目出度《めでた》いとなった次第よ。日奈《ひな》と名づけることにした由」

それを知らせるための全力疾走だったのだと告げたが、照れ隠しの言い訳なのはあきらか。少年のようなひたむきさを感じて、数之進は胸が熱くなる。

「お目出度いことでございます。村上《むらかみ》様のお喜びは、ひとしおでござりましょう。確かお子は男子《おのこ》ばかりでは、ありませんでしたか」

記憶を探って訊いた。一角は先に客人への挨拶と茶の支度をするつもりなのかもしれない。会釈して家に入った。

「さよう。亡くなられた女房殿との間には、男子が三人よ。初めての女子ゆえ、可愛くてならぬと言うていた」

「御旗本へのご昇進が決まった後の誕生となれば、幸せを運ぶ吉祥天《きっしょうてん》やもしれませぬ。あらためて、お祝《いわ》いに伺《うかが》いたいと思います」

長年の悲願が叶《かな》い、杢兵衛は来月、旗本への昇進が決まっていた。推挙したのは左門だろうが、そういう話はいっさい口にしない。どこからか聞きつけてきた早耳《はやみみ》の一角によって得られた話だった。

「火事はいかがであったのじゃ。冨美殿の話では、火元は新肴場あたりだったようだが」

小火騒ぎの問いが出た。

「数之進」

一角に呼ばれて、告げる。

「あとでお話しいたします」

辞儀《じぎ》をして踵《きびす》を返した。左門には、附け火の可能性が高いことを話しておかなければならない。先程の同心と還暦前後の相方は、科人の疑いをかけられた男の親方と話をしている頃だろうか。そんなことを思いつつ、狭い土間に足を踏み入れた。

手前の三畳間に座していた夫婦が、深々と一礼した。夫は三十前後、妻は二十三、四ぐらいだろうか。数之進は女子の年を当てるのが苦手なので、あまり自信はなかった。

「涌井藤四郎《わくいとうしろう》殿と奥方の多喜《たき》殿だ」

一角に紹介されて、三畳間にあがり、辞儀を返した。

「生田数之進でござる」

御内儀《ごないぎ》ではなく、わざわざ奥方と告げたからには、おそらく牢人ではないだろう。しかし、古びた着物は色褪《いろあ》せているうえ、あちこち繕《つくろ》われており、彦右衛門が牢人と勘違《かんちが》いしても仕方がなかった。武家はどこも例外なく厳しい状況なのである。

「小普請組《こぶしんぐみ》におられるそうじゃ」

ふたたび一角は補足した後、湯を沸《わ》かして、米を研《と》ぎ始める。客人への茶の準備と、小火を出した与一夫婦への差し入れの準備と思われた。とにかく一時も休まずに、友は立ち働いている。

また、幕府では三千石以上で役に就いていない者を『寄合《よりあい》』、三千石以下の旗本及び御家人《ごけにん》で無役の者を『小普請』と呼んだ。旗本や御家人の多くは、名目ばかりの役に就き、捨《す》て扶持《ぶち》をもらうか、父祖伝来の家禄《かろく》に縋《すが》って徒食《としょく》に甘んずるのが常だった。

「さようでござるか」

それで、と、数之進は促した。

「本日はいかようなご用向きでござろうか」

「それが」

藤四郎は躊躇《ためら》い、多喜と視線を交わし合う。お話しなされませ、というように妻が小さく頷き返したのを見て、数之進に視線を戻した。

「それがし、甲府落《こうふお》ちらしいという噂が流れている由。知り合いの者、この方は寄合の御旗本なのですが、旗本仲間では『涌井藤四郎は終わりだぞ』と囁かれている旨《むね》、知らせてくれたのです」

沈痛な面持ちで切り出した。

甲府落ちとは、甲府勤番と言われた一種の島流しである。寛政の改革を断行した松《まつ》平越中守定信《だいらえっちゅうのかみさだのぶ》が、「旗本の士が品行猥汚、ほとんど兇悪に近き者あるを憎みて、甲州に勝手小普請組なる官制を設け、此徒を甲州に送った」とされるものだ。

送られた当初は痩せ我慢《やがまん》で耐えた者も、大部分は生き恥を曝《さら》すのがたまらず、泣きっ面で江戸帰還を哀願する結果になるらしい。旗本にとっては恐怖の左遷《させん》といえた。

四

「甲府落ちでござるか」

数之進は受けて、訊き返した。

「答えにくいやもしれませぬが、なにか不始末でも？」

眼前の藤四郎は、少なくとも兇悪な人物には見えない。島流しを命じられるような悪事を働くとは思えなかった。また、身に覚えがないからこそ、こうやって相談に来たように思えた。

「不始末をしでかした覚えは、ござりませぬ」

顎をあげ、きっぱりと言い切る。

「無役の小普請組でござるが、剣術や弓の稽古はむろんのこと、『五経《ごきょう》』を自分なりに学び続けております。文武両道を守り、日々、慎《つつ》ましやかに暮らしております次第。

屋敷の一角に畑を設けて多喜とともに耕《たがや》し、質素倹約《しっそけんやく》を守っております る。腑《ふ》に落ちないのでございますが」

一語一語、ゆっくり告げて言葉を切る。緊迫感のない夫の話しぶりが不満だったのかもしれない。

「甲府落ちにならぬよう、取り持ってくれるというお方がおりまして」

多喜が結論と思《おぼ》しき話を口にした。

「先程、話に出ました寄合のお旗本なのです。ご公儀《こうぎ》に伝手《つて》があり、うまくいけば甲府落ちを止められるかもしれないと仰られまして」

旗本の名は、大竹長頼《おおたけながより》、年は四十前後。言葉の調子や表情に、多喜の不審や疑念が感じられた。

聞いた瞬間、

──これは、騙《かた》りやもしれぬ。

詐欺《さぎ》ではないのかと思った。多喜も同じ考えであるのが、不安そうな表情に浮かびあがっている。やめておこうと渋る夫を急き立《せ》てて、数之進のところへ相談に来たのかもしれなかった。

「なるほど。いくばくかの金子《きんす》を包み、寄合のお旗本・大竹長頼様を訪ねた。なれど、音沙汰《おとさた》なしでござるか」

茶を運んで来た一角が、代弁するように訊いた。

「はい」

多喜は我が意を得たりとばかりに同意する。

「わたくしは、騙りに違いない、甲府落ちなど偽りだと何度も言うたのですが」

ちらりと目を投げて続けた。

「夫は、いや、話が通ったからこそ、甲府落ちにならなんだのやもしれぬ。もう少し待ってみようなどと言いまして」

おとなしそうな藤四郎は、他者と争うのが苦手なのかもしれない。そもそも事を荒立てず内々に済ませるのが、武家の常だ。そのために『御用頼みの旗本』のような、厄介事《やっかいごと》は引き受けますといった裏稼業《うらかぎょう》を行う者もいた。

いくばくかの金子がどれぐらいだったのかはわからない。が、どんなに少なく見積もっても五両前後は渡したのではないだろうか。

――甲府落ちが相応《ふさわ》しいのは、大竹長頼かもしれぬな。

などと思いつつ確かめた。

「して、それがしへの頼み事とは？」

金子を取り戻すのは、いくら数之進でも無理だ。騙りかもしれないが、証《あかし》を摑むのはむずかしいだろう。泣き寝入りするのを見越したうえの悪巧《わるだく》みに思えた。

「調べてみたのです、他にもいるのではないか、と」

多喜は膝《ひざ》で前に、じりっとにじり出る。他にも金子を奪われた者がいるのではないかと思い、同心さながらに行動する点は驚くばかりだ。藤四郎はおそらく止めたのではないだろうか。俯《うつむ》いて苦笑いしていた。

「他にもいたのですか」

答えはわかっていたが確認する。

「おりました。わたくしどもを含めて、四家でございます。ちょうど富士講《ふじこう》の集まりがございましたので、参加した折、それとなく訊いてみたのです。なかなか話していただけませんでしたが、後日、ひとり、二人と奥方様が訪ねておいでになりました」

どの家も動くのは女子のようだ。富士講は富士山崇拝者によって作られた講で、数多く登山した者が先達《せんだつ》となって登山し、祈願する。しかし、昨今は富士登山よりも毎月、金を掛け、籤引《くじび》きで当たった掛け金で家の修理費などを賄《まかな》う講の色合いが濃くなっていた。経緯はわかったものの、やはり、自分の出番はないと思った。

「金子は取り戻せませぬ」

数之進は、はっきり言った。

「申し訳ないが、お力にはなれませせぬ。高い勉強代についたやもしれませぬが、諦めるしかないと思います」

「数之進の言うとおりでござる。相談する相手を間違えておられるのではあるまいか。われらは一介の牢人。お旗本の揉《も》め事には、手も足も出ませぬゆえ」

一角が言い添えた。数之進はさすがに牢人とまでは告げられなかったので、ありがたい後押しだった。

「ですが」

さらに訴えようとした多喜を、藤四郎は仕草で止める。

「承知いたしました。なれど、旗本の間で『甲府落ち騙り』とも言える悪巧みが、横行しているのはまぎれもない事実。それをお伝えいたしたく思い、恥を忍んでこちらにまいりました次第でござる」

真っ直ぐ向けられた目には、数之進たちの後ろにいる幕府両目付への訴えがちらついていた。どこかで耳にしたのか、あるいは伝聞《でんぶん》として広まっているのか。とはいえ、真実を伝えられるはずがなかった。

「貧乏旗本を食い物にするような輩《やから》は許せませせぬ」

多喜は言い、唇を嚙《か》みしめる。

「同じような悔《くや》しさを、二度とだれかに味わわせたくないのです。そう思いまして、お訪ねいたしました。その一念にございります」

他者を思うがゆえの言動であるのは、夫婦の真剣な表情を見ればわかる。両目付への訴えであるのは間違いなかった。

——なれど、ここで「承りました」とは答えられぬ。

言い淀《よど》む数之進を察したのか、

「ご相談の儀、いちおう伺い申した。繰り返しになりまするが、われらは一介の牢人でござりますゆえ、なにもできませぬ」

一角が答えて暇《いとま》を促した。多喜は得心《とくしん》していないようだったが、これ以上の話は無意味と判断したのではないだろうか。

「ご無礼つかまつりました」

藤四郎は一礼して立ちあがった。下唇を嚙みしめて多喜も従い、狭い三和土に降りる。友はいち早く戸を開けて外に出ていた。

「それでは」

夫婦揃《そろ》って玄関先で辞儀をし、数之進もそれに応えた。意を決して訪ねた結果がこれかと、内心、気落ちしているかもしれないが、お役目のことは簡単に洩《も》らせなかった。

「心穏やかでは、あるまいな」

数之進はぽつりと呟いた。相談を受けられないのが辛《つら》かった。助かりましたと言われるのが、生き甲斐のひとつになっている。「ありがとうございました」の言葉で、裏のお役目の辛さがどれほど癒《い》やされることか。

「苦労性と貧乏性の業が疼《うず》いておるな」

一角は笑って言った。

「なれど、ここではただの牢人よ。お助け侍にも、引き受けられる相談事と、断らねばならぬものがあるのは当然じゃ」

「わかっている。それにしても『甲府落ち騙り』とはな。よく考えるものよ。与一さんの店の小火騒ぎと一緒に、鳥海様に伝えておこう」

「うむ」

友は後ろ手に戸を閉めて、上《あ》がり框《がまち》に座る。まずは煮物を作り始めたらしく、いい匂《にお》いが立ちのぼっている。飯はその後に炊《た》くのだろう。先に煮物を仕上げておけば、味が染《し》みて美味《うま》くなるのは確かだ。

「さいぜん彦右衛門に渡された文は読んだのか」

一角は訊きながら、自分だけではなく、数之進の前にも湯呑《ゆの》みを置いた。

「いや、まだだ」

「どうせ、ろくに礼金もない面倒な頼み事であろう。彦右衛門は、金にならぬ話しか持ってこないからな」

などと言いつつ、数之進が取り出した文を覗き込む。一角の実父——伊兵衛《いへえ》は日本橋の一等地に蚊帳《かや》や筵《むしろ》の店を持つ〈北川《きたがわ》〉の隠居《いんきょ》であり、四男の友は持参金付きで貧乏侍だった早乙女家へ養子に入っていた。生粋《きっすい》の江戸っ子なので筋金入りのおせっかいなのは言うまでもない。

「木挽町《こびきちょう》の浄瑠璃《じょうるり》小屋の主からだ」

数之進は文を開いて読みあげる。

〝噂のお助け侍様に、是非、ご相談いたしたきことがあります。観劇は無料《ただ》にいたしますので、一度、おいでいただけませんでしょうか。なお現在興行中の演目は『八百屋お七の恋歌』でございます〟

目をあげて、友を見やる。

「まことに八百屋お七は、流行っているようだな」

「春先になると必ず出る話だが、特に今年は流行り方が凄いようじゃ。無料という件には心惹《ひ》かれるな。過日のお役目は『芸事禁止令《げいごと》』なるおかしな定めがあった藩ゆえ」

皮肉たっぷりに言い、唇をゆがめた。ひとつ解決すれば、また、すぐに次のお役目が待っている。今は貴重な骨休めの時だった。

「ご免」

掛け声の後、左門が姿を見せる。この家を借りているのは他でもない、左門なのだが、律儀《りちぎ》に断りを入れるところに性格が表れていた。驕《おご》らず、常に配下のことを考え、ときには身を挺《てい》して守る。幾度となく修羅場《しゅらば》をくぐり抜けてきた信頼の置ける上役だった。

「鳥海様。木挽町の浄瑠璃小屋の主が、お助け侍に相談事がある由。彦右衛門の仲立ちゆえ、さして金にはならぬと思いまするが木挽町は芝居町。息抜きに二人で行ってみようと思うておりまする」

一角がさっそく報告する。座敷に腰を落ち着けた左門は、言葉を継いだ。

「歌舞伎や講談、そして、浄瑠璃などの演目は、みな八百屋お七であると聞いた。瓦版《かわらばん》では、かなり評判になっているようじゃ。わしも冨美殿を誘うてみようかと思うていたところよ。なにゆえ、かように騒《さわ》がれ始めたのか」

裏でなにかの企みが働いているのではないか、という含みが感じられた。瓦版や高札《こうさつ》に目配りするのも役目のひとつだ。

「じつは」

数之進は、懐から懐紙に包んだ紙縒りを取り出した。不気味な小火騒ぎが頻発している。さらに、たった今、相談された旗本たちの異変も報告しなければならない。

浄瑠璃の観劇を楽しみにしつつ、裏のお役目の話を始めた。

五

浄瑠璃は、平曲《へいきょく》や謡曲《ようきょく》などを源流にした語り物のひとつだ。また、そこから派生した音楽や演劇などのことも指している。元禄時代（一六八八—一七〇四）、竹本義太夫《たけもとぎだゆう》が集大成させて義太夫節《ぶし》を完成。近松門左衛門《ちかまつもんざえもん》らと組み、人形浄瑠璃として人気を得た結果、浄瑠璃は義太夫節の異名となったとされる。人形の動きに合わせて、太夫《たゆう》によって語られる浄瑠璃、さらに三味線《しゃみせん》が一体となった人形芝居だ。

放火犯のひとりにすぎなかったお七が、後世に伝えられるのは、江戸前期の文豪・

井原西鶴《いはらさいかく》（一六四二―一六九三）が、『好色五人女《こうしょくごにんおんな》』にお七を登場させ、その名を一躍日本中に広めたことによるだろう。十六歳という短い生涯だったにもかかわらず、附け火をした女子の個人史が伝えられた数少ない例となった。

翌日の午前《ひるまえ》。

数之進たちは、木挽町の浄瑠璃小屋に足を運んでいた。

「お集まりの皆様、本日はようこそおいでくださいました」

太夫の挨拶で、ざわついていた席が静かになる。さして広くない小屋はぎっしりと客で埋まっていた。一度、座ったが最後、立ちあがるのがむずかしい状況になっている。数之進たちは幸いにも、右手に設けられた三席しかない桟敷席《さじきせき》に招き入れられた。冨美と左門も隣の桟敷に仲良く座している。

「この後、上演されます『八百屋お七の恋歌』は、附け火にいたるまでのお七の恋物語でございます。小野川吉三郎《おのがわきちさぶろう》との運命の出会いから始まり、品川は鈴ケ森《すずがもり》の刑場で散るまでのお話を不束《ふつつか》ながら、わたくし、庄太夫《しょうだゆう》が語らせていただきます」

小さな舞台にはビロードだろうか、重厚な緞帳《どんちょう》が降りている。人形師はすでに待機しているに違いない。三味線も出番を待っていた。

「さて、いよいよ幕があがりまする。恋に身を投じて死んだお七は、どのような女子だったのか。始まり、始まり」

庄太夫が拍子木《ひょうしぎ》を打つのに合わせて、緞帳が静かにあがった。

三味線が始まりを告げた後、

「天和《てんな》二年（一六八二）の暮れ、十二月二十八日の夜に、江戸は本郷森川町《もりかわちょう》で火事が起きました」

独特の節で語り始めた。

「大円寺《だいえんじ》から午《うま》の上刻《じょうこく》に出火。翌日の卯《う》の上刻まで収まることなく燃え続けました。逃げ場を失い、焼け死んだ者は三千五百とも言われております。火事の多い江戸でも語り継がれるほどの大火になりました。お七の父親が営む八百屋・八兵衛《はちべえ》の家も焼け落ちてしまい、駒込《こまごめ》の吉祥寺《きちじょうじ》に避難したのです」

桟敷席に近い場所に、庄太夫は立っている。舞台の真ん中に設《しつら》えられた小さな劇場では、振袖姿のお七が夜空を見あげていた。夜を表しているのだろう。黒っぽい背景の前に、艶《あで》やかな振袖姿の娘が立っていた。

「お七は、長年、子を授からなかった八兵衛夫婦が、谷中感応寺《やなかかんのうじ》の七面宮《しちめんぐう》に祈願してやっと授かった、可愛い、可愛い一人娘。この七面宮の申し子ゆえ、お七と名付けたようでございます」

庄太夫はいったん切って告げた。

「丙午《ひのえうま》の生まれでございました」

ひときわ声が大きくなる。客席は庄太夫が狙ったとおりにざわめき、それが落ち着くまで待っていた。

「鳶《とび》が鷹《たか》を生むの喩《たと》えどおりと申しましょうか。書の腕前はむろんのこと、近隣でも評判になるほどの美女、いえ、美少女でございました」

語りの邪魔にならぬよう、三味線の音が流れている。黒っぽい背景から寺になった。寺小姓《てらこしょう》の小野川吉三郎——通称・吉三《きちざ》が屈み込み、自分の手を見ているところへ通りかかったお七。

「どうしたのですか」

「いや、手に棘《とげ》が」

訊《たず》ねたお七と、吉三の目が合う。

互いにひと目惚《ぼ》れだった。

「これがお七と吉三の出会いでございました。その夜のうちに、お七は吉三郎の寝所に忍び込み、男女の契《ちぎ》りをかわします。なんという想いの強さ、まさに己《おのれ》を焼きつくす恋火となって二人の気持ちは燃えあがったのでございます」

お七の恋情に引きずられたのか、いや、吉三郎も同じ気持ちだったのは確かだろう。あるいは事前に文を渡しておいたのかもしれない。出会ったその夜に結ばれるほど互いの想いは強かった。

「ですが、大火によって出会った二人の蜜月《みつげつ》は、長くは続きませんでした」

語りと三味線の音調が呼応して哀切《あいせつ》を帯びる。背景は建て直された八百屋八兵衛の新しい小店になっていた。周囲の家も元通りになったが、お七の両親は吉三郎に逢うことを禁じた。

「お七は愛《いと》しい吉三に逢いたくてたまりません。逢いたい、なんとかして、吉三郎にという想いを受け、下女が動きます」

農民に化けた吉三郎は、下女の手引きでお七の家へ野菜を売りに行く。恋する女は愛しい男の変装にすぐさま気づいたが、それもそのとき限りの短い逢瀬《おうせ》。そこからは文をかわすだけの切ない日々が続いた。

「そんな或《あ》る日のこと。天和三年（一六八三）三月二日、風の強い日でございました。お七はふと『そういえば』と、吉三郎に出会った日を思い出します。魔が差したのでございましょう。もう一度、あのようなことが起きれば吉三郎さんに逢えるのではないか」

　愛と哀を表現するためなのか、抑えた口調で告げた。舞台のお七は、髪が乱れた振袖姿であてもなく家の周囲を彷徨《さまよ》っている。すでに心がおかしくなっていたのかもしれない。近くの商家で足を止めた。

「火もらい桶を持っていたのは、見つかったときに火をもらいに来たとごまかすためだったのか。ただもう吉三郎に逢いたい一心で附け火を考えていたのか」

　商家に火を附けたものの、少し煙が立ちのぼっただけで人々が騒ぎたてた。お七は逃げようともせず、簡単に捕まった。

「附け火は死罪」

　強められた庄太夫の語気を、三味線の音がいっそう煽《あお》る。附け火は必ず死罪ということを歌舞伎や浄瑠璃でも知らしめなければならない。お白洲《しらす》の場面になったが、お七は堂々と胸を張って答えた。

「間違いありません。わたしが火を附けました」

　吉三郎に累《るい》が及ぶのを恐れて、愛しい男のことは、ひと言も告げなかった。その健気《けなげ》さが人々の心を打つ。もとより評判の美少女が火炙りというだけで瓦版は大騒ぎだ。連日、お七の話が流れた。

「母親は『お町衆《まちしゅう》（町年寄《まちどしより》）は、なぜ、一生懸命に詫《わ》びてくださらないのか。お七はまだ幼いのに』と嘆くばかり。華奢《きゃしゃ》で弱々しい娘を柱にくくりつけて、本当に焼くつもりなのか。いっそ娘とともに焼かれて灰になってしまいたい」

しかし、当のお七はまったく心乱すことなく、鈴ヶ森の刑場に引き立てられて行った。最後まで吉三郎のことは告げないまま……小屋の中では女子たちの啜り泣きが、あちこちで聞こえている。隣の桟敷席の冨美も、こらえきれずに泣《な》いていた。

「哀れ、お七は天和三年三月二十九日、火刑になりました。奇《く》しくも生まれた日だったと言われておりますが、これは定かではありません。ひとり、残された吉三郎は出家いたしました」

最後は、虚無僧《こむそう》になった吉三郎が、お七の菩提《ぼだい》を弔《とむら》う場面になった。もはや庄太夫は語らない。哀切を込めた三味線の音だけが響き、やがて、聞こえなくなった。

小さな舞台の緞帳が静かに降りる。だが、客たちは立ちあがろうとしない。余韻《よいん》を楽しむように、しばらくの間、座っていた。

六

小屋が狭いため、順番に外へ出るにも時がかかる。

半刻（一時間）ほど経《た》った頃、数之進と一角は、浄瑠璃小屋の二階に案内された。左門や富美とは小屋の出入り口で別れたので同席していない。

一階は芝居小屋と楽屋に台所、二階は六畳が二間と、稽古場と思しき十畳程度の板間が設けられている。座員はここに寝泊まりしているのかもしれない。今は間の襖《ふすま》を開け放して広々としていた。

短い挨拶をかわした後、

「いかがでございましたか。お楽しみ、いただけましたか」

庄太夫は笑みを浮かべる。年は四十代なかば、語っているときは厳しい顔つきだったが、今は穏やかな福の神という感じがした。隣に座した息子の庄悟郎《しょうごろう》は、十七、八だろうか。いずれ庄太夫の名跡《みょうせき》を継ぎ、一座を引っ張っていくのだろう。まだ幼さの残る面には抑えきれない好奇心が浮かびあがっているように見えた。

本材木町一丁目のお助け侍が、気になっているのではないだろうか。目が落ち着きなく、数之進と一角を行き来していた。

「非常に興味深く観《み》た。面白かったの一語に尽《つ》きる。八百屋お七の半生が、ようわかった芝居であったな。吉三郎の手に刺さった棘が出会《でお》うたきっかけという件は、こたび初めて知った話だ。あの場面があるのとないのでは、物語の深さが違《ちご》うてくる。ひときわ強く印象に残った次第よ」

答えた数之進を、一角が継いだ。

「我が友は、世辞《せじ》が言えない不器用な気質でな。ゆえに偽りではないことを言い添えておく。おれは振袖火事と八百屋お七の火事を、ないまぜにしていたわ。似たような勘違いをしている者が、多いやもしれぬ。人形浄瑠璃を観ながら真実を知るのは、よいことやもしれぬな」

すでに数之進との話で、二つの大火が別物である事実は知っていたはずだが、細かいことを口にして場を白《しら》けさせたくなかったのかもしれない。あるいは、招かれた感謝を最大限の褒《ほ》め言葉に込めたのか。気配り怠りない男ゆえ、後者かもしれなかった。

「ありがとうございます」

庄太夫は破顔した。

「ご覧になられたお客様の『面白かった』のひと言が、てまえどもにとっては生き甲斐となりますので」

「ひとつ、確かめたいことがある。『八百屋お七の恋歌』は、庄太夫さんが書いた話なのか？」

数之進は手留帳《てどめちょう》と矢立《やたて》を取り出していた。隣に座していた一角が苦笑いしているのは、芝居ぐらいゆっくり観ろという意味かもしれない。観劇しながら気になった点を記していたのだった。

「さようでございます。八百屋お七を扱った戯作《げさく》には、井原西鶴の『好色五人女』や紀海音《きのかいおん》（一六六三―一七四二）の浄瑠璃『八百屋お七』などがございます。ですが、自分の小屋で演《や》る話が、他人様《ひとさま》の戯作では」

今し方までの艶福顔《えんぷくがお》に、ふてぶてしさが滲《にじ》んだ。独自の話でなければという誇《ほこ》りがあるに違いない。

「父はこだわりが強いのです」

庄悟郎が補足するように言った。

「他人様の真似《まね》はしたくないと思うのでしょうが、大筋は先人の作品を参考にさせていただいております。毎年、お七さんの命日近くに興行するのですが、今年はどういうわけなのか。いつも以上に人気が高く、連日、『押すな押すな』の大入りでございます」

顔には幼さが残るものの、言葉づかいなどは一人前に思えた。父の後を継ぐ強い意思が、真っ直ぐ向けられた目に表れていた。

「もうひとつ、よいか」

数之進は訊いた。

「はい」

同意を受け、手留帳を開いた。

「お七が、附け火を行う場面が、ちと気になってな。火もらい桶を持っていたのは、どうしてなのか」

いやでも新肴場の小火騒ぎを思い出している。あくまでも仮の話だが、店の土間に油を掛けた布や紙を置き、そこから紙縒りを長く伸ばして、外で附け火したのではないかと推測していた。数之進も火もらい桶を持っていたのかもしれないと思ったため、浄瑠璃の一場面が強く心に焼きつけられていた。

「附け火はだいたい夜に行われます。深更、火打ち石を使うのは、音で気づかれるのではないかと考えました。わたしは本を書く場合、自分だったらどうするかと問いかけつつになります。その結果と申しますか。火もらい桶を持って行くのが、一番、自然なように思えたのです」

庄太夫の答えは、得心できるものだった。

「なるほど。だれかに見られたときには、火をもらいに来たと言い訳できる。細かい箇所にもこだわることによって、真実味が増すのは確かだな」

「さようでございます」

庄太夫は大きく頷いた。同じ考えだったことが、嬉しかったのかもしれない。最初のときとは微妙に異なる恵比寿《えびす》顔になっていた。

「それで」

と、数之進は本題を口にする。

「わたしへの相談とは、どのようなものなのか」

浄瑠璃は連日、大入りで、夜も明けきらぬうちから行列ができていた。数之進たちは特別に入れたが、列《なら》ぶのが遅くて観られなかった者は、早くも午《ひる》過ぎの開始を待っている。なんの問題もないように感じられるが……。

「どうぞ、こちらへ」

庄太夫は立ちあがって、窓の方に足を向けた。いち早く庄悟郎が、通りに面した窓を開ける。今日は春らしく暖かいので、心地よい風が頬《ほお》を撫《な》でた。

「よき眺めだ」

数之進は、友と一緒に二階から通りを眺めた。

浄瑠璃小屋があるのは、木挽町六丁目だ。三十間堀の東河岸を紀伊国橋《きのくにばし》から汐留橋《しおどめばし》まで、南北およそ十丁の間に一丁目から七丁目がある。一丁目あたりは船宿が多く、その流れで二、三丁目には船具類を扱う店が多かった。

五、六丁目は芝居町とも呼ばれており、万治三年（一六六〇）、森田座《もりたざ》が五丁目で歌舞伎芝居の幕を開けたのを皮切りに、操り芝居、講釈、浄瑠璃といった小屋が軒を連ね、訪れる客たちをもてなす芝居茶屋も華やかに建ち並んでいる。幕間《まくあい》の午前《ひるまえ》後とあって、茶屋は賑《にぎ》わっているようだ。

午過ぎの開演を待つ客が、小屋の前に列んでいるのも見て取れた。

——師走《しわす》に、お世津《せつ》さんと来た。

言い交わした女子との観劇が甦《よみがえ》っている。母の具合が悪いらしく、越後国の実家に帰ったままだった。帰省前にと思い、時間を繰り合わせて誘ったのが歌舞伎芝居。先月、見舞金として五両、仕送りしたが、返事の文はまだ届いていなかった。

「活気があってよいな」

数之進の言葉を、庄太夫が受けた。

「はい。先程、倅《せがれ》が申しましたとおり、お陰様で興行は混み合っております。どの小屋もお七さんの命日に合わせまして、三月は『お七月《づき》』ともいうような演《だ》し物揃《ぞろ》いなのでございますが」

それが少し気に入らないという顔をしていた。とはいえ、客の立場からすれば、なんの問題もなかった。

「八百屋お七の演し物を見比べるのも一興であろう。われらは充分、楽しめるがな」

同意を求めるように隣の一角を見やる。

「うむ。おれは、それぞれに趣向を凝らした小屋の看板を眺めるのも面白い。観劇まではせずとも、この通りを歩くだけで観たような気分を味わえるではないか。ぶらぶら歩きには、もってこいの場所よ」

「できれば演し物も、ぶらぶら歩きのついでに楽しんでいただきたいと思いますが」

庄太夫は笑って、続けた。

「ご存じだと思いますが、だいたい興行は月替わりなのでございます。人気が高かった場合は、翌月まで延ばすこともございますが、江戸っ子は飽《あ》きやすい気質でございますので、そのような興行はめったにございません」

にこやかだった顔が、わずかにくもる。

「月なかばあたりを過ぎますと、どうしても客足が落ちるのです。幸いにも今月は賑わいが続いておりますが、なんとか月末まで今の賑わいを続けたいと思いまして、生田様にご相談いたしました次第です」

聞いた瞬間、いくつかの案が浮かんだものの、庄太夫はどこまで客のために頑張る気持ちがあるのか。まずは試すような問いを口にする。

「お七さんの命日は、三月二十九日。この日は、生まれた日でもあるとか。お七さんも祝ってもらえれば嬉しかろう。観ると霊験《れいげん》あらたかとなるやもしれぬ。月なかばを過ぎたところで、『八百屋お七祭り』などと銘打《めいう》って、木戸銭《きどせん》を半額にしてはどうだ？」

「半額、でございますか」

庄太夫親子は、渋い顔になる。

「それは厳しいかもしれません」

倅の庄悟郎がはっきりと言った。

「座員たちの暮らしがかかる興行は、遊びではございませんので。ただ、『八百屋お七祭り』というのは、悪くない案かもしれません」

「庄太夫さんの小屋だけではなく、芝居町全体で盛り上げるのが得策よ。自分よし、相手よし、世間よしの『三方《さんぽう》よし』こそが、商いを長く続けるコツだ。寄り合いで相談してみるというのはどうだ」

「ありていに申しあげますが、『江戸三座』の座主たちは、我々のような者は相手にしてくれません。もちろん盆暮れのご挨拶には、必ず伺っておりますが、自分たちは別格と思っているように感じられます」

即答した庄太夫に、数之進は問いかける。

「座長の寄り合いはないのか」

「月に一度、寄り合いは行っておりますが、江戸三座の方々が顔をお出しになられたことはありません。歌舞伎芝居の三座だけで集まっていらっしゃるようです。操り芝居や講釈、そして、浄瑠璃といった小屋掛けは、目に入っていないように思います」

寂《さび》しそうに答えた。江戸三座とは、猿若座《さるわかざ》（のちの中村座《なかむらざ》）、市村座《いちむらざ》、森田座のことを指している。芝居町を牽引《けんいん》してきたという自負があるのは間違いない。思わぬ対立話を聞いて、数之進は困惑した。

「三座は、月末まで客の入りが落ちぬのか？」

試しに訊いてみる。

「やはり、なかば頃に多少、客足が落ちる感じはありますが、月末近くになりますと持ち直すようです。観損《みそこ》ねた客が、慌てて来るのかもしれません。新たな月になれば、演し物が変わりますから」

「事情はわかった。なれど、本当は、江戸三座の座長、歌舞伎の場合は座元か。いずれにしても、一緒に月末まで客を呼ぶ策を考えるのがよいのだがな」

そういう気持ちはないのかと婉曲《えんきょく》に告げた。庄太夫はふたたび渋面《じゅうめん》になる。

「てまえどもは来ていただきたいと思いますが、三座の座元はいかがでしょうか。むずかしいように思います」

「さようか」

数之進はもう一度、通りに目を転じた。二階からなのでよく見える。鳥海左門の二人の配下が、ぶらぶら歩きを装って数之進たちの護衛役を担っていた。連絡役《つなぎ》も兼ねた彼の者は、何人かが交代で日がな一日、張りついている。

「あっ」

思わず小さな声をあげた。芝居茶屋から出て来た若い侍に目が行ったのは、高そうな着物と袴が目立っていたからだ。つられるように見た一角も、「おい」と肘《ひじ》で突《つつ》いた。芝居茶屋から現れたのは……。

前回の潜入探索先で出会い、いつの間にか姿を消した勘定方《かんじょうかた》の若い同役——水谷《みずたに》信弥《しんや》だった。一緒にいた年嵩の男は父親だろうか。通りがかった駕籠《かご》に乗せるや、信弥ひとりで歩き始める。

二人の配下も気づいたのだろう。

尾行《つ》けます。

という表情《かお》を向けて、歩き出した。

——本名や正体がわかるだろうか。

数之進は、姿が見えなくなるまで、目で追いかけていた。

第二章　手暗《てぐろ》三人衆

一

水谷信弥――林忠耀《はやしただてる》が足を向けた先は、鳥海左門の仇敵《きゅうてき》・松平伊豆守信明《いずのかみのぶあきら》の屋敷だった。江戸城の東に設けられた一郭《いっかく》であり、周囲には老中や若年寄といった幕府の重職に就《つ》く譜代大名の屋敷が建ち並んでいる。すぐに小書院へ通されて、密談の場を持っていた。

じきに他の二人も来るはずだ。

「こたびの結果を、さて、いかように考えるべきか」

信明が言った。

正確な年はわからないが、五十前後に見えるときもあれば、八十の老人に見えたりもする。かつて『智恵伊豆』と称された松平伊豆守信綱の子孫であり、三河国吉田《みかわのくによしだ》藩《はん》七万石の藩主を務め、曾祖父《そうそふ》の信祝《のぶとき》も八代将軍吉宗《よしむね》公の老中を務めた家柄だ。押しも押されもせぬ名門の譜代大名家と言えるだろう。

「忌々しい幕府御算用者めが潜入探索とやらを行った藩は、仲違《なかたが》いしていた本家と支藩が手を結び、めでたし、めでたしとなってしもうた。うまくいくと思うたのだがのう。詰めが甘かったのではないか」

金壺眼《かなつぼまなこ》が毒を放ち、不吉なざわめきとなって射るように食い込んでくる。忠耀は怯《ひる》むことなく、顎をあげて見つめ返した。

「ある程度の成果は、得られたと思うております」

ともすれば逸《そ》らしそうになる目を、意思の力でねじ伏せた。永代橋《えいたいばし》の普請話で少なからぬ小判が入ったはずなのだが、足りぬと言わんばかりの言動に反撥《はんぱつ》を覚えてもいる。いったい、どれだけの『上様への献上品』を受け取れば満足するのか。眼前の強《ごう》突《つ》く張《ば》りの、飽《あ》くことのない欲望にうんざりしていた。

「ふぅむ、ま、致し方あるまいな。両目付はしぶといゆえ、手を替え品を替えて働きかけても思いどおりにはならぬ。どうじゃ、忠耀。しばらくの間、あやつの許《もと》に奉公するというのは」

満更《まんざら》、冗談とは思えない提案を口にする。苦笑するしかなかった。

「生田数之進は、盆暗《ぼんくら》ではありませぬ。とうの昔に、それがしが伊豆守様から遣わされた監視役だったことに気づいておりましょう。無駄な時はかけぬのが得策ではないかと存じまする」

辞儀をして話を終わらせた。

得心できなかったのかもしれない。

「そちの正体に気づいておると？」

探りを入れるような目を向けた。疑《うたぐ》り深く、ただぐずぐずとむずかしく理屈をこねる厄介な老中という噂は本当のようだった。現在、信明を入れて老中は四人なのだが、できれば伊豆守様のもとへは行かぬ方がよいと助言する者もいた。

「はい。そもそも商人に命じた永代橋での襲撃が不首尾《ふしゅび》に終わるとは、それがし、考えてもおりませんでした。不意を突けば命を奪えると思うたのですが」

刺客《しかく》となった商人は数之進の顔を知らなかったため、橋の番人である髪結《かみゆ》い床《どこ》に潜んでいた忠耀が、ウグイスの鳴き真似をして、「あれが生田数之進だ」と伝えた。しかし、刺客の商人は思いのほか深く刺せず、数之進は掠《かす》り傷《きず》で済んでいた。

「あの時点でこたびの結果が、見えていたか」

脇息《きょうそく》にもたれかかり、金壺眼を宙に据える。

「材木問屋〈岩城屋《いわきや》〉本店の主の、妻と娘を拐《かどわ》かしたが、これもしくじった。外れた富籤《とみくじ》だけの抽選会で当たったと偽りを告げ、生田《いくた》姉妹を永代橋に誘い出し、火縄銃で撃つ策も然《しか》り。掠りもせなんだようではないか」

宙を見据えていた目が、忠耀に向けられた。苛立《いらだ》たしそうに指で脇息を叩いている。機嫌が悪くなる兆《きざ》しだった。

「どちらかひとりに命中していれば」

言い訳にしかならない言葉が出る。そうすれば、さしもの御算用者も戦意を削《そ》がれて、流れが変わったに違いない。

「そうよな」

信明は、唇をゆがめた。しくじるのはむろんだが、あれこれ言葉を重ねて逃げることを、眼前の老中はなにより嫌っている。

「申し訳ありませんでした」

年相応の返答と辞儀で詫びるや、忠耀はすぐさま話を変えた。

「小平次《こへいじ》と申す橋の番人は、いかがいたしましょうか」

重い問いを投げた。彼の者は捕らえられて小伝馬町の牢屋敷にいる。息のかかった奉行所の者に命じて、闇から闇へ葬り去ることも可能だが……同じ考えだったのかもしれない。

「どうするつもりじゃ」

決断を忠耀にゆだねた。狡《ずる》いお方だと、いつも思う。命を奪うか否かとなったとき、信明は絶対に自分で決めなかった。自分の手を汚したくないのだろうが、それが幕府の重鎮《じゅうちん》たちの常《つね》であるのもまた、事実。

「それがしは、髪結い床に戻してやるのが、よいのではないかと思います。奉行所の口書《くちがき》（供述書）に目を通したのですが、我々の話はひと言も記されておりませんでした。ある程度の信頼はおけるのではないかと考えます次第」

生かす案を告げた。

「そちにまかせる」

気のない返事の後、

「こたびの話に関して、述斎《じゅっさい》の考えは」

林述斎の話を出したが、最後まで喋《しゃべ》らせなかった。

「父は、伊豆守様と同じ考えでございます」

つまり、忠耀にまかせるということだ。大名や旗本はなにかと言えば父の話を出して意見を聞きたがるが、内心、煩《わずら》わしくてならなかった。父と自分は別であるものを、なぜ、それがわからないのか。

忠耀の父・林述斎は、儒学者《じゅがくしゃ》の林信敬《のぶたか》に跡継ぎがいなかったことから、幕命により林家を継ぎ、寛政の改革の折、手腕をふるった人物だ。朱子学《しゅしがく》を正学とし、その他の学問を昌平坂《しょうへいざか》学問所で講ずることを禁じたとされる。忠耀は林述斎の三男として生まれた。

「さようか」

信明は読めない表情で頷いた。

「つまらぬことを訊くが、年が明けて忠耀はいくつになったのじゃ?」

もっとも訊かれたくない話を口にする。年など関係ないではないか。本当につまらない問いだと思った。

「正月二日に、元服式《げんぷくしき》をいたしました」

「ほう」

読めなかった表情に、微笑らしきものが滲んだ。若いので驚いたのか、頼もしいと思ったのか。後者と考えることにした。

「岡部平馬《おかべへいま》が、まいりました」

家中の者が、過日、小森拓馬《こもりたくま》の偽名で小姓方《こしょうがた》に潜入していた平馬を案内して来た。急死した父親の跡を偽りの年齢（官年）で継いだのだが、十六歳という実年どおりの頼りなさが青白い顔に浮かびあがっている。

短い挨拶をかわして、忠耀の隣に座した。

「こたびはご苦労であった」

信明は、いちおう労《ねぎら》いの言葉をかけた。平馬は一千五百石の旗本の嫡男《ちゃくなん》であるため、蔑《ないがし》ろにはできないと思ったのではないだろうか。三男の忠耀は我が身と比べて、卑屈な思いを募らせる。

――どうせ、おれは三男坊だ。

元服したからといって大きく暮らしが変わるわけではない。父の権威を後《うし》ろ盾《だて》にして、跡継ぎのいない旗本に養子入りするのがせいぜいだろう。述斎もまた、多くを期待していないと思っている。醒《さ》めた目を持っていた。

「は」

平馬は短く答えて畏《かしこ》まる。

「それがし、これ以上、伊豆守様のお役目を続けるのは無理だと思いまして、本日はお暇《いとま》願いにまいりました。ご存念《ぞんねん》は、いかがでございましょうか」

「む」

不満がよぎったのを、忠耀は見のがさない。

「お待ちあれ」

すかさず言った。

「岡部殿が、無事、家督《かとく》を継げたのは、伊豆守様のご推挙《すいきょ》があればこそ。近頃はご公儀もうるさくなりまして、官年は通りにくくなっているとか」

偽りだったが、信明に目顔で同意を求める。

「うむ」

得意の曖昧な答えを返した。忠耀は苛立ちを覚えたが、気の弱い平馬には、充分だったらしい。

「は」

一文字の返事は、不承不承ではあるものの、「承知いたしました」であろう。訊きたくなかったが問いかけた。

「なにか気に入らぬことでもありますか」

多少、笠《かさ》に着た言い方になったかもしれない。年下ではあるが、忠耀は自分の方が上だと思っていた。信明に仕える件は父の述斎から出た話であり、林家は幕府の儒学者として厚遇されている。十一代将軍家斉《いえなり》公からも、一目、置かれる家だ。

「ございませぬ」

一瞬、答えが遅れた。

「かまわぬ。そちの気持ち、正直に言うてみよ」

促した信明の声は、やけにやさしく感じられた。弱気で役立たずな男のどこがいいのかと、嫉妬《しっと》の焔《ほのお》が燃えあがりそうになる。きりっと奥歯を嚙みしめた。

「幕府御算用者は」

平馬は答えかけて、やめる。

「岡部殿」

忠耀は苛立ちを抑えきれず言った。

「よもや、幕府御算用者に合力《ごうりき》したい、などとは考えておられませんでしょうな。奴原《やつばら》は敵であり、われら手暗《てぐろ》三人衆は伊豆守様の側近です。生田数之進は『姿なきウグイス』にこだわっていたようでございますが、今こそ『ウグイス、現る』ではありませんか。われらの力を、恐ろしさを、思い知らせてやるときです」

手暗は裏工作をする輩のことだが、忠耀の命名が気に入らなかったのは確かだろう。平馬の顔がくもった。

「渡辺殿《わたなべ》は、いかようにに考えておられるのですか」

姿を見せないもうひとり・渡辺甚内《じんない》の気持ちを訊いた。浅草は奥山《おくやま》の矢場《やば》で女子と戯《たわむ》れていたところを、数之進たちに目撃されている。年は十八、三人の中では年長者であり、六尺（百八十センチ）はあろうかという身体を持て余し気味で、忠耀は女好きな彼の者の気質を利用していた。

「すでに次の仕込みを始めております る」

悪所《あくしょ》通いも、甚内に与えた仕事のうちだ。金を出すのは信明であり、忠耀が遊女を抱くわけではない。将棋の駒《こま》のように人を使うのは面白かった。

「次の仕込み」

呟いた平馬は、いっそう心許《こころもと》ない顔になる。本当は辞《や》めたいのだろうが、官年で家を継がせてもらった恩義を感じているに違いない。平馬の母は病弱で高価な医者の薬を必要とし、下には弟妹《ていまい》が四人もいる。簡単には辞められないはずだ。

「それがし、本日はこれにて、ご免つかまつります」

早々に暇を告げて立ちあがった。

「うむ」

信明は名残惜《なごりお》しそうだったが、引き留めはしなかった。忠耀から見れば意気地《いくじ》なしで、頼り甲斐のない男であるものを、どこかおっとりとしたところが気に入っているのだろうか。廊下でもう一度、平伏《へいふく》した平馬に鷹揚《おうよう》な笑みを返した。

——いざというとき助けになるのは林忠耀よ。

自分を褒めて心の折り合いをつけた。ともすれば、激しい嫉《そね》みで叫び出しそうになる。おれだけを見てくれと迫りたくなる。

「甚内はいかがじゃ」

信明が訊いた。

「それがし同様、お家には用無しの三男坊でございますゆえ、こたびのお声掛けは、大変ありがたく思うていると言うておりました。剣術の腕前も、なかなかのもの。助けになるのではないかと思いまする」

「ふむ」

「それがし、もしかすると、芝居町から尾行《つ》けられていたかもしれませぬ。背中に『目』を感じましたが、もはや隠し立ては無用と思い、真っ直ぐ伊豆守様のもとにまいりました次第」

先んじて告げた。家中の者が、コの字型になった中庭の廊下を早足で来るのが見えたからだ。間違っていたときには、うまくごまかせばいいと考えている。先の先を読んで動かなければ、生田数之進には太刀打ちできない。

家中の者が耳打ちした後、

「読みは確かなようじゃ」

信明は満足そうにひとりごちる。

「頼りになるのう、忠耀は。孫がひとり、増えたような思いよ」

「ははっ、過分なお言葉を賜《たまわ》りまして、恐悦至極《きょうえつしごく》に存じます。林忠耀、身命を賭《と》して幕府御算用者の息の根を止めまする」

敵は幕府御算用者。

忠耀は、不敵に笑った。

二

二月二十日。

生田数之進と早乙女一角は、昨日の早朝、越後国蒲原郡村松《えちごのくにかんばらぐんむらまつ》・尾鹿《おじか》藩安藤丹波守直之《あんどうたんばのかみなおゆき》の上屋敷への潜入探索に就《つ》いた。

尾鹿藩は三万石の外様《とざま》大名家で、下谷御成道《したやおなりみち》に三六六七坪あまりの上屋敷、本所柳橋《やなぎばし》に約五六六五坪の下屋敷を賜っている。元々は同じ越後国の鹿野《しかの》藩から分かれた支藩であり、公役を果たしながら辛抱《しんぼう》強く家格上昇を働きかけた結果、宝永《ほうえい》二年（一七〇五）から宝永五年（一七〇八）の三年間。寺社奉行に就任して譜代並みの処遇を得た。

とはいえ、諸藩の例に洩れず、財政が逼迫《ひっぱく》しているのは言うまでもない。特に文化期に入ってからは豊作が続いたため、米余りが顕著《けんちょ》になってしまい、困窮《こんきゅう》に拍車をかけていた。

——騒がしい藩だな。

数之進は今日も、昨日と同じ印象を覚えていた。午前《ひる》だが各部屋への出入りが激しく、ざわざわして落ち着かない気分にさせられる。常に何人かの藩士が、足早に廊下を行き交っていた。広間の一隅に飾られた華やかな雛人形が、冷静に人々の動きを見ているような感じがした。

「陳情《ちんじょう》でござるよ」

隣席の手嶋幸之助《てじまさちのすけ》が言った。数之進の視線や表情を読み取ったのだろう。話しかけたくて、うずうずしていたに違いない。昨日から好奇心満々の目を向けていたことに気づいていた。

勘定方の藩士は、総勢三十人前後ではないだろうか。勘定頭は今し方、小走りに行き交う藩士のひとりになっていた。

「国許《くにもと》からでござりまするか」

小声で問いかけた。領地の郷《ごう》帳《ちょう》や明細帳などを渡されて、各村の様子を確認していたところだった。

「はい。他の藩も似たような状況でしょうが、年貢が払えなくて村を欠落《かけお》ちする『走り者』が絶えないのでござる。当然、藩の収入は減りますので、庄屋や村役は頭が痛くなるばかり。われらも同じでござります」

胸にたまっていたものを吐き出すような、長い溜息《ためいき》が出た。数之進も時々、無意識のうちに吐くことがある。一角はよく苦労性と貧乏性の業を持つ厄介な気質と揶揄《やゆ》するが、若い幸之助にもその傾向があるのだろうか。

「いくつか確認させていただいても、よろしゅうござりますか」

何冊かの文書を手にして訊いた。

「もちろんです。どうぞ」

「万雑《まんぞう》と与荷《よない》とありますが、これは雑税《ざつぜい》のことですか」

雑税の呼び方ひとつ取っても違いがある。雑が入っていたので、おそらくそうだろうと考えてはいた。

「そうです。万雑は銭で、与荷は米で納入してもらう税です。村の公用費に充《あ》てるため、一定の基準を設けて農民から徴収《ちょうしゅう》しています」

説明を聞きながら、常に携《たずさ》えている矢立で手留帳に記した。

「文化元年（一八〇四）に、荒地《あれち》改《あらた》めを布告した旨、記されておりますが」

その後の記述が見つからない。疑問の意味を読み取って、幸之助は継いだ。

「おわかりだと思いますが、隠田《おんでん》を摘発《てきはっ》し、年貢の増徴《ぞうちょう》を果たそうとしたのです。なれど、領内から見合わせてほしいという陳情がありまして、藩は実施を遅らせました」

かなり頻繁に陳情が行われているようだ。それだけ民も苦しいに違いない。藩が隠田を摘発しようとした理由を、数之進は推測をもとに問いかけた。

「文化期に入ると、田圃《たんぼ》は減っているのに畑の届け出は増えているようです。それが隠田調べのきっかけですか」

畑の方が税が安くなることから、届け出は畑にしておいて米を作る。農民にしてみれば窮余《きゅうよ》の策だが、それがあたりまえになってしまうのは困るため、藩は田圃を調べると称して畑の確認をするのだった。

狐《きつね》と狸《たぬき》の化《ば》かし合《あ》いである。

「はい」

幸之助の好奇心あふれる目に、多少、感嘆が加わったように見えた。郷帳や明細帳には、色々な事実が記されている。しかし、記されていない部分をも読み解くのが、優れた勘定方といえた。

「驚いたのは、冬場、雪に覆《おお》われるご領地で、米の栽培《さいばい》に晩稲《おくて》が用いられていることです。寒い越後国では早稲《わせ》しか育たぬだろうと思うておりましたので」

数之進は言った。早稲は冷害に強く確実な収穫を期待できるが、収穫量は少なくなる。逆に晩稲は多収穫だが、冷害を受けやすいという欠点を持つ種だ。寒い領地では、早稲を用いた方が慥《たし》かだろう。

「収穫量の多い晩稲を好む農家がいるようです。冷害で駄目になるか、うまくいくか。一か八かの賭け的な要素もありますが、それがまた、面白いようで」

「なるほど」

晩稲を戦略的に選択と記した。自然相手であるため、楽しむぐらいの気持ちがなければ続けられない。ここ数年は、晩稲の生育がうまくいかなかったらしく、全国的に見ると豊作なのに、尾鹿藩では米の収穫量が減っていた。

——それゆえの隠し畑か。

米余りであろうとも、やはり、換金率は高くなる。余ったときには酒造家《しゅぞう》に売ればいい話で、傷《いた》みやすい野菜よりはずっと安定していた。

——確か幕府は、文化三年（一八〇六）あたりに『酒造勝手造《かってづく》り令《れい》』を発したはずだ。

記憶を探って得心する。豊作続きで下落する米価を懸念《けねん》して、休株や新規開業の者にまで幕府は酒造業を認めた。当然のことながら、これによって酒造業者が激増し、生産と販売競争が激化していた。

さらに寛政の改革の折、江戸の富が上方《かみがた》へ流れることに危機をいだいた老中・松平定信《さだのぶ》は、上方からの下り酒の入荷を制限し、関東の酒造業の振興を図ろうとしている。『御免《ごめん》関東上酒《じょうしゅ》』と呼ばれるこの流れは、あまりにも関東の酒造業者の技が劣っていたことから、失敗に終わりそうだった。

「我が藩では、余剰酒を利用した粕酢《かすず》や味醂《みりん》の製造は行っていないのですか」

次の問いを投げたとき、

「生田数之進」

勘定頭が戻って来た。

「良い機会じゃ。陳情に同席せよ」

年は四十代後半ぐらいで中肉中背、あまり取り柄のない顔立ちは、数之進と同じかもしれない。人混みにまぎれると目立たなくなるのは確かだ。

「は」

立ちあがりながら、矢立と手留帳を袖に入れた。幸之助も付いて来たそうな様子だったが、呑み込んだのかもしれない。なにも言わなかった。

数之進は廊下に出て勘定頭とともに広間に向かう。各部屋の床の間には立花や掛軸、雛人形などが飾られており、ひと部屋ごとに趣向を凝らしている印象を受けた。数之進は眺めながらゆっくり歩きたいのだが、勘定頭は早足で滑《すべ》るように進んで行った。

——まことにもって忙《せわ》しないことよ。

急《せ》かされるのが苦手ゆえ、気持ちだけが先走る。足がもつれそうになったものの、失態を犯すことなく、広間に着いた。勘定頭に促されて廊下側に座る。中座に控えていた品の良い年嵩の男が会釈した。

「庄屋じゃ」

勘定頭が囁いた。単に庄屋と告げたが、陳情に来たことを考えると、村では相当な力を持つ大庄屋であろう。廊下に座しているのは、彼の者の供ではないだろうか。四十代と三十代ぐらいの男たちも、数之進の視線を受けて小さく会釈した。

「陳情を受けるのは、芸目付《げい》も兼ねておられる物産掛の頭役・榊原三十郎《さかきばらさんじゅうろう》様よ。猪武者《いのししむしゃ》の異名を持つお方でな。策略とは無縁の真っ直《まっす》ぐなご気性じゃ。亡くなられた大殿や殿のご信頼も厚く、われらとの関わりも陰湿にならぬ」

気になる言葉が耳に残った。

「それがし、恥ずかしながら芸目付なるお役目は、初めて耳にいたしました。いかようなお役目でございますか」

わからないこと、知らないことは、訊いて憶える。わかったふり、知っているふりはしないのが信条だ。

「藩士たちが武術を真面目に学んでいるかを見守るお役目よ。八代将軍吉宗公の時、ご公儀で設けられたお役目らしゅうてな。みまかられた大殿の時代から我が藩でも行われておる。奥御殿の侍女たちも薙刀《なぎなた》や短刀の鍛錬《たんれん》をしておるぞ。生田はいかがじゃ」

刀の柄《つか》を握る真似をして訊ねた。ゆるみがちな気持ちを引き締めるためなのか、武道に力を入れる藩が、ここにきて増えたように感じていた。

「あまり、得意ではありませぬ。一月に真剣で剣術の稽古をした際、右脇腹を怪我《けが》いたしました。以来、稽古は少し控《ひか》えております」

牽制《けんせい》して言った。本当は刺客に刺されたのだが、よけいな話はできないし、する必要もない。

「真剣で稽古か。わしは近頃、真剣を使う稽古はしておらぬ。たまには」

急に言葉を切って、平伏する。榊原三十郎が姿を見せた。

――榊原姓を名乗る藩士か。

おそらく、かつて親藩だった鹿野藩に縁のある者だろう。潜入前の下調べのとき、何代目かの鹿野藩の藩主に榊原姓があったのを思い出していた。

三

榊原三十郎の年は四十前後、体毛が濃い質《たち》らしく、青々とした月代《さかやき》や髭《ひげ》の剃《そ》り跡《あと》が、いかにも猪武者を思わせた。上座に藩主は座していないが、深々と辞儀をして、中座に腰を落ち着ける。

「陳情か」

三十郎は告げながら、ちらりと数之進に目を走らせた。もしや、幕府御算用者ではないかと疑っているのではないだろうか。臆病《おくびょう》な数之進は、いつも冷やひやしていた。特にはじめの十日間ほどは緊張を強《し》いられる。気骨《きぼね》の折れるお役目だった。

「面《おもて》をあげよ。直答《じきとう》を許す」

「はい」

庄屋は顔をあげて、目を合わせた。

「すでに文でお知らせいたしましたが、わたしの村では年明けに二人、近隣では三人ほど『走り者』が出ました。休耕地が増えますと、土地が荒れるだけでなく、米や作物の収穫量が減ります。なにか良い策はないものでしょうか」

いずこも悩みは同じだ。江戸や大坂といった都に行けば、今よりは良い暮らしができると思い、農民は逃げる。防ぐには待遇を改善するしかなかった。

「昨日から勘定方にご奉公した生田数之進、であったか」

いきなり三十郎は、姓名を口にした。

「ははっ」

数之進は驚きつつ畏まる。

「そのほうは、いかように考える。なにか思うところあれば遠慮はいらぬ。言うてみよ」

力試しのように感じられた。

「おそれながら、申しあげます。村に戻って田畑を耕す者には、二年ほど年貢を免除する旨、触《ふ》れを出してはいかがでしょうか。さらに手当金を渡せば、帰って来る者が現れるのではないかと思います」

率直に意見を述べた。戻ってすぐ耕し始めても、米が実るのは早くてその年の秋。秋に戻れば翌年になる。そういった厳しい状況を鑑《かんが》みるのが得策だと思った。

「ふむ、二年ほどの減免と手当金か」

三十郎は呟き、庄屋に目を投げた。

「いかがじゃ」

「わたしひとりの考えだけでは、決めかねます。持ち帰ってご公儀のお役人や、村役の方々と相談いたしたく思います」

「それがよかろう。大殿による役方の改革は、ある程度の成果が出たやもしれぬ。なれど、締めつけすぎれば『走り者』が増えるは必至。そのあたりの匙加減《さじかげん》がむずかしいという面はあるな」

冷静な言葉を返した。藩だけが潤《うるお》い、下級藩士や民が苦しむ図を、うんざりするほど見てきた。物産掛の頭として、偏《かたよ》りすぎることなく考えているように感じられた。

――威丈高《いたけだか》な対応をしないので、陳情が増えるのやもしれぬ。

話を聞く姿勢があるからこそ、国許の民の訪れが多いのだろう。藩邸がざわつくのは、悪いことばかりではないのだと遅ればせながら気づいた。幕府御算用者なのか否かを確かめるために同席させたのかもしれないが、得るものは少なくなかった。

「他にはいかがじゃ」

さらに庄屋を促した。

「密造酒を売る輩が、増えております。酒造株を持たずに造り、安価で売るため、真面目に営んでいる従来の酒造人一同が迷惑しております」

余り気味の米で酒を造れと奨励すれば、今度は密造酒が巷にあふれかえる。取り締まっても、一時おさまるだけというイタチごっこになるのはあきらか。民も生きていくために必死だ。

「国目付に申しつけ、取り締まらせよう。土地の売り買いについてはどうじゃ。その後、変わりはないか」

土地の売り買いが日常的に行われているのは、先程の話に出た『走り者』が無関係ではあるまい。持ち主がいなくなった田畑を放置しておくことはできず、庄屋たちが安値で買い取っているのかもしれなかった。

——あるいは、別の意味がある売り買いなのか。

数之進は素早く手留帳に記した。

「したためてまいりました」

庄屋は答えて、懐から文を出した。数之進はいち早く動いて受け取るや、三十郎に手渡した。すみやかに元の場所に戻る。

——聞かせたくない話か。

やはり、別の意味を持つ土地の売り買いなのかもしれない。それこそが知りたい話であるものを……国許で土地がらみの騒ぎが起きているのだろうか。彼の者が陳情したいのは、そのことなのか。

「なるほど、な」

三十郎は目を通して、ひとりごちる。

「あいわかった」

短く告げて終わらせた。

「生田数之進」

ふたたび目を向けられて、畏まる。

「ははっ」

「訊ねたき儀があれば申せ。わしではのうて、国許の庄屋にでもよい。奉公したばかりでわからぬことも多かろう。申せ」

「お気遣い、いたみいります。民を減らさず、少しずつでも増やすには妊婦《にんぷ》を優遇する必要があるのではないかと、それがしは考えます。榊原様におかれましては、妊婦の登録制度について、いかように考えておられまするか」

思いつくまま訊ねた。

意表を突く問いかけだったのか、

「妊婦の登録制度？」

隣に座していた勘定頭が、自問まじりの呟きを返した。驚きを表すように小さな目を大きく見開いている。

「かようなものがあるのか？」

代弁するように三十郎が訊いた。

「は。美作国《みまさかのくに》の津山《つやま》藩では、女子が妊娠したとわかるや、『懐妊届《かいにんとどけ》』を出すことが義務づけられていると聞きました。早い段階で妊婦の所在を摑み、子堕《こお》ろしを防いでいる由。年貢を納める民を増やすための施策と聞いた憶えがござります」

「初めて伺いました。なるほど、民を増やすための施策でございますか」

庄屋もまた、感心した様子で何度も頷いている。表情がゆるんだのを見て、数之進も緊張が解けてゆくのを感じた。

「面白い案じゃ。その懐妊届とやらを出させた後は、米などを支給して助けるのか」

三十郎は一歩、進めた問いを投げる。

「は。子堕ろしをするのは、貧しさゆえの間引《まび》きにござります。子は国の宝、宝を大切にせねば、国の明日はありませぬ。『民富めば国富む、民知れば国栄える』と申しますように、いくばくかの金子と米を与えれば、安心して子を産めるのではないかと、それがしは考えます次第」

「お若いのに、よう目配りしておられますな」

庄屋は言った。満更、世辞とは思えない表情をしていた。

「他藩の様子まで見知っておられることに驚きました。頼もしい藩士が入りましたな、榊原様。丹波守様は、お喜びあそばされるのではないかと思います」

「うむ。『懐妊届』の件は、わしから殿に進言してみようではないか。否とは申されまいが、念のために伺うておく」

「は」

「他にも、訊ねたきことがあれば申せ」

ふたたび促されて「おそれながら」と続けた。

「鍛冶《かじ》の件を伺いたく存じます。飛び地として我が藩が持つ燕町《つばめちょう》の一部は、釘《くぎ》や銅器を作っている由。近くに間瀬《まぜ》銅山《どうざん》を控えておりますことから、我が藩は日用に必要な器物の特産地となったのでござりましょう」

話しながら、事前に渡されていた調書《しらべがき》の一部を思い出している。蒲原地方は湿地帯が多く、度重なる洪水で農民は困窮。救済のために副業として釘づくりの職人を江戸から呼び寄せ、製造の技を教えさせたのが、鍛冶業の始まりとされていた。

銅器、煙管、矢立などの他、鋸《のこ》や鍬《くわ》、鋤《すき》、鎌《かま》といった農具も作られている。数之進は野鍛冶が以前から盛んだったのではないかと思っていた。

「すでに行われているやもしれませせぬが、民の中に望む者がおりますれば、職人として育成するのも良いのではないかと思います次第。あまり器用ではない者も、釘ぐらいは作れるのではないかと」

「釘か」

三十郎は呟き、読めない表情を見せる。なにか言おうとしたのだが、口にするのは憚《はばか》られると思い、呑み込んだような感じがした。

――釘になにか意味があるのか。

後で手留帳に記すべく頭に留めた。

「以前は鍛冶職人への道を推し進めていたが、さよう、近頃はいささか疎《おろそ》かになっていたやもしれぬ。釘作りだけで暮らすのは無理かもしれぬが、暮らしの助けにはなるな」

三十郎の同意を、庄屋が受けた。

「羅《ら》宇《う》キセルを作れれば、生計《たつき》をたてることもできましょう。『走り者』を減らすには、食べていける道を示すのが近道かもしれません」

おもむろに懐から延べ煙管を取り出した。美しい光沢《こうたく》は、ずっしりとした重さを感じさせる。すべて鉄や銅で作られているため、言うまでもなく高級な品だ。これに対して羅宇キセルは煙管の中間を竹で繋ぎ、値段を抑えている安価な品だが、庶民に愛されていた。

――附け火の疑いをかけられた自称・大工が、美しい延べ煙管を持っていたな。

八丁堀の同心に連れられて行った男を、ふと思い出している。火打ち石を持っていたことに対する疑惑だったが、どうなっただろうか。

「真葛《まくず》様」

「お待ちください」

廊下の彼方《かなた》で藩士たちの声がした。数之進は肩越しに見やる。長い髪をひとつに束ねた稽古着姿の女子が、早足でぐるりと廊下をまわって来るのが見えた。右手には竹刀を携えている。

「新参者はどこか」

大声で告げた。

「え」

数之進はまさかと思い、首をめぐらせる。

「生田のことであろう」

隣に座した勘定頭が、廊下の方に向き直って平伏する。数之進も慌てて畏まった。

「勘定方の新たな藩士のお訊ねでござりますれば、それがしの隣に控えている者にござります」

「そうか」

こちらに来た女子は足を止めて、見おろした。

「真葛じゃ。奥御殿で別式女《べっしきめ》を務めておる。新参者はわたしと手合わせするのが、我が藩の定め。武道場に来い」

告げるや、踵を返した。

「え？」

数之進は狼狽《うろた》える。別式女と手合わせ、そもそも威丈高に名乗った真葛とはだれなのか。勘定頭や芸目付の三十郎に救いを求める目を投げたが……。

「致し方あるまいな」

三十郎の答えを聞いて、仕方なく受け入れた。一月に受けた右脇腹の傷痕が、鈍く疼き始めていた。

四

支度を終えた数之進は、重い足取りで武道場に向かった。

「通夜《つや》に行くような顔をしておられます」

同役の手嶋幸之助が言った。やけに愉《たの》しそうだった。自ら付き添い役を買って出たのは、お役目を怠《なま》ける口実かもしれない。

「それがしは、剣術があまり得意ではありませぬゆえ」

溜息まじりの答えになったが、幕府御算用者としての話を得るべく気持ちを切り替えた。武道場に向かうわずかな間にも、藩内の様子を摑まなければならなかった。

「別式女なるお役目があるのは存じておりましたが、まさか、我が藩にと思いました。真葛様は奥御殿の侍女たちを、鍛錬《たんれん》しておられるのですか」

「はい。奥方様でありながら別式女という二つの顔をお持ちです」

「奥方様?」

数之進は思わず足を止める。驚きが大きすぎて考えがついていかず、身体が動きを止めたのだ。幸之助も立ち止まっている。

「いかにも、真葛様は殿の奥方様でござります。嫁いで来られたのは、十年ほど前であるとか。以後、芸目付の榊原様自らご指南《しなん》なされて、今では藩士顔負けの遣い手になられた由」

「さようでござりますか」

それしか答えられなかった。

「十九歳までは力弥《りきや》姿で、女子ながらも他藩へ出稽古に行き、武者修行の真似事をしたとも聞きました。剣術や薙刀はむろんのこと、馬術も巧みで打球も得意であるとか。それがしは先月、洗礼を受けました」

と、幸之助は笑って歩き出した。先月、奉公したばかりであるのを親切に教えてくれたらしい。打球はポロに似た球技である。

数之進は隣に並んで訊いた。

「稽古は、殿もご覧になられるのですか」

藩主への目通りを兼ねた手合わせなのだろうか。ありきたりの考えしか浮かばなかった。

「いえ、殿は上屋敷の表においでになることは少ないと伺いました。奥御殿と本所柳橋の下屋敷が、お気に入りのようです。殿の代わりと思うておられるのか、真葛様はよく表へおいでになるようで」

一角には晩生《おくて》と揶揄されるが、含みのある言葉がわからないほど鈍くない。奥方以外の愛妾《あいしょう》がいるのかもしれなかった。

「そうですか」

あたりさわりなく答えた。御家騒動の気配を強く感じているが、ここでよけいな質問は控えるべきと判断した。奥向きの調べは、一角にまかせた方がいいだろう。

「真葛様は、文武両道でござる。禅問答《ぜんもんどう》のようなやりとりも好まれておりまして、憶えの悪いそれがしは、ご指南いただくたびに呆れられております。とにかく、『金平《こんぴら》娘《むすめ》』なのでございまする」

金平娘の部分が頭に残った。おてんばで気の強い娘を指す言葉であり、江戸でも聞く表現だが、確か九州あたりの方言ではなかっただろうか。

「それがし、見習い奉公でござってな。さまざまなことを学ぶべく、尾鹿藩に来た次第でござる。新参者同士として出会うたのもなにかの縁。わからないことがあれば、遠慮なくお訊ねください」

訊いてもいないのに告げた。見習い奉公というのは初めて耳にしたが、尾鹿藩には学ぶだけの事柄――騒動の原因かもしれない魅力が、あるのかもしれなかった。遠慮なく訊ねてみたい場面であるものの、ここは慎重に受けた。

「お心遣い、いたみいります」

廊下を進んで行くにつれて、威勢のいい掛け声が聞こえてくる。友の声と思しきものをとらえていた。

「手嶋幸之助、同役の生田数之進とともに、まかりこしました」

声を張りあげた幸之助の隣で深々と一礼する。作法に則《のっと》って武道場へ入り、居並ぶ藩士たちの一番後ろに畏まる。中央では幸之助が言うところの洗礼を受けたばかりの一角が、手合わせを終えたところだった。

――汗をかいている。

短い手合わせだったろうに、額や首に汗が噴き出していた。女子相手にと思った後で気持ちを引き締める。それだけ手強《てごわ》い剣士なのだろう。目が合うと案の定、一角は「油断するな」というような顔で会釈した。

「次。生田数之進」

真葛は汗を拭い、呼びかけた。

「はい」

緊張を抑えて立ちあがる。渡された竹刀を握りしめて、辞儀をかわした。色の白さが際立つ真葛もまた、激しい打ち合いだったことを示すように頬が桜色に染まっている。凛《りん》とした青竹のような美しさを放っていた。

「ひとつ、訊ねる。『自ら反《かえ》りみて縮《なお》くんば』の後は？」

突然、問いかけた。幸之助が言っていた禅問答のようなやりとりに違いない。

「『千万人《せんまんにん》と雖《いえど》も吾《わ》れ往《ゆ》かん』でございます」

「だれの言葉だ？　意味は？」

問いかけながら間合いを詰めて来る。数之進はさがりながら答えた。

「孟子《もうし》の言葉と憶えております。『内省し正しいと確信したことは、千万の敵がいても私は突き進む』でござりますが、かみ砕いて申しあげますと、『勇気は無鉄砲ではなく、内省による揺るがない確信から生まれる』ではないかと」

うわっと声が出た。いきなり打ち込まれてしまい、かろうじて受けたが、大きく体勢が乱れた。

「左へ」

一角がたまりかねたように声をあげる。助言どおり左に動き、竹刀を構え直したとたん、真っ向斬りを叩きつけられた。が、間一髪、右に避《よ》け、すり足で素早くまわり込む。鳥海左門の屋敷の武道場で、暇を見つけては稽古に励む結果が多少、表れていた。

——夜叉《やしゃ》のようだ。

竹刀を受け、弾《はじ》き返しながら、数之進は思った。攻めて、攻めて、攻めぬくその顔は、まさに夜叉のよう。真葛は数之進の足を狙って、床を擦《こす》るような太刀さばきを見せた。地を這《は》う蛇《へび》のような竹刀の動きを読み、さがって間合いを取る。

次の瞬間、足を狙っていた竹刀が、頭上から振り降ろされた。数之進は竹刀を横に構えて受け、右に逃げる。

それを待っていたのか、

「はぁっ」

真葛の一撃が、右脇腹に叩きつけられる刹那《せつな》、

「一本！」

一角が持っていた竹刀で受け止めた。

「奥方様。我が友は右脇腹に怪我をしておりまする。打たれるとふたたび傷が開くやもしれませぬ。お役目に差し支《つか》えてはならぬと思い、お止めいたしました次第。ご無礼つかまつりました」

その場に平伏して、元の位置に戻る。真葛は我に返ったかのように、何度かまばたきをした。

「今の話はまことか？」

数之進に訊ねた。怪我をしたのはひと月半ほど前の話であり、今は傷が開く心配などないほどに治っているが、毎回、激しい稽古をされるのはあまり嬉しくない話だ。怪我でもしたら、一角の言うとおり、お役目に差し支えるかもしれない。

数之進は、竹刀を傍らに置いて畏まる。

「は。真剣での稽古中、不覚にも避けそこねて右脇腹を斬られました。己の未熟さを思い知らされました次第。恥じ入るばかりでございます」

「さようであったか」

突然、真葛は座って深々と辞儀をした。

「すまぬ」

さらに両手を突いて平伏する。

「な、なにを……お手をおあげください、奥方様」

数之進は慌てた。ゆっくり顔をあげた真葛は、穏やかな表情に変わっている。菩薩《ぼさつ》とまではいかないが、品のあるやさしい面《おも》になっていた。

「動きが右脇腹を庇《かば》うているように見えたのでな。つい気になって、そこを攻めてしもうた。許せ」

三度、辞儀をした。気になったところを攻めるのは、戦いの常道だろう。いざとなったとき、綺麗事は言っていられない。真葛が、優れた技の持ち主という証《あかし》だった。

「さて、次は……」

見まわした真葛の目が、出入り口でとまる。出入り口を背にして座っていた数之進は、強い酒の匂いを感じて肩越しに見やった。

「剣術の稽古か」

赤ら顔の男が言った。ひと言、発しただけで酒の匂いがいっそう強くなる。ヒイックと妙なしゃっくりをするや、居並ぶ藩士たちはざわめいた。

「殿」

ひとりが言い、右に倣《なら》えで平伏する。数之進も身体の向きを変えて畏まった。

「ああ、そのまま、そのまま」

言葉を続けようとしたが、すでに呂律《ろれつ》がまわらない。草履《ぞうり》のままあがろうとした刹《せつ》那《な》、後ろに付いていた女子が止めた。

「殿。お履《は》きものを」

年は二十歳前後。艶《あで》やかな打ち掛けを羽織った姿は、地上に舞い降りた天女のごとき美しさをたたえている。浮世絵に描かれても不思議ではないような美女だった。

「…………」

真葛は、恐ろしい形相で睨みつけている。先程までは夜叉だったが、今は般若《はんにゃ》のごとき有様だった。膝の上できつく握りしめた拳が、小刻みに震えている。稽古で桜色に染まっていた顔が、青いのを通り越して白くなっていた。

――奥方対愛妾か。

数之進は自分の顔から血の気が引いていくのがわかった。もっとも苦手な御家騒動の醜聞《しゅうぶん》だった。

「そうであった」

ひとり、直之だけが場違いなほどにおっとりしている。それがいっそう場の緊迫感を高めた。

「武道場に入るのであれば、わたくしと手合わせをしていただきとう存じます」

真葛は立ちあがって、直之に竹刀を投げつけた。大きな音をたてて床に落ちる。武道場は静まり返った。

「お」

藩主はとぼけた声を出したが、愛妾と思しき女子はあからさまに眉をひそめる。

「乱暴なことを」

竹刀を拾って脇に寄せた。直之を背に庇い、昂然《こうぜん》と顎をあげる。対決図に藩主の寵愛《ちょうあい》ぶりが浮かびあがっていた。

「理与《りよ》殿が殿の代わりに、わたくしの相手をしてくださると?」

真葛は皮肉っぽく言い、相変わらず冷ややかに二人を睨《ね》めつけている。一角が素早く藩主のもとに駆け寄った。

「殿。それがし、昨日より尾鹿藩の小姓方にご奉公いたしました早乙女一角にござります。汗臭い稽古着姿でござりまするが、奥御殿までお連れいたしたく思います。いかがでござりましょうか」

機転を利かせて申し出た。

「そちにまかせる」

「ははっ」

一角は足下がおぼつかない直之の手を取って、武道場を後にする。去り際、肩越しに一瞥《いちべつ》した理与の、凍りつくような眼差しに、数之進は震えあがった。

――御家騒動の火種《ひだね》のひとつであるのは確かだ。一角がうまく奥御殿の様子を探ればいいのだが。

春風が、直之の酒臭さを運んでくる。御家騒動の不吉な匂いに思えた。

五

「殿。それがしに身体をおあずけくださりませ。理与様は後ろにお下がりいただきますよう、お願い申しあげます」

一角は、ほとんど直之を担《かつ》ぐようにして奥御殿に歩を進める。なにかゴニョゴニョ言っているが聞き取れなかった。

――酒臭い。なれど、右手に大きな竹刀ダコがあるな。

直之の右手には、立派な竹刀ダコができていた。相当、剣術の稽古をしているはずだが、今の様子からは想像もできない。息を吐くたびに、濃密な臭気が鼻をついた。

──臭いうえに、重い。酔いどれ藩主のお守《も》りは大変じゃ。

酒は好きだが、昼間から泥酔《でいすい》した藩主を歩かせるのは骨が折れた。それでも事前に広さや間取りを調べたうえ、いざとなった場合の逃げる順路は頭に叩き込んである。奥御殿までの最短距離を選んでいた。

「申し訳ありませぬが、中奥に続く戸を開けていただけまするか」

理与に言ったが、すぐには答えが返らない。無言で一角を見つめていた。その様子に気づいたのだろう、

「ん?」

直之は少し後ろを歩く理与に目を投げた。

「あ、いいえ、あの、早乙女様の美丈夫《びじょうふ》ぶりに、つい」

「見惚《みと》れておったか」

足を止めて豪快に笑った。年は確か四十一、人目を引くような美男ではないが、育ちの良さを感じさせる顔立ちの持ち主だ。ある意味、太平の世に生まれた藩主らしいと言えるかもしれない。もっとも、藩士たちは藩邸の太平楽な雰囲気を維持するため

に、どれだけ苦労していることか。

「申し訳ありませぬ」

理与は詫びて、中奥に続く引き戸を開けた。

「殿。奥御殿まで行きますぞ」

一角は気合いもろとも直之を肩に担ぎあげる。そのまま勢いよく中奥へ入り、立ち並ぶ木々の間を走り抜けた。

「おお、速いのう、人間馬《うま》じゃ」

担ぎあげられた直之は、呑気《のんき》なことを言っていた。理与が素早く草履を脱がせたのは、一角の稽古着が汚れぬようにという気遣いか。汚れてもよい格好なのだが、異論を唱えるつもりはなかった。

「待て、待てまて、お待ちあれ！」

突然、しわがれた声がひびいた。年老いた藩士は、昨日、紹介された小姓頭の佐野《さの》太郎兵衛《たろべえ》、齢《よわい》六十の翁《おきな》である。今まで潜入探索した諸藩の中では、最長老の小姓頭だろう。一角は立ち止まらざるをえなかった。

「なんじゃ、太郎兵衛。かような場所で呼び止めるでない。余《よ》は決して居心地がよい状態ではないぞ。揺られて今にも吐きそうじゃ」

いぎたなくゲップをされてしまい、さしもの一角も青くなる。汚物まみれになるのはいやだった。

「こ、これはご無礼つかまつりました。それがし、先に奥御殿へ行き、調《ととの》えておきまする。しばし、しばし、お待ちを」

言い置いて小姓頭は奥御殿に走った。おぼつかない足取りは、直之とは別の意味で危なっかしさを覚える。とはいえ、助けを得られたのはありがたかった。中奥から奥御殿へ進み、素早く外廊下に運んだ。

――あれは。

途中の離れに、ぎっしりと雛人形が飾られていた。離れを全部、使った飾り付けは、確か『雛屋《ひいなや》』と呼ばれるものであり、雛人形を売る店もまた、同じように呼ばれている。

「殿、着きましたぞ」

吐かれては困るので、そっと廊下に直之を降ろした。

「ふう。危なかったわ。一角の背中に吐いてはまずいと思い、どうにかこらえたが」

青白い顔で何度もゲップを繰り返している。太郎兵衛が用意して来た足湯で足を洗い、一角はよろめく藩主を支えて座敷の上座に落ち着かせた。その間に年老いた小姓頭は、素早く床をのべる。

だれもが安堵の吐息を洩らした瞬間、

「吐く」

直之が言った。その訴えを、太郎兵衛は足を洗った桶で受ける。一角は背中を撫でさすって少しでも苦しみをやわらげようとした。口を濯《すす》ぐ桶まで用意していたのは、さすがと言うしかなかったが……。

――昼間から泥酔するのは、もはや、日常茶飯事か。

一角は冷静に状況を読み取っていた。奥御殿の華やいだ座敷では、いささか違和感のある顔色の悪い藩主が、のべられた布団に横たわった。

「ちと飲み過ぎたやもしれぬ」

「ちと？」

太郎兵衛が、鋭く切り返した。

「雛祭りのお囃子《はやし》に浮かれて、昨日から酒浸《さけびた》りではございませぬか。せめて、昼間はお慎《つつし》みくだされと、あれほど爺《じい》が頼みましたものを」

「頭の上でうるさく言うでない。よけい痛《いと》うなる」

「理与様にくれぐれもお気をつけくだされと、お願いしておいたのでございまするが」

ちらりと見やる。

「理与は悪うない、飲むのを止めたのじゃ。なれど、余は我慢できなんだ。雛祭りの間ぐらい、よいであろう。調子にのって表に顔を出したのは、しくじりだったがの」

「表にその体《てい》で行かれたのでござりまするか」

ふたたび愛妾に向けられた目には、責めるような含みが感じられた。理与は素知らぬ顔でやり過ごしている。藩主の泥酔や太郎兵衛の小言も、常のことに違いない。慣れているような感じがした。

「明日はご酒《しゅ》を控えていただきますぞ」

太郎兵衛は告げた。

「鹿野藩の御家老様が、おいでになりまする。先程のような失態は見せられませぬ。おわかりでございまするな」

尾鹿藩はかつては鹿野藩の支藩だったが、分封《ぶんぽう》したのはかなり前の話であるため、現在、どの程度の繋がりがあるのかはわからない。五節句のときには、上級藩士が訪《おとな》うのだろうか。

「わかっておる。くどくど言うでない。気持ちが悪いのじゃ。余は少し寝《やす》むゆえ」

「殿」

　理与が緊張した声で告げ、その場に畏まって平伏する。とうに耳順《じじゅん》（六十歳）を過ぎたと思《おぼ》しき尼姿《あますがた》の媼《おうな》が姿を見せた。二人の侍女を従えている。村上杢兵衛の調べには載っていなかったが、髪をおろしている点を鑑《かんが》みるに、おそらく亡き先代の奥方ではないだろうか。

　──殿の母御《ははご》か。

　一角も居住まいを正して平伏する。

「信如《しんにょ》様じゃ」

　隣に来た太郎兵衛が、耳もとに囁いた。

「昔、江戸城の大奥にご奉公なされていたお方でな。縁あって亡くなられた大殿の後《のち》添《ぞ》いになられたのじゃ。殿と血の繋がりはないが、うまくいっておられる。ぴしゃりと言うていただくときには、なくてはならぬお方よ」

　大奥と聞いて、さすがに緊張する。十一代将軍家斉公と繋がりがあるのだろうか。詳細は不明だが、奥御殿の女主《おんなあるじ》であるのは間違いないように思えた。

「さようでございますか」

　答えた後、一角はかすかな赤子《あかご》の泣き声を耳にした。はっとしたように、理与が辞儀をして、その場を離れる。生まれたばかりの子がいるのかもしれない。それを見ながら信如は直之の傍らに侍《はべ》った。

「殿」

眠り始めていた直之は、まだ、気づかない。

「直之殿」

「なんじゃ、理与。声がおかしいではないか。いかがした……は、義母上《ははうえ》！」

身体の向きを変えて気づいた。勢いよく飛び起きるや、平伏する。

「見苦しい姿をお見せいたしました。申し訳ございませぬ。朝から気分がすぐれず、横になっていた次第でございます」

「気分がすぐれなんだゆえ、朝から酒を飲まれたのか？」

答えて、小さな溜息を吐いた。奥御殿の話は表に出ないことが多く、太郎兵衛が教えてくれなければ、調べに時を要したのは間違いない。

――いささか親切すぎるように思えなくもない、が。

皮肉っぽい考えが浮かんでいる。

「いや、頭をすっきりさせるつもりだったのですが」

直之は、悪びれたふうもなく言った。相変わらず顔色は悪いが、苦笑いを浮かべた表情はおっとりしている。突如、怒り出して藩士を怒鳴る気質ではないようだ。

「表にまで行ったとか」

対する信如は、呆れ顔だった。

「よう憶えておりませぬ。気づいたら武道場の前におりました」

「側にいる者が、お止めせねばならぬものを」

そう言って一角に目をとめる。

「稽古着姿のそちは、何者か」

直之同様、遅ればせながら気づいたのかもしれない。

「は。尼御前《あまごぜん》様には、ご挨拶が遅れました。昨日より尾鹿藩の小姓方にご奉公いたしました早乙女一角にござります」

太郎兵衛が代わりに答えた。尼御前なる呼び方には、畏怖《いふ》だけでなく、多少の蔑《さげす》みも感じられた。酒浸りの藩主を諌《いさ》め、深酒をやめさせるべく、あらかじめ太郎兵衛が招《よ》んでいたのかもしれなかった。

「美丈夫よの」

信如は、目を細めて言った。なぜか一角は背筋に悪寒を覚えたが、よりいっそう畏まって顔をあげないようにする。太郎兵衛は座敷の隅に置かれた火鉢の鉄瓶《てつびん》を取って、湯呑みに注ぎ、直之に手渡した。一角もまめやかな方だと自負しているが、足下のおぼつかない老藩士もなかなかどうして、よく気がつく。

「理与も一目惚れしたようでござる」

直之は美味そうに白湯《さゆ》をすすった。

「おや、そうですか。近頃は冴《さ》えない藩士ばかりが、増えましたからねえ。凜とした風情《ふぜい》の若侍は、とんと見なくなりました。早乙女一角でしたか」

「は」

「奥方様との手合わせは、終わったのですか」

「ははっ、先程、貴重なご指南をいただきました次第。それがし、危うく一本、取られかけました」

「ほう。では、一角が勝ったのか」

直之が訊いた。

「僭越《せんえつ》ながら、かろうじて一本、取りました」

またしても子どもの泣き声が聞こえてくる。中庭に現れた十三、四歳ぐらいの少年は、頑是《がんぜ》無《な》い幼子《おさなご》を腕に抱いていた。雛屋に向かっているのは、泣く幼子を喜ばせるためだろうか。向かいの廊下では座を外した理与が、やはり、腕に赤子を抱いていた。

――やけに子どもが多い奥御殿じゃ。

直之はおっとりした様子に似合わず、女子に関しては精力的なのかもしれない。子《こ》福者《ぶくしゃ》の家斉公を、一角は思い浮かべていた。

――大奥の出か。

剃髪《ていはつ》してなお妙な色香《いろか》を漂わせた信如は、艶《なま》めかしい白蛇《はくじゃ》を想起させる。何年ほど大奥にご奉公していたのか。普通は奥方の真葛が女主であるものを、尾鹿藩は違うように感じられた。

子どもの泣き声が、また、別の座敷から聞こえてきた。

第三章　尼御前《あまごぜん》

一

翌日の夜。

数之進《かずのしん》と一角《いっかく》は、奥御殿の中庭に忍び込んだ。

――なんという派手やかな座敷なのか。

驚嘆とともに明るい座敷を木陰《こかげ》から見つめていた。各座敷には行灯《あんどん》が灯《とも》されており、中庭の石灯籠《いしどうろう》の灯もまた、手入れの行き届いた木々を浮かびあがらせている。昼間のような明るさのなか、愛妾《あいしょう》や侍女と思《おぼ》しき女子《おなご》たちが廊下を行き交う様は、華やかな雛祭《ひなまつ》りの前夜祭を思わせた。

「諸藩では明かり用の油を節約するのが、もはや、あたりまえだと思うていたが」

数之進の呟《つぶや》きを、一角が受ける。

「昨夜も同じような状況であったわ。毎夜、雛祭りのごとき華々しさよ。離れの設《しつら》いは、『雛屋《ひいなや》』のように思うが」

と、離れを目で指した。奥御殿から渡り廊下で行き来できる座敷は、行灯や雪洞《ぼんぼり》、吊《つ》りさげられた提灯《ちょうちん》などで、ひときわ明るく彩られている。飾られた数多くの雛人形が、にこやかに笑みを浮かべているかに見えた。

「間違いない。おぬしの言うとおり、離れは『雛屋』よ」

数之進は答えて、続ける。

「ずいぶん豊かな暮らしぶりに見ゆる。国許《くにもと》からの陳情では、諸藩と変わらぬ厳しい状況に思えたがな。裏の稼ぎが、あるのやもしれぬ」

「表や中奥の庭、座敷といった場所の手入れも、滞《とどこお》りなく行われているようじゃ。来たる日の雛祭りを祝《いわ》う飾りがなされていた。余裕がなければできぬであろうさ」

同意して一角は告げた。

「殿じゃ」

廊下に向けられた視線を追うと、直之《なおゆき》が愛妾の理与《りよ》や侍女に支えられて、よろよろ歩いていた。義母の尼御前《あまごぜん》に止められて昨日はいったんやめたものの、一晩、休んで酒を飲む元気を取り戻したのだろう。顔は真っ赤で頼りない歩き方をしていた。

「雛人形を見る」

呂律《ろれつ》がまわらない口調で告げたが、どちらに行けばよいのか、わからなかったに違いない。鳩《はと》のように忙《せわ》しなく首をめぐらせていた。

「雛人形を愛《め》でるのは、明日にいたしましょう、殿」

理与が言った。

「今宵《こよい》は寝所でごゆるりと休まれた方が、よろしいのではないかと存じます。女子と違《ちご》うて人形は逃げませせぬゆえ」

「ほ」

と、直之は笑った。

「気の利いたそちの台詞《せりふ》を、今宵は受け入れるとしようか」

踵《きびす》を返して奥の寝所に足を向ける。女子二人では手に余るほどの酔い方だが、どうにか歩いていた。

「それにしても、新参者の早乙女《さおとめ》一角は美丈夫《びじょうふ》じゃ。そちは見たか」

左側の侍女に訊《き》いた。

「はい。遠目でございましたが、凜々《りり》しい若武者という風情《ふぜい》でございました。わたくしは殿方が戦《いくさ》のときに着る鎧《よろい》や甲冑《かっちゅう》が好きなのですが、早乙女様は似合いそうでございます。見た目だけではなく、剣術の腕も確かであるとか。奥方様との一本勝負に勝たれた由《よし》。奥向きはその話で持ちきりでございます」

「さよう。奥に勝つとは、たいしたものよ。頼もしい小姓《こしょう》が入ったわ。太郎兵衛《たろべえ》の話では、武芸十八般であるとか。逸材《いつざい》やもしれぬ」

「早乙女様のご盟友が、勘定方《かんじょうかた》にご奉公なされたとも伺《うかが》いました。お目通りはなされたのですか」

今度は理与が問いかける。やけに詳しいようだった。

「いや、まだ目通りはしておらぬ。一角の盟友であれば、優れた資質の持ち主やもしれぬな。我が藩に新たな風が吹くのを、余は期待しておるのじゃ」

意外にも直之は、しっかりと答えて廊下の奥に消えて行った。目を転じると奥御殿から離れに続く渡り廊下に尼御前の信如《しんにょ》が現れた。三歳ぐらいの女児を連れている。寝る前に『雛屋』に行きたいと駄々《だだ》をこねたのか、女児は何度もしゃくりあげていた。

「お雛様を見たら、おとなしく眠るお約束でしたね」

信如は女児に話しかける。

「はい」

すすりあげながら、小さく頷《うなず》いた。理与の子どもではないのだろうか。何人ぐらい愛妾がいるのか。そのあたりの調べはまだ終わっていない。しかし、奥御殿の賑《にぎ》わいや騒々《そうぞう》しさは、風に乗って表にも伝わっていた。

「昨日の昼間は、別のお子を二人、見た。ひとりは理与殿に抱かれていたが、もうひとりは十三、四歳ぐらいの男子《おのこ》が連れていた。すべて殿のお子と考えた場合、今の女児で三人か」

一角が子どもの数を告げた。

「おぬしの話に出た十三、四歳ぐらいの男子を加えれば、四人になるな」

数之進は、直之の年を思い出しつつ答えた。確か四十一ぐらいのはずなので、十歳の子がいてもおかしくない。なるほど、と、一角が受けた。

「おまえの言うとおりじゃ。であるならば、殿はすでに四人の子がいるわけか。小姓頭の佐野《さの》様によると、前殿は十人前後の愛妾がいて、上様と同じく子沢山《こだくさん》だった由。殿も女子好きの気質であるならば、お家は安泰《あんたい》だな」

「奥方様は、奥御殿にお住まいではないようだが」

奥御殿の女主《おんなあるじ》は、だれが見ても尼御前の信如に思えた。堂々とした立ち居振る舞いや、藩主への対応からもそれが読み取れる。古参の小姓頭が頼りにしているらしいことは、友の話からも察せられた。

「女剣士にとっては居心地《いごこち》が悪いのやもしれぬ」

一角は苦笑いを浮かべる。

「抱屋敷《かかえ》が本所にあるらしいという話は聞いた。下屋敷が本所柳橋にあるからな。地続きで抱屋敷を設けたことも考えられる。そこを住まいにしておられるのではあるまいか」

小声で話しているうちに、信如と女児が離れから戻って来た。帰りは抱きあげて、やさしく背中を叩《たた》いている。女児はとろんとした目をして今にも眠りに落ちそうだった。

「おれは尼御前が苦手じゃ。つい『歩き巫女《みこ》』を思い浮かべてしまうのだが、小藩と雖《いえど》も藩主の義理の母。関わりはあるまいがな」

歩き巫女の正式名称は熊野比丘尼《くまのびくに》であり、喜捨《きしゃ》を仰ぎ、寄付を募《つの》る勧進《かんじん》を中心に、人々の相談相手や話し相手として全国を廻《まわ》っている。熊野系修験《しゅげん》教団の傘下《さんか》とされる無名の漂泊女性たちだ。

「戻るぞ」

告げるや一角は、中腰の姿勢のまま中奥へ続く引き戸に足を向ける。数之進も低い姿勢になって後を追いかけた。引き戸の見張り番には、事前に袖《そで》の下《した》を渡しておいたが、それでも細心の注意を払って中奥へ入り、表に続く引き戸を開け、表の中庭に戻った。

「腹が減ったな」

友の呟きで、一気に緊張がとける。

「確かに」

臆病《おくびょう》だと自負しているため、肚《はら》の据《す》わった友の言動に救われることが多かった。

笑みを浮かべて歩き出したとき、裏門の方から低いフクロウの鳴き声が聞こえた。鳥《とり》海《うみ》左門《さもん》の配下が二六時中、藩邸の周囲に待機している。午《ひる》の合図はウグイス、夜の合図はフクロウと決められていた。

「午にも一度、知らせたが……鳥海様の配下かもしれぬ」

数之進は言い、友と裏門に足を向けた。合図ではなく本物のフクロウかもしれないが、空振りに終わっても仕方がない。門番に断って、二人一緒に外へ出た。

上屋敷があるのは、御城の北東寄りにあたる地域で、北に東叡山寛永寺《とうえいざんかんえいじ》、西に神田明神が控えている。東には旗本《はたもと》や御家人《ごけにん》の小さな屋敷が並び、その間に町屋がわずかに連なっていた。

不忍池《しのばずのいけ》が湿った空気を運んで来るためか、乾燥する春先の時季だが、さほどそれを感じなかった。

「生田《いくた》殿」

暗闇からひびいた声の主は、杉崎春馬《すぎざきはるま》だった。三番目の姉・三紗《みさ》の夫であり、縁あって左門の配下となっている。もうひとりの配下とともに、忍びやかに近づいて来た。数之進と一角は注意深く門番の様子を見た後、春馬たちに駆け寄る。

「なにかありましたか」

小声で問いかけた。

「じつは」

春馬は言いにくそうに切り出した。

「それがし、失態を犯しました。昨夜、浅草の奥山に立ち寄った折、つい、三紗に話してしまったのです。こたびのお役目には、昔、大奥にご奉公した女子が関わっているやもしれぬと」

三紗は数之進の助言を受けて、今年の一月、浅草の奥山に飴屋《あめや》の小店〈みはる〉を構えていた。五色に色づけた飴は、評判も売れ行きもよく、早くも二店目を考えているらしい。まだ、新婚と言える二人ゆえ、左門は濃《こま》やかな目配りをしてくれているのだろう。春馬は暇を見ては、手伝いに行っていた。

「姉様はなんと？」

数之進の問いに、春馬は答えた。

「意外な話が出ました」

声が明るいのは、すでに左門に話したからではないだろうか。

〝姉上は離縁したとき、大奥にご奉公したいと言って、能州の実家近くに住んでいた大奥の奥女中だった方のところに出入りしておりました。その方は時々、江戸に来て昔の大奥のお仲間に会うことがある由。うまくいくと、江戸にいる方から大奥の話を伺えるかもしれません〟

姉上とは他でもない、冨美《ふみ》のことであり、数之進は二番目の姉の野望を初めて耳にしたのだった。

「姉上が大奥に」

なんという、だいそれた企みなのか。今更ながらではあるものの、冷や汗が滲《にじ》む思いを味わわされている。実現しなくてよかったと心底、思った。

「冨美殿には、縫い物《ぬいもの》の腕があるからな」

賛辞を込めた友の言葉には、苦笑いするしかなかった。

「通用したかどうか」

「長くご奉公するのは、むずかしかったかもしれぬな。冨美殿はいささか上気症《じょうきしょう》の気《け》があるゆえ」

　上気症は癇性《かんしょう》のようなものであり、女性の場合は月のものにも左右される厄介《やっかい》な病だ。しかし、左門との穏やかな暮らしが、冨美に安息の日々をもたらしている。近頃はきょうだいの心配なども、するようになっていた。

「鳥海様は、冨美殿の伝手《つて》を使うてみようと仰《おお》せになりまして、村上《むらかみ》様が調べを始めました。江戸にいる元大奥出身の方々に、尾鹿《おじか》藩の話を伺えるかもしれません。まあ、尼御前の大奥ご奉公話が、まことだった場合ですが」

　春馬の話を、一角が仕草で終わらせる。いち早く裏門の方に走っていた。肩越しに振り返った数之進は、裏門の潜《くぐ》り戸《と》が開き、だれかが出て来たのをかすかにとらえた。

「数之進」

　一角に呼ばれて、春馬たちとは別れた。

二

裏門の潜り戸の前にいたのは、同役の手嶋幸之助《てじまさちのすけ》だった。

「小腹が空《す》いたゆえ、蕎麦《そば》でも食いに行くかと数之進を誘って、外に出たところでござる。間に合《お》うてよかったわ」

一角が得意の偽《いつわ》りで場を繋いだ。

「われらの歓迎会を催してくれる由。むろん酒の用意もあるとか」

目顔で同意を求めると、幸之助は大きく頷いた。

「はい。肴《さかな》は夕餉《ゆうげ》の残り物でございますが、御側衆《おそばしゅう》の佐野様が特別に調えてくれた膳《ぜん》にございます。酒は銘酒を取り寄せてくださったと聞きました」

御側衆というお役目は、藩主に近侍するとともに、小姓方や小納戸《こなんど》方の人事、奥向きの経費などの監査も行う地位だ。数之進が口を開こうとしたとき、

「佐野様は、小姓頭と伺うた憶えがございますが、御側衆なのでござるか」

友が代弁するように訊いた。

「はい。殿は佐野様に全幅《ぜんぷく》の信頼を寄せておられますので、さまざまなお役目の頭役

を兼ねておられます」

答えて、幸之助は潜り戸から藩邸に戻る。数之進と一角も後に続いた。昼間は暖かったが、夜になるとさすがにまだ、冷え込みを強く感じる。熱燗《あつかん》を望むのは無理だろうが、上物の酒を飲むさまを想像しただけで口もとがほころんだ。

「それがしの歓迎会もまだでしたので、ついでに小さな酒宴を開こうとなったようです。ほとんどの藩士は出かけてしまい、数人だけの宴《うたげ》ですが、屋台の蕎麦で空きっ腹を満たすよりはよいのではないかと」

「佐野様も、ご同席なさるのですか」

数之進は歩きながら訊いた。

「酒好きなのです、太郎兵衛様と勘定頭《かんじょうがしら》は」

幸之助は笑って答えた。名字だった呼び方が名前になったのは、小さな酒宴への期待の表れかもしれない。

「勘定方のお頭様も？」

確認の問いが出た。

「鼻歌まじりに、太郎兵衛様と肴の用意をなさっていました。それがしも少しだけ手伝わせていただきましたが」

言い置いて、幸之助は藩士たちが暮らす二階建ての長屋に入る。中は静まり返っていた。幸之助の話に出たとおり、ほとんどの藩士は出かけているようだった。

――割と自由に酒が飲め、外出できるのやもしれぬ。

膳の善《よ》し悪《あ》しだけでなく、こういったところにも、隠しようのない尾鹿藩の財政状態が表れる。女子のいない長屋で寝るのがつまらないと思う藩士は、岡場所《おかばしょ》あたりに繰り出すのだろう。むろん金子《きんす》があればの話であり、不在の藩士が多いのはすなわち、懐《ふところ》があたたかいという証になる。

――おそらく裏の稼《かせ》ぎがあるな。

与えられた場は、最大限に利用しなければならない。参加したのは数之進たちを含めて総勢六人。二人はあらためて名乗り、人数分、用意されていた箱膳の前に座った。

「筍《たけのこ》と蕗《ふき》の煮物でござりまするか」

数之進は驚きが素直に出た。尾鹿藩の賄方《まかないかた》が用意する膳は、決して貧しい内容ではない。むしろ諸藩の中では充実している方だが、夕餉の膳にはなかった惣菜《そうざい》であり、正真正銘の初物《はつもの》だった。

「わしが作ったのじゃ」

勘定頭が言った。少し得意げな顔をしていた。隣に座していた佐野太郎兵衛が、不満そうな顔になる。

「筍と蕗を準備したのは、わしじゃ」

「わかっておりまする。御側衆を務めておられる太郎兵衛様のお力添えがあればこそ、かような酒宴を開くことができました。そら、みなもお礼を」

勘定頭に促されて、一同、深々と辞儀をした。数之進と一角、幸之助たち若手が三人、あとは五十を過ぎた古参ばかりで、もしかすると、御算用者か否かを確かめる藩命を帯びているかもしれない。

――顔を見たことのないひとりは、どのようなお役目に就いておられるのか。

どうしても、警戒心が強くなる。姓名や役名は名乗らないが、宴席では仕方ないだろうと思った。

「賄方の許しを得たうえで、初物の筍と蕗の煮物を一品、仕上げた次第にござる。奥方様を打ち負かした剣士を、是非《ぜひ》、祝うてやりたいと思うてな。手嶋に申しつけ、迎えに行かせた。我が藩の長屋は空いていることが多いゆえ、まあ、参加するのはこれだけだがの」

太郎兵衛は告げて、苦笑まじりに参加した藩士を見やる。まめやかな一角は大徳利《おおどくり》を手に、早くも各々《おのおの》の湯呑みに酒を注《つ》いでまわっていた。

「まずは一献《いっこん》」

乾杯という太郎兵衛の声を受け、湯呑みを掲げて飲み始めた。

「わしは奥方様が敗れる様子を見たかったわい」

勘定頭の言葉を、名前がわからぬひとりが頷いて、継いだ。

「さよう。ここ数年は、だれも勝てなんだ。名うての剣客が乗り移っているのではないかと思うほどに、強くなられてしもうたからの。勝っても淡々《たんたん》としておられる様子がまた、口惜《くちお》しいのじゃ」

女子が勝つことへの反感が、強く表れていた。あるいは、藩主対奥方の対立が現実になっており、ここに集《つど》った者は藩主派ということも考えられた。

「それがしなどは、軽くあしらわれております。まともに打ち合いをしたことがありませぬ。あっという間に『一本!』となって終わりでございました」

幸之助が自嘲《じちょう》するように受けた。勘定頭は呆《あき》れ顔になっていた。

「手嶋は、文武の文においても答えられなかったではないか。文武両道ならぬ文武無道と、奥方様は溜息《ためいき》を吐いておられたぞ。生田は、問いにはきちんと対応できたからの。ああ、そうじゃ。右脇腹に怪我《けが》をしていたことに関しては、わしから奥方様にお伝えしておくべきであった。すまぬ」

辞儀されて、数之進は畏《かしこ》まる。

「いえ、お頭様のせいではありませぬ。己《おのれ》の未熟さを呪《のろ》うばかりです」

「それにしても、文武無道とは、奥方様もうまいことを申されますな。して、奥方様はどちらのご出身なのでござりまするか」

さりげなく、一角が話を振った。

「ご実家は尾鹿藩と同じ越後国《えちごのくに》の椎谷《しいや》藩よ」

太郎兵衛が答えた。数之進は記憶を探って、こたびの潜入探索の際、事前に調べておいた越後国の小藩を思い出している。石高《こくだか》は一万石と少ないものの、家祖の妻が春《かす》日局《がのつぼね》の姪《めい》だったことから、譜代《ふだい》大名家の扱いをされていた。また、そういった関わりからか、江戸定住の定府《じょうふ》大名となっていた。

「では、奥方様は、三代将軍家光公の乳母《めのと》を務められた春日局様の、お血筋でございますか」

数之進の問いに、勘定頭は渋面《じゅうめん》になって頷き返した。

「さよう。石高はともかくも、定府大名であり、格式の高い家柄よ。そのためであろうかの。奥方様は気位《きぐらい》が高い、あ、いや、誇り高いご気質じゃ。おまけに大の武道好き。殿はたおやかな女子がお好みであるからな。いささか合わぬのやもしれぬ」

「合わぬでは困る。ご側室との間には、次々にお子ができておるものを、奥方様との間には、ひとりもおらぬではないか」

「おらぬではないか、と、申されますが、太郎兵衛様。殿をお諫《いさ》めするのは、貴殿《きでん》のお役目ではありませぬか。ご酒についても然り。昼間から酔われていては、藩士に示しがつきませぬぞ」

勘定頭は詰問《きつもん》口調になっていた。太郎兵衛の顔が、さも不満そうにゆがむ。

「わかっておるわ。尼御前様に中奥の御座所で、きつく言うてもろうた。なれど、雛祭りを言い訳にして、飲むのをやめようとはなさらぬ。『残すのはもったいないゆえ飲む』などと仰せになられてな。最後の一滴まで、舐《な》めるように飲む始末よ」

大きな吐息をつき、続けた。

「雛祭りが終われば、今度は端午《たんご》の節句《せっく》であろうな。なんやかやと言い訳なさっては、飲む口実にしてしまわれる。もったいないは殿の口癖《くちぐせ》だが、酒に関してはやめてほしいものじゃ」

「殿は、ご酒が、お好きなのですか」

ふと思いついた数之進の問いかけに、太郎兵衛と勘定頭は黙り込む。

「………」

この不自然な沈黙はなんなのか。言うのはまずい話なのか。二人は一瞬、目を合わせた後、太郎兵衛が仕方なさそうな様子で口を開いた。

「ここにきて、急に飲むようになられた。理由はわからぬ。それまでは、夕餉《ゆうげ》の折に少し嗜《たしな》まれる程度だったのだがな。昼間、いや、朝からご酒を望まれたことは、今まで一度もない。われらも戸惑うばかりじゃ」

ここにきて、という言葉が数之進は気になった。

——もしや、殿はわれらに対して、なにかを示しているのだろうか。

幕府御算用者に助けを求めていることもありうる。常とは違う言動には、見過ごせない闇が隠れているかもしれない。

「殿は」

口を開きかけたとき、

「ちと耳にした話では、生田殿はなにやら面白い提案をした由」

姓名のわからぬ藩士が突然、告げた。露骨《ろこつ》に話を変えたのはわかったが、素知らぬ顔で受けた。

「『懐妊届《かいにんとどけ》』の件であれば、僭越《せんえつ》ながら、ご提案させていただきました。子堕《こお》ろしを防ぐのがすなわち、民を増やすことに繋がると思うたがゆえです。失礼ですが、貴殿のご姓名を伺うてもよろしいですか」

「お、これはご無礼つかまつった。それがし、納戸《なんど》頭の松井善五郎《まついぜんごろう》でござる。面白い藩士が入ったと勘定頭より聞き、是非、話をしてみたいと思うた次第。なんでも美作国《みまさかのくに》の津山《つやま》藩では、女子が身籠《みご》もったとわかるや、今、言うた届けを出すとか」

「それがしが聞いた話では、仰せのとおりでございます。子は国の宝、宝を大切にせねば、国の明日はありませぬゆえ」

答えながら忙しく考える。重要な話を訊かなければならなかった。

「国の話で思い出しましたが、庄屋が陳情に参りました。物産掛と芸目付を兼務しておられる榊原《さかきばら》様が対応しておられましたが、土地の売り買いにつきまして、国許でなにか騒ぎが起きているのでございまするか」

思いきって踏み込んだ。榊原三十郎《さんじゅうろう》と庄屋のやりとりの最中、意味ありげに渡された庄屋の文《ふみ》が引っかかっていた。同席した数之進に聞かせたくない話ゆえ、わざわざ文にしたためたのではないか。

「なにゆえ、生田はそう思うたのか」

勘定頭は答えではなく、問いを返した。

「庄屋の文でございます。榊原様は素早く目を通されましたが、なにも仰せになられませんでした。いささか気になりました次第です」

「おそらく、吉井政友《よしいまさとも》の件であろうが」

太郎兵衛は告げて黙り込む。頭格の二人もまた、前を向いたまま唇を引き結んだ。気まずい雰囲気になったのは間違いない。

「お飲みくだされ、ささ、どうぞ」

一角が大徳利を抱えて注いでまわる。

とそのとき、

「宴《うたげ》か？」

不意に障子《しょうじ》が開いて、藩主の直之が顔を覗《のぞ》かせた。

「殿！」

太郎兵衛が驚いて立ちあがる。

「明かりが見えたのでな、これは酒宴であろうと踏んだ次第よ。余は鼻が利くゆえ」

すでに飲んでいたらしく、指さした鼻が赤くなっていた。寒さのせいかもしれないが、御側衆の翁《おきな》は、中に入るのを許さない。

「酒はなりませぬ。尼御前様に、あれだけ言われたではありませぬか。奥御殿までお送りいたしまする」

身体《からだ》で押すようにして、廊下に出た。直之はそれでも中に入ろうとする。障子のところで入る、いや、なりませぬの駆《か》け引《ひ》きが続いた。

「余った酒でよい。もったいないゆえ、余が飲むわ」

「余りませぬ。とにかく、寝所にお戻りくださりませ」

「佐野様」

一角が言い、素早く藩主たちの側に行った。

「それがしが、殿を奥御殿にお連れいたしまする」

「頼む。わしはもう、疲れたわ」

「殿。早乙女一角にござります。奥御殿にお連れいたしまする。『雛屋』を眺めつつ、戻りましょうぞ」

なかば強引《ごういん》に腕を取って歩き出した。直之は名残惜《なごりお》しそうに数之進たちを見やっていたが……若い一角の力にはかなわなかったのだろう。ぶつぶつと文句を言いつつ、奥御殿に向かった。

——吉井政友か。

その姓名だけを、数之進は頭に刻み込んだ。土地の売り買いで騒ぎが起きているのは、確かなように思えた。

三

三日後の午前。

数之進と一角は、お暇《いとま》届けを出して、一日、休みを取り、村上杢兵衛《もくべえ》とともに向《むこう》島《じま》の庵《いおり》を訪れていた。冨美の伝手を頼って取り急ぎ連絡をつけ、昔、大奥で右筆役《ゆうひつ》——日記や諸家への書状などを掌《つかさど》る役目——としてご奉公した媼《おうな》に一服《いっぷく》、馳走《ちそう》になっていた。

「昔、大奥へのご奉公を考えたことがありました」

数之進は冨美の話を思い出している。ここに来る前、本材木町の家に寄って話を聞いていた。

「離縁した後、なんとかしてご奉公できないかと思ったのです。わたしには、縫い物の腕がありますからね。技を活《い》かせないかと考えました」

裁縫《さいほう》だけでなく、髪結い、細工、作花（造り花）といった職人技が、大奥でも求められていた。さらに芸者と呼ばれる女子たちは、御台所や姫君を慰めるために歌舞伎《かぶき》や狂言《きょうげん》などを演じたりもする。

「他にも理由があるのですよ」

横から三紗が口をはさんだ。特に呼んだわけではないのだが、あたりまえのような顔をして同席していた。

「大奥に三十年以上、ご奉公して隠居《いんきょ》いたしますと、死ぬまで暮らしに困らない額の扶持《ふち》が、ご公儀から支給されるのです。悠々自適《ゆうゆうじてき》の隠居生活を約束されたも同然であるとか」

「それもありましたが、やはり、御城の奥御殿に惹《ひ》かれました。能州の実家近くに、大奥で奥女中を三十年間、務めあげた方が住んでおられましてね。剃髪《ていはつ》して比丘尼《びくに》になられていました」

四、五年に一度、その比丘尼は能州から江戸に出て、昔の仲間たちとの集いに参加するのを楽しみにしていた。大奥の元奥女中の他にも、大名家の未亡人といった貴婦人が顔を出して、情報を交換し合うらしい。冨美は江戸に来る直前、件《くだん》の比丘尼・蓬《ほう》春尼《しゅんに》の住まいを聞いていたため、今回、どうにか連絡がついたのだった。

「けっこうなお点前《てまえ》でござった」

村上杢兵衛は、深々と一礼する。数之進と一角もそれに倣った。囲炉裏《いろり》が切られている座敷で、茶を馳走になったところである。開け放たれた腰高《こしだか》障子からは、春の日射しと暖かい風が流れ込んでいた。

透《す》い垣《がき》で囲われた庭は、苔《こけ》むした大きな岩が景《けしき》の印象を深めるとともに、眺めを引き締めている。開放的な垣根に誘われるのか、あるいは庵主《あんじゅ》の人柄なのか。近くの農家の民が、野菜などを差し入れに訪れたりしていた。ときには珍しい菓子などを振舞われることも、あるのではないだろうか。勝手口から帰る民の手には、土産物《みやげもの》らしき包みが握られていた。

「お粗末《そまつ》様でございました」

蓬春尼は、にこやかに答えて、続けた。

「昨日はとても美味しい五色飴《ごしきあめ》を、お届けいただきました。ありがとうございます。口の中に入れると溶けるあれは、やみつきになりますね。下働きの女子が言うておりました。浅草の奥山で今、大人気の飴なのだと」

「三紗殿が」

と、一角は言いかけてやめた。おそらく皮肉たっぷりな言葉になるからだろう。数之進も抜け目のない三番目の姉に呆れつつ、感心してもいた。

——蓬春尼様から大奥に関わる者、さらにその先の大奥へと、五色飴の話が広まると読んだか。

商魂《しょうこん》たくましいが、それでなければ商いは続けられない。日々、新たな店ができる裏では、人知れず消えていく店もある。生き残っていくための戦いは、綺麗事《きれいごと》ではすまされなかった。

「瓜実顔《うりざねがお》の美しい方が、わざわざ持っていらしたのです。あの方は」

友の姉だと思ったのかもしれない。蓬春尼の目は、美男の一角に向けられていた。

「それがしの姉でございます」

告げた数之進に視線が移る。

「そうでしたか。紬《つむぎ》の着物を上品に着こなしておられました。いただいた後、ひとつのつもりが二つ、三つとなりましたよ。後引《あとひ》き飴ですね」

後引き飴とは、うまいことを言うと思った。

「三紗殿は美しいだけでなく、論語《ろんご》なども巧みにこなします。それがしなどは、近頃、忘れてしまいますゆえ、教えていただくことが多い次第でござる」

杢兵衛は女子に関しては、本当のことしか言わない男だ。かつて惚《ほ》れていた三紗のため、ここぞとばかりに後押しした。

――この様子では、姉様に訊かれるまま今日の訪れを教えてしもうたか。

もしくは、杉崎春馬ということも考えられた。お役目の話が外に洩《も》れるのは困る。

告げ口のようでいやだが、左門に知らせなければならなかった。

「若いときに大奥へあがっていたら、上様のお目にとまったかもしれませぬ。今の上様は、ああいう品の良い方がお好きだと聞きました。お腹様《はらさま》になっていたかもしれませんね」

蓬春尼は小さく笑った。その微笑《ほほえ》みこそが、上品で美しかった。尼御前の信如と比べて、野心やギラギラした感じがしないのは、庵暮らしのお陰だろうか。

ちなみに、お腹様とは、将軍の子を宿した側室のことだ。順調に産み、育てられれば、晴れて次期将軍の母になれる。女の園《その》である大奥では、さぞかし熾烈《しれつ》な争いが繰り広げられているに違いない。

数之進は、尾鹿藩の奥方と愛妾の対立を思い浮かべてしまい、話を変えた。

「床柱に掛けられている火除札《ひよけふだ》らしきものですが、お七《しち》と書かれています。八百屋お七のものでございますか」

初めて見るその札には、『七』の文字の周囲に燃えさかる炎が描かれていた。さまざまな火除札を見た憶えはあるが、目にしたことのない絵柄だった。

「さようでございます。あれも下働きの女子が、求めて来た札なのですよ。なんでも『お七講』という講があるようで、いくばくかの掛け金を納めた者だけがいただけるそうです。買い求めた家は決して火事にならぬと言うていましたが、さて、いかがでしょうか」

蓬春尼は楽しそうに告げた。当たるも八卦《はっけ》当たらぬも八卦の類《たぐい》と思っているに違いない。が、数之進は引っかかった。

「富士講は珍しくありませぬが、『お七講』というのは初めて伺いました。掛け金集めの騙《かた》り話《ばなし》やもしれませぬ。ご用心なされた方が、よろしかろうと存じます」

「ご忠告、ありがとうございます」

口調に微妙な含みがあるのを感じたのか、

「我が友は、苦労性と貧乏性という厄介な業がございまして、己を省《かえり》みずに他者を助ける傾向《きらい》がなきにしもあらず。裏の裏まで読みすぎて、結局、表に戻ったりいたします。お聞き流しいただけますれば、幸いにござります」

一角が慮《おもんばか》って告げた。

「市井《しせい》の風聞は、この庵にも流れてまいります。伺うておりますよ」

穏やかに受けて、蓬春尼は続ける。

「お釈迦《しゃか》様は亡くなられる間際に『自灯明《じとうみょう》、法灯明《ほうとうみょう》』と仰せになりました。まずは自分自身、次いで仏の教えを頼りとせよ、という教えです。無理をしすぎてはなりません。人助けを長く続けていくためには、自分が幸せでなければなりませんから」

「はい」

それで、と、数之進は言った。

「文でお知らせいたしましたように、大奥にご奉公していた信如様のお話を伺いたいのです。ご存じでしょうか」

「存じております。信如様は、当時、御年寄《おとしより》にお仕えしていた奥女中でした。伝手があったのでしょう。十歳ぐらいのときに、御年寄の部屋子《へやご》として大奥にあがったと聞いております」

御年寄は老女とも呼ばれる大奥最高位の奥女中であり、表のお役目で言えば老中に匹敵《ひってき》する。また、部屋子は老女以下、大奥の女中たちが、それぞれの部屋で我が子のように育てる女子のことだ。信如はかなり早い時点で、大奥の住人になっていたようだ。

「後添《のちぞ》いとして、さる大名家に嫁《とつ》がれたという話は、まことでござるか」

李兵衛が訊いた。尾鹿藩という名前は、出すのを控えていた。

「そのように伺うた憶えがございます。信如様にお仕えしていた部屋子がいるのですよ。この近くの小間物屋《こまものや》に嫁しまして、主ともども小店を切り盛りしております。もっと詳しい話をと思い、声をかけておきました。そろそろ来る頃だと思うのですが」

下働きの女子が来ないか、肩越しに廊下を見やったとき、彼《か》の者が現れた。おそらく足音をとらえて顔を向けたに違いない。蓬春尼に耳打ちして、すぐにさがった。

「話した女子ではなく、生田様たちに使いが来たようです。裏木戸のところでお待ちになられているとか」

「それがしが」

腰をあげた数之進に、一角が続いた。

「われらがまいりますゆえ、村上様はこちらでお待ちを」

「うむ」

李兵衛はしかつめらしい顔で頷いた。品の良い尼僧を前にしているからなのか、いつになく強張《こわば》った表情をしている。ここに来たときから緊張している様子が見えたが、まだ、平常心は取り戻せないようだった。

数之進と一角は辞儀をして、座敷から裏庭に直接、降りる。あがるときもここからだったし、その気楽さが近隣の者たちにも慕われているのではないだろうか。事前に調べた李兵衛の話では、農家の民だけでなく、町人の御内儀《ごないぎ》たちもよく訪れているとのことだった。

趣《おもむき》のある網代戸《あじろど》の外に、鳥海左門の配下が二人、待っていた。護衛と連絡役を兼ねており、杉崎春馬は非番なのか、見当たらなかった。

「生田殿が『姿なきウグイス』と名付けた者の仲間と思しき男が、〈武蔵屋《むさしや》〉で昼から派手に遊んでおります」

頭格の三宅又八郎《みやけまたはちろう》が告げた。〈武蔵屋〉は向島ではかなり名を知られた料理屋で、浅草新鳥越の〈八百善《やおぜん》〉や深川土橋の〈平清《ひらせい》〉には及ばないものの、料金も決して安くはなかった。

「人相風体《にんそうふうてい》はどのような？」

数之進の問いに、又八郎が答えた。

「六尺（約百八十センチ）ほどの大男です。浅草は奥山の矢場にいた男であるように思いますが、生田様たちにも確かめていただけないかと」

「わかりました。ひとりではないのですか」

「はい。芸者を招《よ》んで飲めや歌えの宴を繰り広げております。何人かと一緒です」

「村上様にお伝えしてくる。数之進たちは先に行け」

そう言った一角の目が、道の彼方に向けられた。風のない穏やかな春の日であるにもかかわらず、土埃《つちぼこり》が激しく舞いあがっている。

「ここにいろ」

すぐに走り出した友を、数之進は追いかけた。刀と脇差《わきざし》は庵にあがるときに外したため、二人は丸腰だが左門の配下たちは二本差しを腰に携えている。土埃をあげていたのは年嵩《としかさ》の女子で、凄《すご》い勢いでこちらに走って来る。だれかに追われているように見えた。

「早乙女殿」

又八郎が、脇差を素早く一角に手渡した。土埃のなか、友はだれかに向かって斬りかかる。数之進はこちらに来た女子を庵の方へ連れて行った。

「もしや」

信如の部屋子だった者ではないのか。訊《たず》ねようにも顔色は真っ青で、話をするどころではなかった。庵の網代戸を入ったとたん、安堵《あんど》したのだろう。

「あぁ」

膝《ひざ》から崩れ落ちるように座り込んだ。異状を察した杢兵衛と蓬春尼が、庭に降りて来る。

ウグイスの鳴き声が、妙に不安を掻《か》き立てた。

四

部屋子だった女子は、貝になってしまい、なにを訊いても話そうとはしなかった。

「牢人《ろうにん》ふうの二人でござった」

一角は言った。二人は、向島に来ていた左門と落ち合い、浅草の奥山に場を移している。料理屋の二階を借り切って密談していた。

「見たことのない男たちでござる。ほとんど殺気がなかった点や、軽く打って出たとたんに逃げたことを考えまするると、脅《おど》しだったのではないかと考えます次第」

確かに効果はあった。蓬春尼は部屋子だった女子の心を、なんとかして開かせようとしてくれたが、結局、数之進たちが家まで送り届けて別れた。

「別れる間際まで、われらと目を合わせようとさえ、いたしませなんだ」

数之進は気落ちしている。巻き込んでしまったことに申し訳なさを覚えるのと同時に、彼の者を向島の庵に招んだ話が洩れていた点にも衝撃を覚えた。数之進たちを尾行して動きを読むのだろうが、先手を取られているようでなさけなくなる。

「なぜ、尼御前の昔を話させまいとしたのか」

自問の呟きを、一角が継いだ。

「昔とは限らぬぞ。今の話やもしれぬ」

「あ」

確かにそうだ。尼御前は尾鹿藩の奥御殿ばかりか、時折、表にまであたりまえのように顔を出している。権勢を誇れるのは、だれかの後ろ盾《うしろだて》があればこそではないのか。

「尼御前の信如様が、松平伊豆守《まつだいらいずのかみ》様と繋がりがあるのは、間違いないかもしれませぬ」

数之進の推測を、左門が受けた。

「尼御前に関しては、大奥にご奉公していたことがわかっただけで、よしとするしかあるまいな。他にもいくつか、はっきりしたことがある。向島の〈武蔵屋〉で派手な遊びをしていたのは、貧乏旗本の三男坊・渡辺甚内《わたなべじんない》とわかった。年は十八」

大男の正体を明かした。六尺を超える長身であるため、隠密《おんみつ》行動には適していないかもしれない。

「女子好きに見えましました。矢場の女子の胸元に、小判を入れながら、さわっておりましたからな」

一角は皮肉っぽく言い、唇をゆがめた。数之進たちを監視するつもりが、女子の色香に負けてしまい、役目を忘れていたように見えた。冷静沈着な気質ではないだろう。

「さらに勘定方にいた水谷信弥《みずたにしんや》の本名は、林忠耀《はやしただてる》」

次に出た名前に、数之進は少なからず驚いた。

「もしや、林述斎《じゅっさい》様のご子息ですか」

「さよう。林家の三男坊じゃ」

杢兵衛が同意する。

「知ってのとおり、林述斎殿は、寛政の改革の折、寛政異学の禁を発令したとされる人物よ。朱子学《しゅしがく》を正学とし、その他の学問を昌平坂《しょうへいざか》学問所で講ずることを禁じた。朱子学を非難する気持ちはないがの。窮屈《きゅうくつ》な世になったものよと思うたわ」

話が少し逸《そ》れたのを感じたに違いない、

「もうひとり、小姓方にいた小森拓馬《こもりたくま》の本名は、岡部平馬《おかべへいま》、十六歳。一千五百石の旗本の跡継ぎじゃ。林忠耀が伊豆守様の屋敷に入った後、少し遅れて岡部平馬が現れた由。母御の具合が悪く、薬代がかかると聞いた。跡継ぎであれば、責任を感じるであろうな」

左門が新たな話を告げた。一角が頷きながら同意する。

「なるほど。それがし、鳥海様の話で得心いたしました。岡部平馬は気が弱く自信なさそうな様子をしておりましたが、金子につられて引き受けたとなれば、あたりまえかもしれませぬ。とにかく、不安そうな感じでござった」

芝居町で見かけた林忠耀を尾行して得られた結果であり、松平信明《のぶあきら》の方もまた、御算用者たちを見張っている。どちらが早く調べられるか、どちらが先に次の動きを読めるか。

双方の頭の差配と、配下たちの動きにかかっていた。

「林忠耀は、かなり若いように感じました。何歳なのですか」

数之進の問いに、左門は苦笑いを浮かべる。

「年明けに、元服したとか」

「元服！」

一角が大きな声をあげた。

「いや、若いとは思うておりましたが、まさか、十四、五とは」

信じられぬというように、小さく首を振っている。数之進は言わずにいられなかった。

「若いからといって侮《あなど》れませぬ。おそらく一番下の林忠耀こそが、三人の頭ではないかと存じます。年は関係ないかと……なれど、こたび、脅しの牢人を遣《つか》わしたことによって、尾鹿藩の後ろに松平伊豆守様が控えているのは、やはり、間違いないように思います」

「それが気に入らぬゆえの、酔いどれ藩主か？」

一角はふたたび皮肉っぽい笑みを滲《にじ》ませた。昼どころか、朝から酒を飲む藩主は、だれが見ても異常だが、藩内の動きを不満に思う結果であるならば、得心できなくもない。

「奥御殿に奥方様のお姿が見えぬのも、おかしな話よ。奥方様の真葛《まくず》様は、いったい、どちらにお住まいなのでござるか」

友は、向かいに座した杢兵衛に目を向ける。奥御殿の真実を知りたいのは、数之進も同じだった。

「本所柳橋じゃ。下屋敷と地続きの抱《かかえ》屋敷があるゆえ、おそらくはそこに住まわれているのであろう。奥御殿は一角の調べどおり、尼御前が事実上の女主やもしれぬ」

「一角とともに奥御殿へ忍び込みましたが、お子の数が非常に多いのです。殿は、いったい、何人ぐらいのご側室をお持ちなのか」

奥御殿の話は、摑《つか》みにくいのが実状だ。上は十三、四歳ぐらいから、下は乳飲み子まで、ざっと見ただけでも四、五人はいたように感じている。

「できるだけ早く調べるゆえ、ちと、時をくれぬか」

一角の申し出に、今度は左門が同意した。

「わしも調べてみよう。数之進の調書によると、奥御殿の離れは『雛屋』に設《しつら》えられていたとか」

「はい。数多くの雛人形や飾りで、美しく彩《いろど》られておりました。諸藩はいずこも困窮しておりますが、尾鹿藩にはそういった緊迫感はありませぬ。朝晩の膳では、豊富な惣菜が並びますゆえ。おそらく国許から送られて来るのでしょうが、越後の米はひときわ美味《うま》く、それがしは何杯もおかわりしてしまいます」

「それがしもでござる。数之進が言いましたとおり、膳は煮物や漬物《つけもの》、お浸《ひた》しなどが、これでもかというぐらいに揃《そろ》えられております。われらのために設けられた酒宴では、初物の筍と蕗の煮物が出されましたからな」

「筍と蕗か。わしはまだ、味おうておらぬわ」

李兵衛が力なく笑った。晴れて三百石取りの旗本に昇進したものの、子どもが生まれたばかりとあって、贅沢《ぜいたく》を禁じているに違いない。辛いことのように思うが、だれかのために己を律するのは、むしろ幸せなことかもしれなかった。

「調書にも記しましたが、越後国のご領地では、不正な土地の売り買いが行われているやもしれませぬ。吉井政友の名しか、わかりませなんだが」

数之進の疑問には、左門が答えた。

「吉井政友は、国目付《くにめつけ》のお役目に就いておるようじゃ。なれど、仔細《しさい》については今少し待て。よく江戸に姿を見せることだけは聞いたがな。もしかすると、すでに来ているやもしれぬが、追って知らせる」

おそらく自ら動いて調べたのではないだろうか。両目付としてはもちろんだが、三千石の高級旗本としても忙しいのは自明の理。それでも、すぐに取りかかるところには頭がさがる思いがした。

「は」

数之進は感謝の辞儀をして、続ける。

「ご領地における鍛冶についてはいかがでございましょうか。物産掛と芸目付を兼務しておられる榊原三十郎様に鍛冶の話をしたとき、『釘《くぎ》か』と呟かれたのです。なにか言おうとしたのか、奇妙な間が空きました点が、いささか気になりました次第」

「苦労性と貧乏性の業が疼《うず》いたか」

気にしすぎだと、友は言っていた。

「釘が気になるのだ。尾鹿藩のご領地では、洪水《こうずい》が頻繁に起きるゆえ、困窮した民を救う手立てのひとつとして、昔から鍛冶業を推奨している。薬缶《やかん》や銅器といった品は無理でも、釘を作れれば暮らしの足しになるではないか」

「数之進は、釘が引っかかるか」

左門が物言いたげな眼差《まなざ》しを投げる。意味ありげな含みを感じたに違いない。一角が上役と数之進を交互に見やった。

「なにやら二人は通じ合《お》うておる様子。それがしと村上様には、わかりかねまするが」

「馬鹿にするでない。わしはわかっておるわ」

「そういうことにしておきましょうぞ」

笑って受け、一角は告げた。

「われらのお頭格・三宅《みやけ》様から聞いた話によりまするると、村上様は足繁く三紗殿の飴屋に通うておられるとか。店の看板をお書きになられたのも村上様である由」

ここに入る前、三紗の店に寄って数之進もその看板を見ていた。〈みはる〉という店名は、三紗と春馬から取ったものだろう。李兵衛が書いた件は知らなかったが、なかなかいい味わいのある看板に仕上がっていた。

「祝いじゃ」

無愛想《ぶあいそう》に応じた。

「若い御内儀が、五色飴をいたくお気に召されたご様子でな。李兵衛は仕方なく、通うておるのじゃ。そうであったな」

左門が助け船を出すや、李兵衛は耳まで赤くなる。

「また、鳥海様はよけいなことを」

「五色飴は確かに美味い飴ですが、我が国の蒸し暑さを思いまするに、夏に作って売るのは、むずかしいやもしれませぬ」

数之進の杞憂《きゆう》を、一角が笑って受けた。

「では、千両智恵《せんりょうぢえ》ふたたび、か。儲《もう》かっている様子ゆえ、夏場はふた月ほど休めばよいのじゃ。まあ、金儲けの好きな三紗殿は得心するまいがな」

「働き者なのじゃ、三紗殿は。一角は悪し様《あざま》に言うが、コマネズミのように労を惜しまず励むではないか。深川の惣菜屋はむろんのこと、飴屋も繁盛させておる。杉崎春馬は果報者よ」

李兵衛がむきになって言い返した。左門は笑っている。

「わしから見ると、李兵衛も果報者だがな。還暦を超えた口うるさい爺様《じさま》に、可愛い子を授けてくれた奥方を大切にせねば」

「わかっております。今日も五色飴を買うて帰りまする」

話が大きく逸《そ》れたと思い、数之進はお役目のことに戻《こ》した。

五

「物産掛と芸目付を兼ねておられる榊原三十郎様については、いかがでしょうか。榊原姓から考えますと、かつて属していた本家の鹿野藩との繋がりも感じられます。さらに殿との関わりは、どのような状態なのでしょうか」

「安藤丹波守《あんどうたんばのかみ》直之様と榊原三十郎は、盟友であると聞いた。二人は『断金《だんきん》の交わり』の仲であるそうな」

「もしや、その言葉は、それがしが常日頃、支えとしている『刎頸《ふんけい》の友』と同じ意味でござりまするか」

一角の問いに、上役は頷き返した。

「さよう。『二人《ににん》心を同じうすれば、其《そ》の利《と》きこと金を断つ』という意味じゃ。『管鮑《かんぽう》の交わり』も同じような意味よ」

二人の者が心をひとつに合わせたならば、鋭利さは金をも断ち切るとされた。ちなみに『刎頸の友』は、互いのために首を刎《は》ねられても悔いのない関係という意味だ。

そういえばと、数之進は思い出している。

「殿と榊原様は、同い年ぐらいでございますね」

「うむ。かつては武道場で日々、鍛錬《たんれん》する仲であったとか。なれど、数之進たちの話では、ろくに会《お》うてもおらぬように感じられる。うまくいっておらぬのか」

左門が独《ひと》り言のように呟いた。

「それがしが知る限りにおいては、中奥の御座所で殿が榊原様に会うたことはありませぬ。言い争いを見たこともありませぬし、不仲であるという話も聞いておりませぬが、奥方様に剣術の指南をしているのが気にならなくもありませぬ」

一角は「わかるか」というような目を、数之進に向けた。それではっとする。

「ま、まさか、奥方様と榊原様は」

「晩生《おくて》ゆえ、わからぬと思うたが、そのとおりよ。抱屋敷はまだ、調べておらぬのでわからぬがな。もしかすると、榊原様が忍びやかに訪れておられるやもしれぬ」

「なれど、榊原様は無骨《ぶこつ》な猪武者《いのししむしゃ》である由。策略とは無縁のお方ではないのか。奥方様との色事《いろごと》など口にするのも憚《はばか》られる。殿の盟友ではないか。二重の意味の裏切り行為よ。かようなことを盟友がするか？」

問い詰めるような口調になった。友は笑って受ける。

「今のは、そうあってほしいという、数之進の望みだな。おれは奥方様こそが、真っ直ぐなご気性であるように思うた。剣術の稽古は人となりが表れるではないか。礼儀正しく、上下の隔《へだ》てなく接する姿に、清々《すがすが》しさを覚えた次第よ」

「だからこそ、ではないか。榊原様との不義など考えられぬ」

「奥方様とて生身《なまみ》の女子じゃ」

一角は諭《さと》すように言った。思いのほか、やさしい声だった。

「殿には、何人かの愛妾がいて、子を授かっておる。なれど、奥方様との間には、ひとりも跡継ぎがおられぬ。佐野太郎兵衛様の話では、どうやら奥方様はまだ、殿のお子を産んではおられぬようじゃ」

ここまではいかがでござるか、とでもいうように、友は左門と杢兵衛に目を走らせる。二人は小さく頷き返した。

「殿と奥方様との間に、跡継ぎとなる男子はおらぬ。愛妾のひとり、理与様には二人の子がいて、ひとりは男子じゃ。その子を養子にするという考えもあるが」

左門が途中で言葉を切ったのは、ありえない流れだと思ったからかもしれない。武道場における真葛と理与の対立を見る限り、愛妾の子を養子にするのは、むずかしいように数之進も感じた。

「奥方様は、殿とも対立しているのだろうか」

ぽつりと重い言葉が出た。藩主と奥方が仲違《なかたが》いしていた場合、それが火種《ひだね》となって藩士たちの間にも対立する流れができてしまう。榊原三十郎が藩の重臣であるだけに、考えたくないことだった。

「殿が酒を飲むのは、藩内に淀《よど》んだ流れができ始めているからかもしれぬな」

「だからと言うて酒に逃げるのは、得心できぬ。御手仕置《おてしおき》なさるのが、藩主の道ではないか」

友の言葉に思わず強い反論が出た。御手仕置とは、藩主みずから政《まつりごと》を行うことだ。理想を掲げすぎるのかもしれないが、上に立つ者は自らに対してより厳しくあるべきだと、数之進は常日頃から思っている。

「それを正すのも、われらのお役目やもしれぬ」

一角に言われて急に恥ずかしくなる。

「すまぬ」

「謝ることはない。おまえは自分に厳しいゆえ、それを他者にも求めるのであろう。おれは殿の痴態《ちたい》は、理由《わけ》あってのことと思えてならぬのじゃ。右手の指には大きな竹刀ダコができていたからな。つい最近まで、あるいは今もやもしれぬが、剣術の稽古に励んでいるのは間違いない」

友は濃《こま》やかに目配りしていた。

「そうか。殿の竹刀ダコで気づいたか」

数之進は、それで自分の気づきを思い出した。

「じつは、もうひとり、気になる藩士がおります。それがしと同じ勘定方の手嶋幸之助という者なのですが、尾鹿藩の藩士ではなく、色々と学ぶために来ているという話でした。奥方様のことを『金平娘』と言うていたのが、引っかかりました次第」

「金平娘か」

繰り返した左門を継いだ。

「江戸でも使われる表現ですが、どちらかと言えば南の福岡あたりでよく使われるやもしれませぬ。手嶋幸之助がいるのは、どこの、なんという藩なのか。なんのために尾鹿藩に来ているのか。急ぎお調べいただけますか」

「急げと言われても」

渋る杢兵衛を、左門は仕草で止めた。

「あいわかった。次は、数之進から相談された涌井藤四郎《わくいとうしろう》の件だが」

別の案件を口にした。涌井藤四郎が妻の多喜《たき》とともに本材木町の家を訪れた際、『甲府落《こうふお》ち騙《がた》り』とでもいうような相談をされている。甲府への左遷《させん》をほのめかして、金を奪う騙《かた》りではないのかと数之進は思った。

「やはり、話を持ちかけた大竹長頼《おおたけながより》の騙りでございますか」

確認の問いが出る。

「その可能性が高いやもしれぬ。涌井藤四郎、正しくは御内儀のようだが、甲府流しにならぬための仲介料云々《うんぬん》に騙された貧乏旗本が多いらしゅうてな。今、判明しているだけでも、七家が大竹長頼に金子を渡した由。お家の恥ゆえ内々にと嘆願されるのが、あたりまえの状況じゃ」

「大竹は『御用頼みの旗本』よ」

李兵衛が継いだ。

「以前より、旗本の相談に乗っていた由。甲府流しにならぬための仲介料云々は、昨年あたりから言い出したようじゃ。怪《あや》しいと思いながらも、縋《すが》らずにはいられないのであろう。甲府流しは、それほどにきついゆえ」

「騙りでもうひとつ、思い出しました。八百屋お七の火除札《ひよけふだ》の噂は流れておりませぬか。向島の庵の床柱に、火除札として貼られていたのです。お七講という講に金を掛ければ、もらえる火除札であるとか。なんとなくですが、騙りではないのかと……」

「まさか!?」

李兵衛はあきらかに狼狽《うろた》えた。三人の目が、いっせいに集まる。蓬春尼の庵でも出た話だが、気品あふれる女子に見惚《みと》れてしまい、頭に残っていなかったことも考えられた。

「村上様。よもや、買い求められたなどということは」

代表するように一角が訊いた。

「う、うむ。お七札を貼ると、火事にならぬという評判を聞いたのでな。一枚、買い求めた次第よ。そら、家には嬰児《みどりご》がいるではないか。念のためにと思うたのじゃ」

「いくらで買い求めたのでござるか」

一角の問いに対して、李兵衛は右手の人差し指を一本、立てた。

「一朱《いっしゅ》でござるか。まあ、勉強代と思うて諦めるしかありませぬな」

一朱は一両の約十六分の一、一分は一両の約四分の一の金額だ。

「違う」

一朱ではないと弱々しく首を振る。

「では、一分でござるか。これは、また、ずいぶんと懐が痛む勉強代になりましたな。

え、一分ではない？」

首を振り続けるのを見て、一角は目を見開いた。

「もしや、一両でござるか！」

「うむ」

うつむいて答えた。だれからともなく、溜息が出る。数之進は姉たちのことが心配になっていた。

──騙り話が出たとき、そこには必ず姉上たちがいる。

本材木町の家の壁や柱には、貼られていなかったように思うが、大事に隠し持っているかもしれない。帰りにもう一度、立ち寄ろうと決めた。

「騙りではないかと思います」

なかば断じた数之進を、李兵衛は睨《にら》みつける。

「まだ、わからぬではないか。支払うた一両は、お七講として貯《たくわ》えられるという話じゃ。富士講のようなものよ。なにかあったときには借りられるはずじゃ」

「どこに貯えられているのですか。掛け金を管理しているのは、どなたなのですか。村上様は、そういった事柄を把握しておられるのですか。そもそも、だれから買い求められたのですか」

矢継ぎ早の問いに、李兵衛は「うっ」と詰まった。

「買い求めたのは……妻ゆえ、仔細はわからぬ。家に戻り次第、確かめてみる」

やっという感じで答える。気まずい沈黙が訪れた。数之進はますます二人の姉が案じられた。

「お七札の件は、李兵衛が調べよ」

左門に命じられて畏まる。

「ははっ」

「それから新肴場《しんさかなば》の小火《ぼや》騒ぎだが、魚屋の主・与一は、どうも女房殿を殴《なぐ》ったりするらしゅうてな。近隣の者の話では、泣き叫ぶ声が、時々、聞こえるとのことじゃ」

自ら足を運んだ雰囲気を感じた。

「鳥海様が、調べてくださったのですか」

確認の問いに、笑みを返した。

「ぶらぶら歩きのついでよ。美味い酒の肴が揃っているではないか。冨美殿は、新鮮な魚が好きゆえ」

なんという飾らないお人柄なのか。数之進はあらためて、冨美への深い想いを知った。胸が熱くなってくる。

「姉は、幸せ者でございます。江戸に来るまでは色々ありましたが、鳥海様に出逢えたのは大きな幸いでございます」

「涙ぐむのは、あとにしろ」

一角は刀を持って立ちあがる。

「お七札が、本材木町の家に貼られておらぬことを祈るばかりよ」

「確かに」

「わしも同道しよう」

「鳥海様。もうひとつ、気になることがございます。われらの歓迎会の折、同席していた納戸頭の松井善五郎でございますが、念のために調べていただけますか。頭役で他にいたのは、勘定頭だけなのです。なぜ、わざわざ別の掛《かかり》のお頭様がと思いまして」

「承知した。調べておこう」

左門も腰をあげたが、ひとり、杢兵衛だけは酒をあおっている。声をかけるのはやめて、三人は料理屋をあとにした。

六

本材木町の家に着くまでの間、いたるところにお七札が貼られているのを見た。騙りであるのは確かだろうが、掛け金を集めているのはだれなのか。

「彦右衛門《ひこえもん》よ、おまえもか」

一角は思わずという感じで天を仰いだ。表店の絵双紙屋〈にしき屋〉の柱に、見慣れた火除札が貼られていた。

「いかがなされましたか」

彦右衛門は、理解できぬという顔をしていた。数之進と一角は、視線で柱に貼られた火除札を指している。左門はいち早く冨美の家へ行ったので、彦右衛門の愚行《ぐこう》には気づいていなかった。

「その火除札じゃ」

一角は呆れ顔で言った。

「一枚、一両で売られているとか。吝《しわ》ん坊《ぼう》のおまえにしては、張り込んだと思うてな。呆れるやら、感心するやらよ」

「買ったのは、あたしですよ」

奥から妻のりくが出て来た。白塗《しろぬ》りの顔が、薄暗くなってきた周囲のなかでは、よけい目立っていた。

「顔見知りの熊野巫女《くまのみこ》から買ったんです。以前、治らない頭の痛みを、ご祈禱《きとう》でおさめてくださった方なんですよ。かれこれ、十年ぐらいの付き合いがありますので、迷うことなく買い求めました、はい」

顎をあげ、二人を睨《ね》めつけた。なにか文句でもあるんですか、と言わんばかりだった。左門が来て、冨美の家にはお七札が貼られてない旨、告げて、ふたたび家に戻る。

「まぎれ者の熊野巫女ではあるまいな」

一角は、冷ややかな目を返した。熊野巫女の場合、一般的には『年籠《としごも》り』と言って、年末から翌年の正月まで熊野に籠る習わしがある。この法度《はっと》では『登り手形』を持つ比丘尼《びくに》だけが、正式の願人《がんにん》として熊野に籠ることを許されており、それ以外は『まぎれ者』として、吟味《ぎんみ》や取り締まりの対象とされた。

「難癖《なんくせ》つけないでくださいな、早乙女様。あたしは、そんないい加減な人とは付き合いませんよ」

「りくの言うとおりでございます。その方は熊野巫女の師匠である『お寮《りょう》』でございいましてね。何人もの弟子を持っておられるんです」

ふだんは反撥《はんぱつ》し合うことの多い夫婦が、珍しく意見の一致を見た。『お寮』は幼年の貧女《ひんじょ》を引き取り、食べていけるように世話をやくことで知られている。むろん、稼ぎをある程度は懐に入れるのだが、それでも貧しい家にとっては救いの手だろう。

「その熊野巫女の常宿はわかるか」

数之進は訊いた。まずは確かめてみなければならない。

「いつも馬喰町《ばくろうちょう》あたりの安宿に泊まっておられますが、もう、熊野に戻られたはずです。いませんよ」

「それよりも、生田様。先程、芝居町の某《なにがし》とやらが、おいでになられました。お待ちになっていますよ」

彦右衛門が間の抜けた知らせを告げる。待ちくたびれたらしく、ちょうど浄瑠璃《じょうるり》小屋の跡継ぎ・庄悟郎《しょうごろう》が数之進の家から顔を突き出していた。

「先にそれを言え」

背を向けた一角の腕を、りくがいち早く摑む。

「美《い》い男じゃないですか、どなたですか。堅気《かたぎ》じゃありませんよね」

「芝居町で浄瑠璃小屋を営んでいる庄太夫《しょうだゆう》の倅殿《せがれ》よ。りく、手を放さぬか。おまえに握りしめられると、おれは背筋がゾクゾクしてくる」

「あら、まあ、嬉しくて？」

身体を寄せたとたん、

「ええい、放せっ」

一角は邪険《じゃけん》に振り払った。

「照れちゃって、可愛《かわい》いったら」

「勘違いするな。おれは本当に……」

「一角」

数之進は呼びかけて、自分たちの家へ行く。一角は憤懣《ふんまん》やるかたないといった表情で路地奥の井戸に走り、水を汲《く》みあげて顔を洗った。

「厄落《やくお》としじゃ」

手拭いで顔を拭《ふ》きながら、数之進の後に続いた。

「待たせてしもうて、すまなんだな、庄悟郎さん。相談事は月のなかばあたりから落ちてしまう客を、増やす策はないかというものであったな」

座敷に戻った庄悟郎に、忘れていないことを告げる。一角は素早く火を熾《おこ》して、茶の支度《したく》を始めた。

「はい。なにか良い考えが、浮かびましたでしょうか」

話を聞いたときすでに、ある考えが浮かんでいたのだが、庄太夫親子が得心できるかどうかと思い、言わずにいたのだった。

「うむ」

数之進は奥の六畳間に置いた小さな箱から、梵字《ぼんじ》を書いた十数枚の半紙を取り出した。花押《かおう》も押してある。

「これは？」

渡された庄悟郎は、ぴんとこなかったに違いない。訝《いぶか》しげに眉《まゆ》を寄せた。

「梵字を書いたものよ。月半ば過ぎに来てくれた客には、一回につき、一枚を渡す。二枚、ためた者は、翌月の一日から半ばの間の観劇が無料《ただ》になるという仕組みだ」

提案を聞いた庄悟郎は少し考えた後、

「字を真似て、偽《にせ》の梵字を持って来る者がいるのではありませんか」

疑問を口にする。なかなか疑り深い気質のようだ。

「それを懸念したゆえ、木戸券《きどけん》代わりの書に、わたしの花押を入れた」

数之進の答えを、友が受けた。

「浄瑠璃観たさに字を真似て、偽の書を作る者がいるとは思えぬがな。書はその場で回収すれば何度でも使えるであろう。とりあえず、試してみればよいではないか」

「木戸券代わりの書は、二枚ではなく、三枚とするのは駄目ですか」

欲深《よくぶか》な一面も覗かせる。苦笑いを滲ませて答えた。

「客の身になって考えねばならぬ。半ばから月末の間に、二回、同じ浄瑠璃劇を観に行くだけでも二の足を踏む客が多いはずだ。それでも、翌月の新しい浄瑠璃観たさに、足を運んでくれるやもしれぬ。二枚にしないのであれば、この話は……」

半紙を片付けようとした手を、庄悟郎は制した。

「わかりました。座長と相談したうえで試してみます。木戸券代わりの書は、これで足りるでしょうか」

「足りないようであれば、すぐに届けさせる。まずは試してみるがよし、よ。駄目だったときには、また、考えればよい」

「ありがたいです」

少し緊張していた庄悟郎の顔がほころんだ。

「一度、試して駄目だったら終わりではなくて、別の案も出していただけるのが嬉しいです。お助け侍は面倒見がよいという噂は、まことですね」

「まことじゃ」

一角は茶を淹《い》れて、盆ごと庄悟郎の前に置いた。とそのとき、半鐘《はんしょう》の音と大きな叫び声が聞こえた。

「火事だっ」

「元大工町《もとだいくちょう》の方だぞ！」

だれよりも早く一角が、刀を差して飛び出した。

「庄悟郎さん、気をつけて帰るがよい」

数之進は言い置いて路地に出る。刀を差している間に、向かいの家から左門が姿を現した。不安そうな冨美が、玄関の三和土《たたき》に立っている。

「鳥海様はここでお待ちを。姉上のそばにいてください」

「わかった。附け火やもしれぬが、深追いするな」

「はい」

答えて一角を追った。

「まずいな。乾《いぬい》の風（北西風）だ」

強い北西風によって、日本橋一帯や本材木町にも火の手が広がるかもしれない。集まり出した野次馬《やじうま》を掻き分けて走った。炎は見えないものの、風に乗ってきな臭さが流れて来る。小火であればいいのだがと思いつつ、友の姿を探した。

「一角」

前方に刀を抜いた姿が見えた。対峙《たいじ》しているのは、町人ふうの男のようだが、後ろ姿なので断定はできない。匕首《あいくち》を右手に持ち、足下には火もらい桶が落ちていた。

「おれが相手じゃ、手を出すな」

一角の言葉と視線で背後の数之進に気づいたのだろう。男は肩越しにちらりと見やり、友に向かって匕首を突き出した。一角は刀で巧みに避《よ》け、手首を斬りつける。うっと呻《うめ》いた男の後ろに、数之進は立った。むろん用心のために刀を抜いていた。

「附け火の科人《とがにん》だな」

一角は言い切る。

「火もらい桶の中に、炭が入っているはずだ。火を布に移して小店の裏口に火を附けたところに、おれが駆けつけた次第よ。この目でしっかと見届けたわ」

野次馬が幾重《いくえ》にも取り囲み、もはや逃げる術《すべ》はなかった。数之進は群衆の中に、見慣れた女子を見つける。

――お千代《ちよ》さん。

魚屋の若い女房・千代が、青ざめた顔で立っていた。虚《うつ》ろな目の先には、座り込んだ匕首男がいる。数之進は静かに刀を鞘《さや》に戻した。

第四章　御用頼みの旗本

一

「知っています、あの男」

千代は言った。

「いえ、名前まではわかりません。よくうちの店に来て、魚を買ってくれました。与一さんがいないとき、そっと囁《ささや》いたんです」

青ざめた顔のまま続ける。

〝聞いてるよ、亭主に殴られているんだってな。助けてやる。おまえさんは、なにもしなくていいんだ。おれが言ったその夜だけ、親戚か知り合いの家にでも行っていれば済む話さ〟

附け火男は、若い千代を女郎屋にでも売り飛ばすつもりだったのかもしれない。暴力をふるわれるのは辛かったが、だからといって与一が死ねばいいと思っていたわけではなかった。

「なにをするのか、わかりませんでしたけど、なんだか恐くて……あたし、その夜も与一さんと一緒にいたんです。そうしたら」

小火が起きた。幸いにも与一が夜半に目覚めたため、大事にいたらずに済んだが、運が悪ければ二人とも焼け死んでいただろう。細い目をした陰気な顔の男を、千代は鮮明に覚えていた。

「今回、また、火事だと聞いて外に出たら、いたんです、あの男が。火もらい桶を抱えていました。附け火男です、間違いありません。うちの店に火を附けたときは見ていませんが、たぶん二度目だと思います」

元大工町の火事も発見が早かったことから小火で済んだ。一角は、千代が指さした先にいた男が、附け火をしたその瞬間を目撃したわけである。千代はしばらくの間、冨美が預かることで夫の与一とは話がついた。

「縫い物を教えます。自立できるように、わたくしがお千代さんを指南《しなん》します」

言い切った冨美の目は輝いていた。

翌日の朝。

酔いどれ藩主は健在だった。

「酒が足りぬ、まだまだ、飲み足りぬ。余っている酒があれば、持って来るがよい。もったいないゆえ、余が飲んで進ぜよう」

直之は表に姿を見せたとたん、酒を求めて大台所に向かおうとしたが、驚いたことに尼御前こと信如が立ちはだかった。

「なりませぬ」

両手を広げて仕草でも厳しく示した。話には聞いていたものの、数之進は政の場である表に、尼御前が現れた事実をすぐには受け入れられない。

同じ気持ちだったのだろう、

「なにゆえ、尼御前様が表に」

隣席の幸之助が言った。

「手嶋殿がご覧になられたのも初めてでござるか」

「はい。奥方様は、時折、稽古着姿でおいでになりますが、尼御前様は中奥までと聞いておりました」

二人の驚きに呼応するように、各部屋はざわめいていた。もしかすると、尼御前が表にまで来たのは、初めてということも考えられた。勘定頭や他の頭役は廊下へ出て、中庭を挟んだ向かい側の廊下を見守っている。

だれかが知らせたのか、中奥、もしくは奥御殿から付いて来たのか。中庭には一角と、いくつかの頭役を兼務する御側衆の佐野太郎兵衛も姿を見せた。

「殿」

榊原三十郎が、供を連れて現れた。

「つい今し方、椎谷《しいや》藩のご家老様が、おいでになられました。殿に至急、お目通りしたいと仰せになられております。小書院にご案内いたしました」

「椎谷藩じゃと？」

とたんに直之の声や表情が、緊張したように感じられた。他でもない、椎谷藩は奥方・真葛の実家である。愛妾との間には何人かの子をもうけているものの、奥方との間には、嫡男をひとりも得ていないようだ。

――小書院に案内したのは、つまり、内々の話だからやもしれぬ。

数之進は思った。これは奥方が手をまわした訴えかと、直之ならずとも警戒する場面に思えた。

「勘定方の生田数之進」

突然、直之が声をあげた。

「ははっ」

数之進は狼狽《うろた》えながらも廊下に出て平伏する。

「同席せよ。太郎兵衛と早乙女一角もじゃ」

「畏まりました」

中庭で老藩士が答えたのを聞き、数之進の隣にいた勘定頭が告げた。

「殿。それがしも勘定頭として、同席いたしたく存じます」

「ならぬ」

短く言い、直之はヨタヨタと歩き出した。一角と太郎兵衛が廊下にあがり、左右から支える。数之進は矢立と手留帳を自分の席まで取りに戻った。

「奥方様の次は殿のお召《め》しでござるか。昨夜のあれは、本日のお目通りの知らせだったのやもしれませぬな」

幸之助はいつものように、好奇心いっぱいの目を向けていた。しかし、直之の様子を見る限り、昨夜の時点で椎谷藩の家老が訪れるのを知っていたとは思えない。

――わたしを幕府御算用者と思い、内々に話をするつもりだったのか。

数之進は矢立と手留帳を袖に入れるや、廊下へ出て小書院に急いだ。同席を断られた勘定頭は、手持ち無沙汰《ぶさた》な様子で見送っていた。

——椎谷藩のご家老様の用向きは、いかなるものであろうな。

いやでも緊張する場面だが、一角も同席するので心強かった。小書院の上座には直之、中座の右側には一角と太郎兵衛、そして、左側には椎谷藩の家老が座していた。供らしき二人は、廊下に控えている。

「生田数之進は、そちらへ」

太郎兵衛に指し示されて、数之進は下座に畏まる。

「ははっ」

「勘定頭より、そちの話を聞いてな。奥の実家の家老が訪れたのを良い機会と思い、目通りした次第じゃ。直答を許すゆえ、面をあげるがよい」

直之が促した。

「は」

数之進は顔をあげる。少し遅れて姿を現した猪武者の異名を持つ榊原三十郎が、右側に座していた太郎兵衛の列にそっと加わる。重臣たちが集まった小書院は、にわかに重い緊張感に覆われた。

「国許からの陳情では、『走り者』が増えて民の数が減っている。当然のことながら荒れ地が増えておるゆえ、石高《こくだか》は減るというのが今の状態じゃ。三十郎より聞いたそちの提案では二年ほど税を免除する旨、触れを出し、逃げた民を村へ戻せというものであったな」

間違いないか、という目顔に答えた。

「さようにございます」

「困ったことに領地では、密造酒を造る輩《やから》が増えておる。米だけではのうて、酒も余っていると聞いた。ゆえに余も浴びるように酒を飲み、わずかでも貢献するべく頑張っておるのだが」

笑いながらの軽口を、太郎兵衛が膝でにじり出て窘《たしな》める。

「殿」

「わかっておる。話の腰を折るでない」

「は」

引いた老藩士を、椎谷藩の家老は穏やかな表情で見つめていた。太郎兵衛は両家を行き来する役目も担っているに違いない。関係は悪くなさそうに見えた。

「ひとつ、訊ねたい。余っている酒を飲むのはいやではないものの、やはり、限りがある。余り酒を使う良い策はないものか」

「おそれながら申しあげます」

数之進は力強く応じた。

「過日、勘定方のお頭にご提案しようとしたのですが、中途半端な形で終わりましたため、あらためてご提案いたします。それがしは、余り酒で粕酢《かすず》を作るのがよろしいのではないかと考えまする」

「はて、粕酢となな？」

わからなかったのか、首を傾げた。

「粕酢は尾張《おわり》の知多《ちた》半島で作られ始めている新たな酢にござります。今までは米酢が、広まっておりました。これは蒸した白米に麹《こうじ》を加えて作った酒に、さらに菌《きん》を加えて発酵《はっこう》させた酢でございます」

「古来、最上とされましたのは和泉酢《いずみず》でござります。よう知られておりまする」

太郎兵衛が言い添えた。数之進は助言に会釈して、続ける。

「粕酢は酒粕を原料としておりますことから、甘みがあるため、塩とともに飯に混ぜるだけで、美味い鮨飯《すしめし》を作ることができます。江戸では近頃、早鮨《はやずし》が人気でございますので、粕酢の買い手には困らぬと思われます。商いは、買い手と売り手の均衡が取れぬと儲けが出ませぬゆえ」

ほう、と、だれからともなく小さな声が洩れた。

「粕酢の優れた点は、いくつかありますが、一点は酒作りの際に出る酒粕が原料であることでございます。酒粕は言うなれば、棄《す》てるもの。要らないものを利用することによって、わざわざ作る費用を節約できます」

いったん言葉を切って反応を見る。

「続けよ」

直之が仕草でも示した。真剣な表情になっていた。

「は。先程の繰り返しになるのですが、鮨作りには砂糖が欠かせませぬ。なれど、ご存じのように砂糖は非常に高価でございます。米酢の場合は砂糖を入れますが、粕酢は酢そのものに甘みがあるため、砂糖が要りませぬ。砂糖を使わずに鮨酢を作ることは、米酢ではできませぬ。粕酢なればこそにござります」

「世に名を知られた粕酢はあるのか」

と、直之。左側に控えている椎谷藩の家老は、持ち帰るべき勘案と思ったのかもしれない。矢立を取り出して紙に記していた。

「は。尾張の中野家による『三ツ判山吹《みつばんやまぶき》』が、最高級の銘柄とされております。これは江戸向けの銘柄でございまして、中野家では自家の製品を格付けし、地元では並みの酢を売っている由。高級酢は江戸でしか売らないという商いは、他の店にはないやり方でございます」

わざと間を空けて、おもむろに告げた。

「近江《おうみ》商人は『金がなければ智恵を出せ、智恵がなければ汗を出せ』と常日頃より、言うております。中野家の商いは、智恵の結晶とでも申しますか。それがしも学ぶ点が多いと思いました次第」

「他にも余り酒の利用法はあるか」

直之が訊いた。得るものが多い話と思っているのは、いっそう真剣味を増した顔に浮かびあがっている。数之進もまた、小さな喜びを覚えていた。

「は。みりんを作るのも、よろしいのではないかと存じます。もち米、麴、焼酎《しょうちゅう》を原料といたしますみりんの発祥は、戦に明け暮れていた頃に遡《さかのぼ》るとか。唐《とう》との交易によってもたらされた甘い酒『蜜林《みいりん》』であるとされている由」

「古い話じゃのう。そちが『蜜林』の名を知ったのは、いかような文献からなのか」

「豊臣秀吉公の甥・秀次《ひでつぐ》様のご右筆《ゆうひつ》だった駒井重勝《こまいしげかつ》様が遺された『駒井日記』にございます。文禄二年（一五九三）頃に、『蜜林酎』という名称で登場しておりました」

「なるほど。みりんは、下戸《げこ》でも楽しめる甘い酒というぐらいしか、余は知らなんだがな。焼酎と混ぜ合わせる飲み方が、広まっておるではないか」

答えを求めるように、太郎兵衛を見やる。老藩士は畏まって答えた。

「『本直《ほんなお》し』や『柳蔭《やなぎかげ》』と呼ばれている飲み方でござりまするが、殿におかれましては、みりんの飲み方まで会得なさらずともよろしいのではないかと」

すかさず牽制《けんせい》する。小さな笑いが起きて、場がわずかになごんだ……ように思えたが、一角が目顔で廊下を指していた。

——奥方様。

真葛が、中庭をはさんだ向かい側の廊下を侍女と歩いて来た。稽古着姿ではなく、艶《あで》やかな打ち掛けを羽織《はお》った奥方らしい装いと髪型をしている。直之や他の者たちも気づき、小書院の空気は、ふたたび張り詰めた。

二

数之進は、素早く下座から右側の太郎兵衛の列に移る。一角が隣に来て、二人は末尾に控えた。榊原三十郎が立ちあがり、上座のすぐ側に移動するや、椎谷藩の家老は満面の笑みで真葛を出迎えた。

「これは、奥方様。本日、ご尊顔《そんがん》を拝せましたこと、恐悦至極《きょうえつしごく》に存じます」

「大儀《たいぎ》。わざわざ、すまぬ」

真葛は答えて、直之と相対するように中座に腰を落ち着けた。言葉遣いや身体全体から放つ気は侍を思わせた。中身は男なのではないかという錯覚に陥りかける。真葛が実家の家老を呼んだのは確かだろう。はたして、その真意とは……。

「いかがしたのじゃ、奥。表に姿を見せるときは、稽古着姿とばかり思うていたがな。いつになく晴れやかな様子。さながら女雛《めびな》か」

直之の顔は、あきらかに強張《こわば》っていた。妻を前にしたとたん、酔いどれ藩主の痴態が消え失せた点には興味深いものがある。ぴんと伸ばした背筋にも、隠しきれない不安が表れているように感じられた。

「殿も世辞《せじ》を仰るのですね」

対する真葛は、余裕たっぷりの笑みを浮かべる。実家の家老もまた、口もとをほころばせていたが、その様は却《かえ》って不気味だった。

――この雰囲気は、まさか。

数之進は脳裏に浮かんだ推測を打ち消した。藩主夫妻の言動を鑑《かんが》みるに、考えにくいことに感じられるが、可能性がないとは言い切れなかった。想像どおりだったとき、はたして、直之はどのような反応を見せるか。

「本日は、殿にご報告があってまいりました。長年にわたって実家の父や母を悩ませてまいりましたが、真葛は、無事、懐妊《かいにん》いたしましてござります」

「……………」

黙り込んだのは、数之進だけではなかった。思ったとおりではあるものの、やはり、驚きを禁じえない。直之は顔が白っぽくなっている。憶えがないのか、あまりにも意外な知らせだったのか。色々あるのかもしれないが、公《おおやけ》の場で言えるわけもなかった。

「さては、過日、密《ひそ》かに抱屋敷を訪ねた折に授かりし子か」

大名家の藩主らしい言葉が出る。もしかしたら、榊原三十郎の子かもしれないが、体裁《ていさい》を取《と》り繕《つくろ》わなければならない。かろうじて話を合わせたように見えた。

「はい」

真葛は動揺する気振《けぶ》りも見せずに堂々としていた。

「もしや、と、思いましたが、間違いだったでは済まされませぬ。念のために二月《ふたつき》、様子を見ました。抱屋敷の御用医師は間違いなく懐妊していると申しましたので、ご報告にまいりました次第にございます」

まことであるならば、妊娠したのを承知のうえで、武道場の稽古に臨《のぞ》んでいたことになる。子を大事に思うのなら控えるべき行動だったのではないだろうか。

——そのあたりが解《げ》せぬ。

頭の隅にとめた。

「殿。お祝い申しあげます」

三十郎が平伏して祝いを述べた。

「男子であれば我が藩の跡継ぎ。藩士たちも安堵いたしましょう。いつも以上に派手やかに雛祭りを祝うのが、よろしかろうと存じます。道を行く者たちにも振舞酒《ふるまいざけ》を出して、江戸中に奥方様のご懐妊を広めるのがよろしいのではないかと」

藩の宣伝を兼ねての提言《ていげん》かもしれないが、振舞酒はやりすぎのように思えなくもない。また、猪武者らしからぬ作り笑いが、やはり、という疑念を色濃くさせた。

——榊原様のお子だった場合、事実上の御家《おいえ》乗っ取りだ。

数之進は冷静に考えている。三十郎の言葉を受けて、古参の太郎兵衛が膝でじりっとにじり出た。

「まことにもって、おめでたき儀にござります。それがし、殿と奥方様の跡継ぎをこの目で見るのは、もはや、無理と諦めておりましたゆえ」

涙ぐんでいた。藩主と奥方の子を望んでいたのは偽りではないだろうが、茶番劇に合わせただけではないのか。あるいは、真実であればという、願いを込めた祝辞ではないだろうか。

――沸《わ》き立つような想いは、ない。

数之進は、ますます頭が冷えてきた。直之の感情を抑えた白い顔は、まるで氷の面《おもて》のよう。喜んでいるようには見えなかったが、そう見せているということも考えられた。

――本当は奥方様と仲睦《なかむつ》まじく過ごされているのやもしれぬ。

だが、と、新たな疑問が湧いた。仲違いしているように見せる必要があるのだろうか。藩士たちの無意味な対立や争いを招くだけのように思えるが、そのあたりの仔細はまだ、摑めていないのでわからなかった。

「つきましては、殿にお願いがございます」

真葛は言った。

「なんなりと申せ。祝いゆえ、叶《かな》えて進ぜよう」

「ありがとうございます。わたくしは、殿の正妻。正妻に子ができたからには、上屋敷の奥御殿を住まいにいたしたく存じます。今、奥御殿にお住まいの方々を、下屋敷や抱屋敷に移していただきたく思います」

じつに正直な女主《おんなあるじ》宣言だった。理与をはじめとする愛妾だけでなく、尼御前の信如を退かせてほしいと告げていた。

「む」

氷の面が、ゆがむ。それなりに均衡が取れていた藩内に、奥方の懐妊という大事《おおごと》が出来《しゅったい》して、常がくずれようとしていた。

しばし重い沈黙が流れる。

「殿」

口火を切ったのは、三十郎だった。

「奥方様のお申し出は、しごく当然であると存じます。殿と奥方様がともに藩邸で暮らすのが、自然な形でござります。また、藩邸の御用医師はそれがしの昔からの知己《ちき》。安心してお子を産めるのではないかと存じます」

直之とは盟友の間柄とのことだったが、今もそうなのかはわからない。だが、三十郎が奥方派なのは、ほぼ間違いないだろう。数之進は、直之が目を合わせないのが気になっていた。

——榊原様は真っ直ぐ見つめているが、殿はさりげなく視線を逸《そ》らしてしまう。細かいことかもしれないが、これも頭の隅にとめた。いつまでも黙り込んでいるわけにはいかなかったのか、

「あいわかった」

直之は答えた。

「なれど、今すぐというわけにはいかぬ。義母上《ははうえ》はお年ゆえ、住まいを移るのはお辛かろう。お心の準備も必要じゃ。せめて、三月末までは、時を与えてくれぬか。あるいは」

と、真葛をあらためて見る。

「今までどおり義母上には、奥御殿でも、お過ごしいただくか」

お暮らしいただくかとならなかったのは、さすがにこの状況では通らないと思ったからではないだろうか。

「いいえ」

真葛は即答した。躊躇《ためら》うことなく言い切って、続けた。

「奥御殿に、女主は二人、要《い》りませぬ。それに本来、信如様のお住まいは、下屋敷ではありませんか。すみやかにお移りいただきとう存じます」

「うむ」

否でも応でもない、曖昧《あいまい》な返事になる。ある意味、直之らしいかもしれない。今ひとつはっきりしないところがあった。

「おめでとうございまする、殿、奥方様」

太郎兵衛が締めくくるように深々と辞儀をした。一同、それに倣《なら》い、平伏する。別式女《べっしきめ》を務めるほどの女剣客も、赤子を産めば良き母となって落ち着くのではないだろうか。真葛は終始、穏やかな様子で、辞儀を返しつつ、退出した。

あたりまえのように、三十郎と真葛の実家の家老が、表玄関までの見送り役を務める。数之進と一角は廊下に出て平伏し、廊下を行く一行を目で追っていた。

「おまえの同役じゃ」

不意に一角が告げる。見ると中庭の片隅で、手嶋幸之助が尼御前の信如と話をしていた。ふだんは緊張感のない顔をしていることの多い幸之助が、いつになく真剣な様子で耳を傾けている。何度か頷き返して、勘定方の部屋に戻って行った。

「密談という雰囲気だったが」

数之進の呟きに、小書院からの呼びかけが重なる。

「生田数之進」

直之だった。

「ははっ」

ふたたび一角とともに小書院へ戻って畏まる。

三

小書院に残っていたのは、佐野太郎兵衛ひとりで、疲れたらしく船を漕《こ》いでいた。数之進と一角が微笑したのを見たに違いない。直之も笑って視線を二人に向けた。

「先程の話に戻る。粕酢とみりんのことじゃ。領地で両方を作るのは、ちと無理があるように思える。さて、我が藩の特産品にするのは、どちらがよかろうな」

懸命に考えていたのが、問いに浮かびあがっていた。真葛の懐妊話に衝撃を受けたはずだが、見事に気持ちを切り替えていた。もしかすると、藩主としての務めを深く考えることによって、懐妊の衝撃を無意識のうちにやわらげようとしているのかもしれない。

「僭越《せんえつ》ながら、お答えいたします」

「申せ」

「みりんは、まだ作り方が広まっていないため、米や酒の約三倍の値がつきます。売れるのは、他藩が作らぬもの。希少性《きしょうせい》のある品です」

「では、みりんか」

先走って問いかけた。

「なれど、みりんは焼酎を作れる技がなければ、成り立ちませぬ。下総国《しもうさのくに》の流山《ながれやま》が有名なみりんの産地でございますが、すでに焼酎を作っていたことから、みりん作りに転じるのは容易だったと思われます」

「そうであった。我が領地では、酒は作れるが焼酎は扱っておらぬ。そうなると、粕酢を作る方が比較的、たやすいやもしれぬな」

「は。加えて、酒粕は棄てるものでございますゆえ、安く仕上がります。繰り返しになりますが、流行《はや》り始めている江戸の早鮨に適しているのもまた、甘みのある粕酢のように思えます」

この時期、握り寿司はまだ作られていないが、その前身のような早鮨が登場していた。寿司屋も現れ始めている。

「早鮨か。噂は耳にしているが、余はまだ、食《しょく》したことがない」

直之は正直に告げた。知ったかぶりをしない点は好感が持てた。

「早鮨は、要するに早く酢飯を作れるというものでございまする。そういう名の寿司ではござりませぬ」

食通の一角が受けて、ふたたび畏まる。

「さようであったか。てっきり寿司の名かと思うたが」

「粕酢の話に戻しても、よろしいですか」

数之進の確認に、大きく頷き返した。

「むろんじゃ。いかように売るのがよいのか、説明してくれぬか。酒粕についても、ようわからぬ。やはり、新しいものの方が美味《うま》いのか」

直之は紙に矢立で記している。あとでまとめた冊子を渡すつもりだが、自ら書いた方が憶えられるのは確かだろう。藩主の熱意が伝わってきた。

「いえ、酒粕は日が経《た》つにつれて赤みが増してまいります。三年を過ぎた頃には、赤《あか》味噌《みそ》よりも色濃くなる由。こうなりますと、より強く甘みや旨《うま》みが出てくるようでございます」

「なるほど。古い酒粕の方がよいのか」

「はい。売る方法でございますが、ひとつめは番頭や手代が直接、ご領地をまわって樽《たる》単位で地元の酒屋や小店に卸《おろ》す地場売り。二つめは蔵の店先で近隣の人々に小分けして直接売る小売り。三つめは、船主売りと申します」

詳しい説明が必要と思い、反応を見るように間を空けた。

「はて、船主売りとな？」

案の定、直之は首を傾げる。

「商人にではなく、直接、船の船主に品物を売るやり方でござります。領地では北前《きたまえ》船《ぶね》が運行しておりますゆえ、船主に粕酢を売って江戸やその他の遠隔地に運んでもらい、売ってもらう仕組みです」

大藩であれば藩米を回漕する御用船を使うのだが、尾鹿藩には御用船がない。しかし、西回り海運の寄港地として利用されているのが、新潟と佐渡の港だった。

「北前船であったか。それを使うと？」

紙に記しながら訊いた。

「はい」

幕府は寛文十二年（一六七二）。遠く蝦夷地《えぞち》（北海道・樺太方面）から東北、さらに日本海を南下して下関（山口県）から瀬戸内海に入り、大坂までを直結する海の大動脈を形成させた。北前船と呼ばれる五百石から千石（約七十五トンから百五十トン積み）の大型輸送船が大活躍している。

「これも確認になるが、船主が我が藩より直《じか》に粕酢を買い取って、それを江戸や大坂へ売りに行くわけか」

ここまでは、よく理解していた。

「さようでございます。ご領地の粕酢作りでございますが、もっとも重要なのは水。洪水の絶えない土地であることから、川の流れを変えたり、あるいは井戸を持つ酒造家たちと共同で木樋《もくひ》――木製の樋《とい》のことでございますが、これを通して水を導くのが肝要ではないかと」

「川の流れを変えるのか。大事《おおごと》じゃのう」

「は。なれど、通水路を開削《かいさく》いたしますれば、悪水《あくすい》と呼ばれる溜まり水を排出することもできます。多くの潟《かた》や低湿地の干拓《かんたく》が容易になるは必至《ひっし》。領地が肥沃《ひよく》な沖積土《ちゅうせきど》壌《じょう》の美田《びでん》となるのは、間違いないと存じます」

「力強い言葉、頼もしく思うぞ」

「過分なお言葉を賜《たまわ》りまして、恐悦至極に存じます。良い水を得られるようになれば、良い酒が作れて、良い酒粕ができまする。粕酢を特産品にいたしますれば、必ずや、藩の繁栄に繋がると存じます。繰り返しになりますが、高価な砂糖を使わずに済むのは大きな売りになりますので」

「売り、か」

　直之は笑った。

「そちはおもしろいのう。一角は武術の達人らしいが、数之進は商いの達人と見ゆる。余り酒を使うた新しい特産品についての勘案書をまとめるがよい。まともな商いこそが、藩を支える柱となるゆえ」

　まともな商いの部分が、やけに深くひびいた。もしや、裏でまともではない商いをしているのか。

「御意《ぎょい》」

　平伏して顔をあげたとき、直之の右手が目に入った。一角が言ったとおり、指に竹刀ダコができている。酔いどれ藩主の裏には、どんな顔が隠されているのか。

「それがし、殿にひとつ、伺いたき儀がございます」

　思いきって口にする。

「申せ」

「は。ご領地におきましては、鍛冶が根付き、農閑《のうかん》余業《よぎょう》として釘が作られていると聞きました。鍛冶は、盛んなのでございましょうか」

　過日、榊原三十郎に釘の問いをしたとき、彼の者は物言いたげな間を空けた。結局、それで終わったが、数之進は引っかかっていた。

「く、釘？」

寝惚《ねぼ》け眼《まなこ》を開けたのは、うたた寝していた太郎兵衛だった。口の端から流れ出た涎《よだれ》に気づき、一角が素早く懐紙《かいし》で拭《ぬぐ》う。

「お。すまぬ」

「太郎兵衛よ。新参者から釘についての問いが出た。国許では、田畑を耕す合間に作っているのであろうか。今の状態を話してみよ」

「おそれながら申しあげます。釘はここにきて、かなり作られるようになっていると、榊原様に届いた書状には記されておりました。正確な数まではわかりかねまするが、相当な量であると存じます」

太郎兵衛の答えを聞きながら、数之進は気になった箇所を記した。ここにきて、かなり作られるようになっている。相当な量である。

「ということのようじゃ」

継いだ直之は、おもむろに懐から一枚の札を出して掲げた。

「この火除札《ひよけふだ》は存じよるか」

七の字の周囲に炎が描かれた札には見憶えがある。お七札だ。騙りかもしれない怪しい札が、藩邸内にまで入りこんでいることに大きな驚きを覚えつつ答えた。

「は。お七札であると思います。最近、巷《ちまた》で流行り始めているらしく、一枚一両の値で売られるときもあるとか。お七講であるという話も耳にしましたが、騙りの類やもしれませぬ」

釘の話をした後に、直之がお七の火除札を出したのは、たまたまだろうか、いや、たまたまであってほしかった。胸をよぎる不吉な思いを、数之進は無理やり封じ込める。

「殿は、お七の火除札を、どちらでお求めになられたのでございまするか」

一角が訊ねた。

「手に入れたのは、余ではない」

目顔で老藩士を指している。

「さよう。お七札を貼らぬ家や武家屋敷が、火事になっていると聞き、買い求めた次第にござる」

「どちらから買い求めたのでございますか」

数之進の問いを、しわがれた声で受けた。

「信如様のお知り合いと聞いておる。一両もするとは知らなんだがな。お七と言えば附け火で火炙《ひあぶ》りになった女子ではないか。なにゆえ、附け火をした者が火除札になるのか、わしにはようわからぬが」

「甲斐《かい》の国には、赤い紙に幼子《おさなご》の手形《てがた》を捺《お》して、『吉三《きちざ》さんはおりません』という文言を書き記すとか。門口に貼りつける風習があるそうにござります」

数之進は話しながら、『甲斐の国』の部分に奇妙な符合を感じていた。旗本たちの間に広まる『甲府落ち騙り』。騒ぎの源《みなもと》は、まさに甲斐の国ではないか。関わりはないかもしれないが、これも頭の隅にとめおいた。

「吉三というのは」

疑問を提示した直之に言った。

「八百屋お七と恋仲になった吉三郎のことでござります。言い伝えでは附け火騒ぎを起こしたお七が、吉三に失恋したまま死に、風邪の神になったと。吉三を取り殺すべく、家を覗《のぞ》き歩くという筋立てのようです」

「なるほど。幼子の手形を捺した赤紙を貼り出しておけば、吉三郎の手形ではないので、お七の怨霊《おんりょう》は家の中を覗かずに帰る、という言い伝えか」

太郎兵衛がひとりごちて続けた。

「国許では、牛の絵を描いた紙を逆《さか》さにして貼りつけていたがの。疫病《えきびょう》除けの神、午頭天王《ごずてんのう》は頭が牛の神。逆さに貼るのはつまり、牛の足をあげておくことになるではないか。ゆえに悪病神が来たとき、すぐさま蹴り飛ばしてくれると信じられておる」

「さまざまな言い伝えが、あるものでございます。少し話を戻しますが、佐野様。信如様はどちらのお知り合いから、お七の火除札を手に入れられたのでございますか」

数之進は一歩、踏み込んでみる。絵双紙屋〈にしき屋〉の女房・りくは、歩き巫女から買ったと言っていた。

──信如様は剃髪《ていはつ》した女性《にょしょう》だが。

比丘尼《びくに》である点が、やはり、気になった。

「さあて、そこまではわからぬ。お住まいの下屋敷には、大勢の者が訪れるゆえ、その中に火除札を売る者がいたのやもしれぬな」

「芝居町では、早くも八百屋お七の歌舞伎や浄瑠璃が行われていると聞いた。余も観に行きたいものよ」

直之の訴えに、老藩士は冷ややかな目を返した。

「まずはご酒をお控えなされませ。雛祭りにかこつけて、朝から浴びるように飲むのは、いかがなものかと存じます」

お七、雛祭りと聞いて、数之進は「あ！」と小さな声をあげる。

「なにか閃《ひらめ》いたのか」

一角の言葉に小さく頷き返した。直之と太郎兵衛は、今宵の宴の件でもやり合っている。奥方の懐妊祝いを行ってもよいという、触れが出されていた。

藩邸は相変わらず、ざわざわとして落ち着かなかった。

四

宴のときは、さらに騒がしくなっている。

「いや、目出度《めでた》いことよ。奥方様が嫁いで来られて早十年。なかなかお子を授からぬゆえ、案じていたがの。これで我が藩も安泰《あんたい》じゃ」

「なれど、まだ、男子《おのこ》かどうかはわからぬ。安心するのは早計すぎると思うがな」

「案ずることはない。男勝りの奥方様が産むのは、男子に決まっておるわ」

などなど、冨美や三紗が聞いたら角《つの》が生えそうなやりとりが、大広間のあちこちで起きていた。話を合わせてはいるものの、数之進と一角の目は、二人の藩士に向けられている。

――佐野様と手嶋殿か。

それとなく気をつけていたのだが、宴の場に姿を見せたときすでに、幸之助は太郎兵衛と一緒だった。大広間の片隅に陣取って、なにやら話し込んでいる。太郎兵衛はおそらく尼御前派と思われた。

――尼御前様と話した後は、佐野様と密談か。

なにを話しているのだろう。幸之助はなにかを学ぶために他藩から尾鹿藩へ来たと言っていたが、話の内容はその理由ではないだろうか。奥方の真葛を『金平娘《こんぴらむすめ》』と表現したあれが頭に残っていた。

榊原三十郎は、宴が始まる直前、少し顔を出しただけで姿を消している。藩士たちに気遣わせるのを懸念したのか、藩の重臣でいるのは太郎兵衛だけで、後はほとんどいなかった。

「わたしは、今ひとつ、対立図がはっきりせぬ。殿は尼御前派なのだろうか」

数之進の言葉を、友は首を傾《かし》げつつ受けた。

「わからぬ。殿は中立のように思えなくもない。ちと優柔不断《ゆうじゅうふだん》なところがあるではないか。どちらにもつかず、流れに身をまかせるように見ゆる」

「いや、酔いどれ藩主もそこまでいい加減ではあるまい。流れを見極めるべく、熟考しておられるのではないだろうか。いずれにしても、奥方様対尼御前様という図式が、はっきりしたのは確かであろうな」

話しながらも、つい運ばれて来る料理に目を奪われていた。数之進たちの箱膳には、すでに何種類かの惣菜が並んでいる。新たに作られた料理を、賄方《まかないかた》が盆《ぼん》に載せて

「いかがですか」と勧めているのだった。

宴が始まる直前、樽酒を景気よく開けて、大徳利に移している。無礼講《ぶれいこう》の趣さえ感じられる流れになっていた。

「それは『鯛《たい》の丸揚《まるあ》げ煮《に》』か？」

食通の友は、立ちあがって盆に手を伸ばした。醬油《しょうゆ》で下味《したあじ》をつけた鯛の腹中に、葛《くず》粉《こ》を混ぜた豆腐を詰め、小麦粉をまぶして胡麻油《ごまあぶら》で揚げた魚料理だ。

「さよう。小さな鯛しか手に入らなかったが、刺身《さしみ》でも食べられる新鮮な鯛よ」

「二皿、もらおう」

一角は皿を取って、自分と数之進の箱膳に置いた。他にも豆腐やささがき牛蒡《ごぼう》、人参《じん》、いんげん、金糸玉子《きんしたまご》を油で炒《いた》め、伸ばした湯葉《ゆば》で巻く珍しい一皿を友が探してきた。大好きな赤飯もあるので、数之進は自然に頰《ほお》がゆるんでくる。

「確かに目出度い」

片隅に陣取った太郎兵衛と幸之助を監視しながらも、いっとき、夢中で食べた。

「この湯葉巻きには、サワラや貝も入っているな。豪勢《ごうせい》なものよ」

「あれを見ろ、一角。玲瓏豆腐《こおり》ではないか」

次に運ばれて来た料理に思わず目を奪われた。すぐに一角が取って来る。玲瓏豆腐は豆腐を寒天《かんてん》で包み、冷やして固めたもので、練《ね》り辛子《からし》と醬油で食せばおかずとなり、黒蜜《くろみつ》をかけると菓子になる。

「黒蜜がほしくなるな」

甘い物好きな数之進は、後で大台所に行き、黒蜜を探してみようなどと思っていた。豊富な材料と腕のよい賄方によって、藩士たちは恵まれた状況にある。しかし、この贅沢《ぜいたく》な膳は、なにによってもたらされているのか。

「そうそう、昨夜、国目付《くにめつけ》の吉井《よしい》様がお着きになられたらしいぞ。いつものように江戸での滞在場所は、下屋敷に定められたそうじゃ」

少し離れたところに集まっていた藩士たちの話に、舞いあがりかけていた気持ちが一気に冷めた。吉井政友《まさとも》が下屋敷を滞在場所と定めたのはすなわち、尼御前派ということになるのだろうか。

一角と目配せして、近くに置かれていた大徳利をそれぞれ手に取る。件の話を始めた一群に、二人は酒を注《つ》いでまわった。

「それでは、やはり、吉井様は尼御前様にお力添えなさるお考えなのか」

ひとりが数之進の疑問を口にした。下屋敷は今は亡き先代が暮らしていた屋敷であり、未亡人となった尼御前が現在、暮らしている場でもある。それらを考えれば、当然の考えといえた。

——なれど、懐妊祝いの訪れだったとしたら、国目付が来るのは早すぎる。

数之進は裏を読んでいた。早く来たのは、奥方の真葛からの知らせがあったからではないのか。頻繁《ひんぱん》に連絡を取り合う関係であることも考えられた。

「さて、吉井様のご存念やいかに」

最初に発言した者は、他人事《ひとごと》のように笑っている。右目の脇に大きな黒子《ほくろ》があった。

「吉井様は国目付のお役目を利用して、私腹《しふく》を肥《こ》やしているという噂がある。狙うのは、もしや、安藤家か。御家乗っ取りを企んでいるのやもしれぬ」

「宴の場でめったなことを言うでない」

年嵩《としかさ》のひとりが強い口調で諌《いさ》めた。

「尾鹿藩を仕切れるのは、殿だけじゃ。不仲を噂されていた奥方様にも歩み寄る姿勢を示された。跡継ぎ誕生となれば、我が藩は盤石《ばんじゃく》となる。わしは嬉《うれ》しゅうてならぬわ」

「なれど、吉井様は殿の意向に反して、昨年、荒地《あれち》改《あらた》めを実施されましたぞ。そればかりか、杉木改めまで強引に執り行ったとか。過日、陳情に訪れた庄屋は、村を代表してその件を訴えたのではないかと、それがしは思うておる次第でござる」

黒子男は憤然《ふんぜん》と反論した。

荒地改めは隠田《おんでん》を摘発《てきはつ》し、年貢《ねんぐ》の増徴《ぞうちょう》を図《はか》るものであり、杉木改めは、農民が新しく杉木を植えた場合、植えた本数百本につき、三十本の割合で御用杉木に指定する政策だ。藩によって御用杉木に指定する本数は異なるが、百本につき三十本という割合は、少なくない数だった。

——やはり、吉井政友は、土地の売り買いに関わっているのやもしれぬ。

荒地改めをすれば、持ち主の有無がはっきりする。使われていない放棄地がわかれば、それをたやすく買い求められるだろう。数之進の頭には、ひとつの言葉が浮かんでいた。

寄生地主《きせいじぬし》。

藩主からの拝領地以外に田畑を持ち、領地の大地主として民に君臨する家臣のことだ。この頃すでに諸藩では、村役人や郡方《こおりがた》の下役を自分の家来のように使う心得違《こころえちが》いの家臣が現れ始めていたのである。

国目付というお役目にありがちな落とし穴かもしれなかった。

「吉井様は、新たに漆奉行《うるしぶぎょう》のお役目を賜るとも伺いました。こたびの訪れは、そのためではないのですか」

若い藩士が別の意見を述べた。領地では、堆朱《ついしゅ》や堆黒《ついこく》と呼ばれる工芸品があり、大量の漆を使うことから藩では漆の木の植栽《しょくさい》を奨励している。漆奉行というのは、尾鹿藩独自のお役目といえた。

「漆奉行のお役目を……さようか。吉井様は、ますます強大な力を持つことになるな。われらは頭があがらぬわ」

黒子男は一気に酒を飲む。彼《か》の者の言葉には、諦《あきら》めと嫉妬《しっと》が入り交じっているように感じられた。国目付を務める吉井政友は権臣《けんしん》なのだろうか。

――吉井政友がどちらに付くかによって、覇権《はけん》争いが決着することも考えられるな。

奥方派か、尼御前派か。現在も二分されているのは、あきらかなように思えた。問題は……そこに吉井政友が加わって後押しすれば、どちらかが優位になるのは必至。

藩主の去就《きょしゅう》が定まらないことだ。

――殿と榊原様は、お心が読みにくい。榊原様は奥方派に思えるが、まことにそうなのだろうか。

酔いどれ藩主が、真の姿であるとは思えないし、思いたくもなかった。右手の竹刀ダコにこそ、真実が隠されていると信じたかった。

「吉井様が、おいでになられたぞ！」

突如、戸口でひびいた大声に、大広間は色めきたった。

「なに？」

「藩邸に、今、来られたのか」

「殿にお知らせを」

何人かが立ちあがって廊下に飛び出して行く。宴を楽しんでいた藩士たちは、当惑と困惑の渦《うず》に落ちたように見えた。なにゆえの訪《おとな》いか。そもそも江戸に来たのは、いかような理由なのか。

「面倒なことにならねばよいが」

年嵩の藩士の呟きが、数之進の心に残った。奥方派には榊原三十郎、尼御前派には古参の佐野太郎兵衛、そして、国目付の吉井政友。藩主を加えた三つ巴《みどもえ》の覇権《はけん》争いになるのか、あるいは二派の対立が激化するのか。

吉井政友が、大広間に入って来た。

「吉井殿」

佐野太郎兵衛が、戸口に歩を進めた。手嶋幸之助は数之進たちの後ろに来ている。噂話が盛りあがっていたなか、ちょうど入って来た吉井政友を見て、大広間は急に静まり返った。

政友の年は四十前後、陽に焼けているのは、領地の視察を行っているからだろう。痩身《そうしん》だが、隙《すき》のない身ごなしをしていた。領地に住んでいる割には、垢抜《あかぬ》けた印象を受ける。江戸の流行《はや》りを気にしているのかもしれなかった。

「おお、これは佐野様」

政友は、深々と辞儀をする。

「奥方様、ご懐妊と伺いまして、お祝いにまいりました次第。昨夜、抱屋敷へ行き、奥方様へのご挨拶《あいさつ》を済ませました」

先に真葛のもとを訪ねたのは、奥方に重きを置いているという証に他ならない。あたりまえの話だが、通常は藩主への挨拶が先であり、順序が違っていた。太郎兵衛が異を唱える場面に思えたが……。

「さようでござるか」

あっさり受けた。

「十年にわたる不安が、ご懐妊によって消え失せ申した。今宵はさっそく祝いの宴でござる。殿へのご挨拶はすでに済ませられたのであろうな」

　さすがに確認の問いが出る。

「いや、殿にはこれから……」

「呼んだか」

　不意に戸口で、直之が答えた。すでに相当、飲んでいるらしく、顔が真っ赤になっている。呼びに行った二人の家臣が、両側で支えていた。

「殿！」

　太郎兵衛は叫ぶように言い、駆け寄って平伏《へいふく》する。老藩士に倣《なら》えで政友も後ろに続いていた。大広間に集っていた家臣一同、平伏した。

「ひさしぶりではないか、政友。こたびも余への挨拶は、なしかと思うたがの。密かに江戸を訪れては、密かに領地へ帰る。それが、吉井家の定めかと思うていたが」

　直之は痛烈な皮肉を吐いた。穏和な感じの藩主にしては、珍しい言動かもしれない。政友は隠密行動を取ることが多いのかもしれなかった。

「殿、足下《あしもと》にお気をつけくだされ」

　太郎兵衛が案ずるのも無理からぬほどに酔っている。家臣に支えられて、ヨタヨタと大広間の上座に進み、どうにか腰を落ち着けた。大広間には、政友が入って来たとき以上の静寂が満ちた。

「余を、気にするでない。奥の懐妊祝いじゃ。宴を楽しめ」

直之のひと言で、緊張していた空気がゆるんだ。注いだり、注がれたりと、宴が再燃する。藩主は、おおらかな包み込むような雰囲気を持っていた

――ご苦労なされてきたのやもしれぬ。

小藩といえども譜代並みの家格を守り続けている。奥方派、尼御前派、さらに榊原三十郎や吉井政友といった者たちとの関わりを考えるだけでも、並大抵の苦労ではないはずだ。

「数之進」

一角が腕を引き、大広間を出て行く二人の藩士を目顔で指した。太郎兵衛と幸之助が、周囲に目を走らせながら後にする。数之進は友と頷き合い、後を追いかけた。

五

太郎兵衛と幸之助が行った先は――。

「ここは、尾鹿藩の本所柳橋の下屋敷じゃ」

一角が告げた。

本所は、御城の東北隅に位置し、大川《おおかわ》（隅田川《すみだがわ》）の東にあたる区域だ。南には深川もあることから、竹木材や薪炭商《しんたん》といった水利に依存する商家が栄えている。また、それにともなって岡場所《おかばしょ》も発展しているため、昼間よりも夜になると、独特の活気があふれる場所だった。

「間違いないか」

数之進は念のために確認した。遊郭《ゆうかく》が集まる場所とは離れていることから、周囲は深い闇に覆われている。佐野太郎兵衛は疲れたのだろう。途中の神社で休みを取ったため、すでに日付が変わっていた。

「あらためて言うまでもなかろうが、おれは村上様から渡された潜入先の図絵を、事前にすべて調べている。藩邸は言うに及ばず、下屋敷、抱屋敷、蔵屋敷の場所や広さ、間取り図も頭にたたき込んでいるからな。間違えようがないわ」

「忍び込むしかなかろうな」

そう言ったとき、友が仕草で沈黙を示した。袖を引かれるまま、石灯籠《いしどうろう》の後ろに隠れる。ほどなく、裏門の潜《くぐ》り戸《と》が開いて、何人かが出て来た。

「お世話になりました」

男の声がひびいた。

「本当にありがとうございます。信如様には、どれほど感謝していることか。また、あらためてご挨拶に伺いますが、よろしくお伝えくださいませ」

次に聞こえたのは、女の声だった。背中に乳飲《ちの》み子《ご》を背負っているのがわかる。おそらく夫婦であろう。裏門で見送る藩士に、何度も辞儀をしながら帰って行った。静かに裏門の潜り戸が閉められる。

「信如様への感謝を口にしていたが、いかような関わりなのであろうな。わたしが見る限り、ごく普通の町人夫婦のように見えたが、おぬしはどう感じた？」

数之進は疑問を投げた。乳飲み子を背負った夫婦者が、いったい、下屋敷の信如にどんな用向きがあったのだろうか。あるいは、子連れの夫婦を装った家臣だろうか。

「おれも町人の夫婦に思えたがな。歩き方からして、侍や忍びであるようには見えなんだ。子連れでお祓《はら》いでも、してもろうたのか」

一角の言葉が、ある考えをもたらした。

「お祓いでひとつ、浮かんだぞ。お七の火除札を買い求めに来たのやもしれぬ」

「なるほど。この屋敷に来れば手に入るというような話が、巷《ちまた》に広まっているのかもしれぬな」

継いだ後、

「む」

一角は急に険しい表情になる。

「だれか来る。二人、しかも相当な手練《てだ》れだ」

ふたたび石灯籠の後ろに隠れた。ヒタヒタと足音が近づいて来るにつれて、友の緊張が高まるのを感じた。左手で刀の鯉口《こいぐち》を切り、右手で柄《つか》を握りしめている。いつでも打って出られるよう身構えていた。

数之進も左手で刀の柄を握りしめる。

二つの人影が裏門の前に来た瞬間、

「なんじゃ、杉崎《すぎざき》殿ではないか」

一角が身体の力をぬいた。杉崎春馬ともうひとりの配下もまた、石灯籠のあたりに潜む殺気《さっき》に気づいていたのだろう。二人も刀の鯉口を切って抜く寸前だったが、安堵《あんど》したように近づいて来た。

「かような場所で出会うとは」

数之進は言った後で、春馬たちは下屋敷の見張り役だったのかもしれないと思った。

「下屋敷の見張り役でござりまするか」

「いえ、違います。渡辺甚内の宴に招かれていた旗本のひとりを尾行して来た結果、ここに着いた次第です」

春馬の答えを、もうひとりが継いだ。

「お二人には、まだ、知らせが届いていないのかもしれませぬな。向島の料亭で飲めや歌えの騒ぎに加わっていたうちのひとりは、本所住まいの旗本・大竹長頼《おおたけながより》でござりまして、そやつがここに」

と、下屋敷を顎《あご》で指した。

「入った次第にござる。鳥海様にお知らせするべく、裏門を通りかかったところ、ただならぬ殺気を感じて驚きました次第」

「大竹長頼」

一角はぴんとこなかったのか、いぶかしげに眉を寄せた。

「『甲府落ち騙り』の寄合の旗本だ。御用頼みの旗本よ。涌井藤四郎殿が、相談に来たではないか。定かではないが、大竹長頼は騙りの張本人やもしれぬ」

数之進の話で「ああ」と友は得心したように頷いた。

「意外な人物が、意外な屋敷に来たものよ。つまり、尼御前は『甲府落ち騙り』に関わっているのであろうか」

「それはまだ、わからぬ。なれど、尼御前と大竹長頼は、なんらかの繋がりがあるのは確かだろうな。まさかとは思うが」

数之進は、考えながら途中で言葉を切る。

しばし沈黙が流れた。

「次は出ぬのか、数之進。なにか言うと思って、われらは待っていたものを」

一角に促されて我に返る。

「すまぬ。つい、ぼんやりしてしもうた。杉崎殿たちはこの後、鳥海様のお屋敷へ行かれるのでござるか」

「はい。大竹長頼は、自分の屋敷に戻るだけだと思いますゆえ、一度、今までのことをお知らせした方がよいのではないかと」

「では、ついでにわれらの話もお伝えいただこう。同役の手嶋幸之助と古参の藩士・佐野太郎兵衛を尾行した結果、ここに着きました次第」

数之進の言葉に、春馬は小さく頷き返した。

「手嶋幸之助で思い出しました。彼の者は筑前国《ちくぜんのくに》・秋月《あきづき》藩の藩士と判明いたしました。鳥海様自らお調べになったそうにございます。この話は」

その問いに、数之進は首を振る。

「まだ、聞いておりませぬ」

思わぬ場所が情報交換の場になっていた。もうひとりの配下が、何枚かの調書を手渡した。

「秋月藩の調書でござる。これを生田殿たちに、お届けするつもりでございました」

「助かります。奥方様のご懐妊を祝う宴には、国目付の吉井政友が現れたのですが、殿も顔を出しました。三つ巴の覇権争いに思えなくもありません。途中、佐野太郎兵衛たちが神社でひと休みしたときに、今までの事柄をざっと記しておきましたので」

今度は数之進が、調書を渡した。

「関わりないやもしれませぬが、先程、町人らしき夫婦が潜り戸から出て来ました。女子は乳飲み子を背負うておりましたが、わたしはなんとなく違和感を覚えました次第。さて、尾鹿藩の下屋敷に、子連れの町人がいかような用向きで来たのかと」

「そういえば」

と、春馬が受けた。

「大竹長頼が表門の潜り戸から下屋敷に入った後、表門が開いて武家の駕籠《かご》が出てまいりました。家老や重臣の使う御留守居《おるすい》駕籠《かご》でございましたが」

「家紋《かもん》はわかりましたか」

数之進の問いには、即座に首を振る。

「暗くてそこまでは」

「乳飲み子を連れた町人夫婦に、御留守居駕籠の大名家か。藩邸よりも下屋敷の方が、さまざまな人々の出入りが多いように思えるな。尼御前が、なにかをやっているのであろうか？」

一角は自問しつつ、答えを求めるように数之進を見やる。

「わからぬが、剃髪した女性と考えたとき、わたしは熊野巫女を思い浮かべてしまう。そして、御用頼みの旗本・大竹長頼。騙りを生業《なりわい》にしているとしか思えぬ者が、表門から堂々と下屋敷に入った」

「熊野巫女と大竹長頼は、関わりがあるのか」

二度目の問いには首を傾げた。

「わからぬ」

「杉崎殿」

もうひとりの配下に言われて、春馬は二人に目を向けた。

「われらは、鳥海様のお屋敷にまいりますが、ここの見張り役を務める者が要るのではありませんか」

濃《こま》やかな気配りを見せる。だからこそ、気むずかしいところのある三紗と、うまくいくのかもしれなかった。

「はい。われらもそろそろ藩邸に戻らなければなりませぬゆえ」

「それでは、鳥海様にその旨、お伝えしておきます」

「わかりました。われらは今少しここで、手嶋幸之助が出て来るのを待ちます」

闇の中で春馬たちと別れる。遠ざかって行く足音が、心細さを運んできた。吹きすさぶ風は、すでに春を感じさせるのだが、やはり、まだ、冷たかった。小腹が空《す》いてきたこともあり、蕎麦屋の屋台でも通らないかと首を伸ばした刹那《せつな》、

「数之進！」

一角に強く腕を引かれた。闇の中から突然、刀が伸びたように思えるほど、気配を感じさせなかった。友にしては珍しく気づくのが遅れたように思える。それでも素早く刀を抜き、迎え撃った。

「杉崎殿っ、刺客でござる！」

友が大声で叫ぶ。そう遠くへは行っていないであろう春馬たちを、数之進も呼びながら鯉口を切った。青眼《せいがん》に構えるや、刀が突き出される。何人いるのかわからないが、一角は激しく動いていた。

「くっ」

突き出された刀を受けて、数之進は弾《はじ》き返した。気配を見事に消していたのは、手練れという証だろう。数之進も時間があるときは、鳥海左門の屋敷の武道場で稽古に励んでいる。その成果の表れか、以前よりも相手の動きがよく見えた。

しかし、受けるのが精一杯《せいいっぱい》で刀を落とすことさえできない。

「生田殿、早乙女殿」

闇の彼方から大声がひびいた。数之進たちの叫び声と刃鳴りに気づいた春馬たちが戻って来た。深く踏み込んだひとりの切っ先が、数之進の喉元《のどもと》めがけて突き出される。

「う！」

間一髪、さがった隙に黒い人影が傍らを走りぬけて行った。四、五人いたことに驚きを覚えたが、一角が鬼神《きじん》のような働きをしてくれたに違いない。数之進を守るため、激しい動きになったのはあきらか。鬼神の守りをすり抜けたひとりが、数之進に襲いかかったのだった。

「無事か」

そう訊ねた友の右手首から血が流れていた。春馬たちが側《そば》に来て、周囲を警戒するように見渡している。次の襲撃にそなえていた。

「大事ない。おぬしこそ、利き腕をやられたではないか」

数之進は、懐から手拭いを出して、手当てをする。

「たいしたことはない。おれとしたことが、すぐそこに来るまで気づかなんだわ。遣い手揃いだったのは確かであろうな」

下屋敷は不自然なほど静まり返っている。叫び声や刃鳴りの音が聞こえただろうに、裏門はむろんのこと、潜り戸も開かなかった。賊《ぞく》は地続きになっている抱屋敷にでも逃げ込んだのだろうか。

——われらを早く立ち去らせたかったのか？

ついでに幕府御算用者を始末できればと目論《もくろ》んだか。

下屋敷は、深い静寂に覆われていた。

第五章　乾《いぬい》の旗本

一

本所柳橋《ほんじょやなぎばし》の尾鹿《おじか》藩・下屋敷を訪れる武家の者や町人たち。彼《か》の者たちは、いったい、なにをしに来たのか。

また、藩内の関係図としては、奥方派と思《おぼ》しき榊原三十郎《さかきばらさんじゅうろう》、尼御前《あまごぜん》派の佐野太郎《さのたろ》兵衛《べえ》、そして、国目付《くにめつけ》の吉井政友《よしいまさとも》が挙げられる。政友は、はたして、どちらの味方なのか。さらに一番肝心《かんじん》な藩主の直之《なおゆき》の考えはどうなのか。

四人の今はどんな状態なのか。うまくいっていないのか、表向きは対立しているように見せているだけなのか。

確かなことはわからないまま、時だけが過ぎた。

三日後の午前《ひるまえ》。

「おれは、国目付の吉井政友は、下剋上派《げこくじょう》だと思うておる。三つ巴《みどもえ》の覇権《はけん》争いになるのではあるまいか」

一角《いっかく》が歩きながら言った。二人はお暇《いとま》届けを出して今日一日、休みを取り、木挽町《こびきちょう》に向かっている。

今日は風もなく、春らしい暖かさが心地よかった。降り注ぐ日射しが眩《まぶ》しいほどだ。寒いと忙《せわ》しない足取りになるが、急ぎながらも比較的、ゆったりと歩いていた。

「新たな下剋上派か。ありえぬと言い切れぬ雰囲気が、吉井政友にはあるな。わたしは、彼の者は寄生地主《きせいじぬし》ではないのかと感じたが」

数之進《かずのしん》の言葉を友が継いだ。

「領地での地位を確固たるものにしたうえで殿に戦いを挑む、か。なれど、陳情《ちんじょう》に訪れた庄屋は、吉井政友の専横《せんおう》ぶりを知らせに来たように思えなくもない。となれば、国許の民は必ずしも国目付に呼応《こおう》しているわけではないのやもしれぬ」

「そう見せているだけかもしれぬ」

数之進の脳裏には、庄屋に対応した榊原三十郎の、ほとんど変わらない表情が浮かんでいた。

「殿と榊原様は、お心を読みにくい。もっとも、一見、わかりやすく見える古参の佐野様とて、真意は定かではないがな。したたかな老藩士ゆえ、いかようにも装えるであろう。いつも感じることだが、諸藩の内情は騙《かた》り合戦よ」

「今朝、同役の者に聞いた話だが、吉井政友もまた、殿のご盟友《めいゆう》だった由《よし》」

一角が新たな話を口にした。

「言われてみれば、三人とも年が同じぐらいだな。やはり、武術ではしのぎを削《けず》った間柄なのであろうか」

「さあてな。ただ、吉井政友の右手にも立派な竹刀《しない》ダコがあった。腕を競い合ったのやもしれぬ。『断金《だんきん》の交《まじ》わり』であるのは、いや、すでに昔の話やもしれぬが、三人なのかもしれぬな」

一角は、ふと数之進に目をとめる。

「気持ちのよい日射しと穏やかな春風を受けてなお、我が友は苦労性と貧乏性の業《ごう》が疼《うず》いていると見ゆる。はてさて、こたびはいかような悩みなのか」

笑いながら促した。

「釘《くぎ》よ」

短く答えた。

「さあて、釘か。待てまて、今、思い出すゆえ、話してはならぬ。おれが憶《おぼ》えているのは、榊原三十郎との話だ。おまえがご領地の鍛冶《かじ》について訊《き》いたとき、『釘か』と言うた後に奇妙な間が空いたように憶えておるが」

どうじゃ、と、問いかけの眼差《まなざ》しを向ける。

「さよう。おぬしの言うとおりだ。あれが引っかかったため、わたしは鳥海《とりうみ》様にお話しした。すると……」

「待て、思い出したわ。鳥海様は『数之進は、釘が引っかかるか』と仰《おお》せになられた。なれど、おれと村上《むらかみ》様は意味がわからず、いつものように顔を見合わせた」

「すごいではないか、一角。よう憶えていたな」

「おれの五両智恵《ごりょうちえ》も馬鹿にしたものではあるまい。他には、ないか。釘については、これだけか」

「わたしの考えすぎやもしれぬが、殿に釘の問いをしたときのことだ。ここにきて、かなり作られるようになっている。相当な量であると、佐野太郎兵衛が殿の代わりに答えた。その後に、殿はお七《しち》の火除札《ひよけふだ》を出されたのだ」

「そのあたりはうろ覚えになるが、尼御前の知り合いから買い求めたという話ではなかったか？」

自信なさそうに訊いた。

「これまた、よう憶えておるな。それでは、尼御前の部屋子《へやご》だった女子《おなご》についてはどうだ。牢人《ろうにん》ふうの二人連れに脅《おど》されたのは、まず間違いないだろう。わたしが『なぜ、尼御前の昔を話させまいとしたのか』と言うたとき、おぬしはすかさず答えた」

「昔とは限らぬぞ。今の話やもしれぬ」

得意げに言い、顎《あご》をあげた。数之進は笑って告げた。

「もはや、お株を奪われたも同然だな。わたしの出番はない」

「なにを言うのじゃ。おまえが智恵を使う頭、おれは武術を使う身体《からだ》。われらは二人でひとりよ。どちらが欠けても、幕府御算用者《ばくふごさんようもの》は成り立たぬ。そういえば、殿が言うておられたな。『数之進は商いの達人と見ゆる』と」

「うむ。ありがたいお言葉よ」

「尼御前で思い出したが、蓬春尼《ほうしゅんに》様のお言葉を、おまえはあらためて心に刻まねばならぬ。『お釈迦《しゃか》様は亡くなられる間際に自灯明《じとうみょう》、法灯明《ほうとうみょう》と仰せになられました』とな。まずは自分自身ぞ。他者のことは、我が身が立った後じゃ」

「今一度、肝《きも》に銘《めい》じておく」

それにしても、と、数之進は町屋や商家を見やった。

「ほとんどの家に、お七札が貼られていたな」

「うむ。一枚一両という値がまことであるならば、売り主は笑いが止まらぬであろうさ。蔵《くら》が立つほどに流行《はや》っておるわ」

「流行りと言えばそれまでだが、ちと多すぎるように思えなくもない。買い求めていない家は目立つからな。附《つ》け火《び》をするには、良き目印になるやもしれぬ」

「なに？」

思わずという感じで一角が足を止めた。数之進も自然に立ち止まる。まさか、そのような企みが、いや、ありえぬとは言えぬ。無言で互いの目を見つめ合った。

「さしもの五両智恵も、そこまで深読みできなんだわ。お七札が貼られていない家を狙《ねら》い、附け火をすれば火事になる。やはり、お七札は御利益《ごりやく》があるという噂《うわさ》が広まって、お七札様々となるわけか」

「あくまでも、わたしの考えだ。当たっていないことを祈《いの》るしかない」

と、ふたたび歩き出した。

「附け火男は、どうなったであろうな。今朝の知らせには、なにも記されておらなんだ。魚屋の与一《よいち》の女房、千代《ちよ》が冨美《ふみ》殿の家に住み込んで、縫《ぬ》い物《もの》の指南《しなん》を受け始めた件は記されていたが」

一角の言葉を聞いたとたん、心が重くなる。軽《かろ》やかだった足どりまでもが、鈍《にぶ》くなったのを感じた。

「附け火男は、店の真ん中あたりに油に浸《ひた》した布や紙を置き、紙縒《こよ》りを外まで伸ばして、おそらく火を附けたのであろう。幸いにも与一さんが、水を飲みに店へ降りたため、消し止めることができた」

「うむ。危うい状況であったわ」

「二度目は、昼間だ。わたしはそれが引っかかっている。なぜ、人が少なくなる夜ではなかったのか。夜の方が見つかりにくいのは自明の理。にもかかわらず、彼の者は昼間、附け火を行った」

「顔を憶えていたお千代は、附け火男を追いかけた。おれは、ちょうどお千代と出くわしたのじゃ。指さした先にいた奴原《やつばら》は、まさに火を附けんとしていたわけよ」

いくつかの『たまたま』が、大火を防いだのは間違いない。しかし、附け火男の不可解な動きが、どうしても気になっていた。

「わからぬ」

「じきに千両智恵が、閃《ひらめ》くであろうさ。まずは、浄瑠璃《じょうるり》小屋の様子じゃ。客が増えているといいがな」

「うむ」

木挽町に来ると、いつものように心が浮き立ってくる。大芝居の市村座《いちむらざ》や森田座《もりたざ》は、三月の弥生《やよい》狂言《きょうげん》まで興行は行われていないが、講談や浄瑠璃、覗《のぞ》きからくり、大道芸、香具師《やし》の曲独楽《きょくごま》などが、芝居町と呼ばれる町に独特の華やぎを生み出していた。

――お世津《せつ》さんは、どうしているだろう。

許嫁《いいなずけ》と定めた世津と一緒に歌舞伎《かぶき》を観に来た日が、いやでも甦《よみがえ》っていた。こたびの潜入先・尾鹿藩の領地もある越後国《えちごのくに》へ母の看病で帰ったきり、いまだに文さえ届かない。日々、不安が増していた。

黙り込んだ意味を察したのだろう、

「案ずるな、大丈夫だ」

一角が軽く肩を叩いた。

「世津は必ず戻って来る。母御の具合が、かんばしくないのであろう。忙しくて文を書く暇がないのじゃ。考えすぎるでない」

「わかっている」

答えたとき、前方の人だかりに気づいた。これから行く浄瑠璃小屋の前に大勢が集まっている。一角の顔が輝いた。

「列《なら》んでいるぞ、数之進。庄太夫《しょうだゆう》の浄瑠璃小屋が、月の後半も繁盛《はんじょう》しているではないか。おまえの千両智恵が、役に立った証《あかし》じゃ」

「そうであればよいが」

苦労性と貧乏性ゆえ、素直に受け入れられない。集まっている者たちを掻《か》き分けて、一角とともに前へ出た。

「この紙札はなんだ」

男が、梵字《ぼんじ》を書いた紙を二枚、庄太夫の眼前に掲げている。

「二枚ためたら翌月のなかばまでの観劇が、一度、無料《ただ》になるだと？　勝手な真似《まね》をするんじゃない。自分の小屋だけ儲《もう》かればいいのか、ええ、庄太夫」

顔立ちや紬《つむぎ》と思しき粋《いき》な着物を見る限り、素人ではなく、役者のように思えた。おそらく江戸三座のひとつを営む座元ではないだろうか。あるいは大芝居に出資している金主《きんしゅ》かもしれない。庄太夫の小屋がやけに賑《にぎ》わっているのを知って、その理由を調べた結果の場面に思えた。

「なにが、いけないのですか」

倅《せがれ》の庄悟郎《しょうごろう》が、訊き返した。

「毎月、なかばを過ぎると客足が落ちるんですよ。それで考えました。お陰《かげ》様で今までよりも、小屋は賑わいを見せています。大道芸や香具師の人たちからは、三座が休む月は商いにならないので助かると言われました。うちのような小屋は工夫《くふう》をこらして、客を招《よ》ぶしかないんです」

若さゆえの言葉が出る。数之進はこうなるのを懸念《けねん》したからこそ、三座の座元たちと話した方がいいと言ったのだが……。

「無料はまずいんだよ。客は他の小屋にも、それを求めるようになるからな。しめしがつかなくなる」

もっともな言い分に思えるが、間違いなく客足は伸びるだろう。賑わう方が、利は大きくなる。閑古鳥《かんこどり》が鳴くような状態は、商家はもちろんのこと、芝居町では避けるべきことだった。

「三座や他の小屋も、同じことをやればいいじゃないですか。屁理屈《へりくつ》をこねているとしか、思えません。要は儲かっているのが、気に入らないんでしょう。うちはこのまま……」

「庄悟郎」

庄太夫が止めるのと同時に、数之進は声をあげた。

「わたしが仲裁役を、引き受けようではないか」

「生田《いくた》様」

庄太夫が一礼すると、集まっていた人々の目がいっせいに向けられた。一角が浄瑠璃小屋の二階を顎《あご》で指すや、先に立って小屋へ入る。数之進は入り口に貼《は》られていたお七札を見ながら、庄太夫たちを仕草《しぐさ》で促した。思わぬ流れになったものの、案じていただけに驚きはない。

先日、閃いた事柄を実践《じっせん》する機会だと思った。

二

直談判《じかだんぱん》に訪れた男は、森田勘弥《かんや》。江戸三座のひとつ、〈喜《き》の字屋《じゃ》〉の屋号を持つ森田座の座元だった。年は三十代なかばぐらいだろう。身体からあふれ出る生気が、脂《あぶら》の乗りきっている今を表しているように思えた。

数之進は、簡単に自己紹介して口火を切る。

「森田座の座元が言うことには、確かに一理ある。値引きをするようなものだからな。なれど、客足が落ちる月なかばぐらいから割引札を出せば、翌月も足を運んでくれるではないか」

「それは……そうかもしれませんが」

勘弥は不満そうではあるが、正面きっての反論は控《ひか》えたように感じられた。相手が侍なので、やりにくいに違いない。仲裁役としては、ちょうどよいときに来たかもしれなかった。

「わたしから、ひとつ、提案がある。三月は八百屋お七の誕生月であるとともに、命日月ではないか。そこでどうだろう。雛祭りと一緒に、芝居町を挙げて『お七祭り』を行うというのは」

「良い考えじゃ。いっせいにお七祭りを執《と》り行えば、客足が増えるは必至《ひっし》。雛祭りは女子の節句でもあるからな。八百屋お七も喜ぶであろうさ。祟《たた》るどころか、力添《ちからぞ》えしてくれるに相違ない」

一角がすぐに後押しする。

「お七祭りか」

勘弥が呟《つぶや》き、庄太夫に目を走らせた。同意を求めるような感じがした。

「森田座さんがよいと仰るのであれば、我々はもちろん合力《ごうりき》いたします。言い出したのは、こちらですから。生田様にひとつ、伺《うかが》いたいのですが、お七祭りのときも月なかば過ぎから割引札を配るのですか」

「さよう。試しにひと月、芝居町全体でやってみるというのはどうだろうな。その集計を見たうえの方が、よりよい案が出るやもしれぬ。あらためて言うが、割引札を二枚ためた客は、翌月のなかばまでの興行を一度、無料で観られるという案だ」

どうだ、と、数之進は庄太夫親子や勘弥を見やった。庄悟郎が挙手して発言の許可を求めた。

「意見があれば、なんなりと」

数之進は言った。

「割引札は共通札、つまり、三座や他の小屋でも使えるようにするのですか。そうなると、うちに来た客が、他に流れる動きが出るかもしれません。苦労して月なかば過ぎから呼んだ客が、他の興行を観に行くのは得心《とくしん》できないのですが」

若いながらも庄悟郎は、商いについて理解していた。さらにそこで生まれるであろう嫉《ねた》みや確執《かくしつ》にも、気づいているようだった。

「なかなか鋭い指摘だ。客の動きを見ていないため、確かなことは言えないが、庄太夫さんの浄瑠璃小屋を例に考えてみよう。あくまでも、わたしの考えだが、当座は小屋ごとの割引札として、三座や他の小屋では使えぬようにした方がよいのではあるまいか」

「つまり、小屋ごとに割引札を変えるわけですか」

今度は勘弥が訊いた。

「そうなるな」

「興行のときに撒《ま》く引札《チラシ》を渡すというのは、どうですかね。多めに刷《す》っておけば済む話だ。わざわざ割引札を作らなくても済みます」

「撒かれた引札を二枚、持って来たら、なんとする？」

数之進は笑って問い返した。ばらまかれた引札を持って来られたら、まさに食い逃げならぬ、観劇逃げだ。

言われて気づいたのだろう、

「あ」

勘弥は苦笑いを浮かべる。

「そういうことだ。面倒でも割引札は各々《おのおの》で作った方がよい。年六回の興行の知らせを刷って渡すという手もあるな。どうせなら割引札を利用して、興行の面白さを煽《あお》ればよいではないか。来月の弥生狂言のときには、五月の皐月《さつき》狂言の演目を載せて渡せば、客もよけいそそられるのではないか？」

思いつくまま提案した。三座の場合は、庄太夫たちの小屋ほど節約しなくてもいいはずだ。引札を撒く余裕があるのなら、うまく利用して宣伝に用いるのが得策ではないかと思った。

「なるほど。少し早めに二カ月先の興行内容を知らせるわけですか。悪くないかもしれませんね」

ひとりごちて何度も頷《うなず》いていた。

「市村座や中村座の考えは、どうだろうな。芝居町全体で合力せぬことには、お七祭りはうまくいかぬ。森田座さんから話してもらえるか」

「わかりました。たぶん快《こころよ》く応じてくれると思います。金主を募《つの》って少し派手な舞台にしたいですね。芝居町挙げてのお七祭りというのは、ありそうでなかったことですから。忙しくなりそうだ」

前向きな言葉を聞くと、数之進まで嬉《うれ》しくなる。とはいえ、いくつかの疑問が生じてもいた。

「入り口に貼られていた八百屋お七の火除札だが」

もっとも気になっていたことを口にする。

「だれから買い求めたのだ？」

「歩《ある》き巫女《みこ》です。お七札を貼ると火事にならないと言われましてね。一分は高いなと思ったんですが」

庄太夫が答えた。

「一分」

受けた一角と顔を見合わせた。どうやら相手によって値段を変えているようだ。村《むら》上杢兵衛《かみもくべえ》の若い女房殿は、足下《あしもと》を見られたのかもしれない。あるいは、世情《せじょう》に疎《うと》いと感じた侍には高く売りつけているのか。

「もうひとつ、二月から早々と八百屋お七の興行を行ったのはなぜだ？　普通はお七の命日月であり、誕生月でもある三月のように思うがな」

別の話を振る。

「お七札を買い求めた歩き巫女は、憑人《よりびと》（霊媒師《れいばいし》）でもありましてね。以前から演《だ》し物について悩んだときは、ご託宣《たくせん》をいただいていたんです。このたびは、二月から八百屋お七を演《や》るのがよいと言われました。今茲《こんじ》（今年）お七生誕百五十年だから非常に良い年だとのことでしたが」

庄太夫の話に、数之進は首を傾《かし》げる。

「知ってのとおり、お七が生まれたのは丙午《ひのえうま》の寛文六年（一六六六）だ。百五十年には、ちと足りぬな」

「わたしは歩き巫女のご託宣とやらは、信じていません」

倅の庄悟郎が渋面《じゅうめん》で受けた。

「ただ、近頃、八百屋お七の幽霊を視《み》るといった妙な噂を耳にするようにはなっています。視るのはほとんどが子どものようですが、それだけに信じられないとも思っています。夢でも見たんでしょう」

「幽霊か」

こういう話が苦手な数之進は、早くも鳥肌《とりはだ》が立っていた。歩き巫女は人々の相談相手や話し相手として全国をまわっているが、なかには人に鬼《もの》を憑依《ひょうい》させたり、憑依によって調伏《ちょうぶく》したりすることが実際にあると言われていた。が、数之進は今まで憑人なるものに出会ったことがない。

「今の話は、わたしも聞きました」

勘弥が言った。

「うちの座員も視たと言ったので、さすがに薄気味悪くなりましてね。急いでお七札を買い求めたのです。なんでも、夜中、小便をしに厠《かわや》へ行ったところ、数多くの光が夜空に昇っていったとか。髪を振り乱した女子に視えたと話していました」

「お七の幽霊話を広めている者がおるな」

一角が冷静に割って入る。

「さすれば、慌ててお七札を買い求めるではないか。だれが講元なのかはわからぬが、厄介《やっかい》な噂が広まっているものよ。なれど、こういう流れができれば、三月の弥生興行がうまくいくのは確かであろう。ご託宣とやらをした歩き巫女への感謝も高まる、というわけだ」

「庄太夫さんが懇意《こんい》にしている歩き巫女だが、まだ、江戸にいるのか」

数之進は駄目だろうと思いつつ訊いた。大屋の彦右衛門《ひこえもん》の女房にも同じ問いを投げたが、もう江戸にはいないと言われて話は終わっていた。

「三月いっぱいは、江戸に滞在すると聞いています。ただ、宿がどこなのかまでは、残念ながら、わかりません」

「浅草界隈《あさくさかいわい》で時々、歌祭文《うたざいもん》などもやっていると言っていました。もしかしたら、あのあたりの旅籠《はたご》を定宿《じょうやど》にしているのかもしれませんね」

庄悟郎が補足する。歌祭文は、俗謡化した祭文で世俗《せぞく》の出来事を面白おかしく唄《うた》うもので、大道芸のひとつだ。

「すまぬが、その歩き巫女の特徴を教えてくれぬか」

数之進は矢立と紙を取り出した。左門の配下に渡せば、話を得られるかもしれない。

のことだった。

巫女の装束《しょうぞく》ゆえ、似たような印象を受けるが、右手の甲《こう》に星形のような痣《あざ》があると

「星形のような痣は、大きな特徴になるやもしれぬな」

書き加えた人相画を、庄太夫が覗き込む。

「その痣が、天啓《てんけい》をもたらすとのことでした。相手が偽《いつわ》りを言ったときなどは、痺《しび》れて痛くなるとか。幼いとき火事に遭《あ》い、そのときに負った火傷《やけど》の痕《あと》らしいです。自分の守り神なのだと話していました」

「火事の際に負った火傷の痕なのか」

一角はあらためて一部分を繰り返した。奇妙な因縁《いんねん》を覚えているのだろう。数之進も同じ気持ちだった。

「たまたまやもしれぬが、八百屋お七に繋がる話が多いな。お七札が金儲けの策だった場合、怒り心頭に発すということも考えられる。お七の霊が怒らなければよいが」

呟きを、勘弥が継いだ。

「お七札が貼られていない家を、お七の亡霊《ほうれい》が訪ね歩くという薄気味悪い話も出ています。流行《はや》るのはいいですが、亡霊のおまけはありがたくないですね」

「売り歩く巫女に出会うたら、わたしも買い求めてしまいそうだ。火事になるだけで

も恐ろしいものを、幽霊に訪ねて来られた日には」

数之進は白目を剝《む》いて気絶するふりをした。一同、笑って場がなごむ。

「気取らない生田様のお人柄に惚《ほ》れました。お侍様は、相手の言い分に耳を傾けない方が多いように感じていましたが、親身になって相談に乗っていただけるのは、本当にありがたいことです。芝居町一同、合力して、三月のお七祭りを盛りあげたいと思います」

勘弥が締めくくって話し合いは終わる。

——姉上と姉様も、さすがにお七札を買い求めているやもしれぬ。

ここまで噂が広まると無視できないのが人の常。ましてや、騒ぎの中心に姉妹ありの感をぬぐえない二人である。浄瑠璃小屋の外にいた左門の配下に、庄太夫たちとの話を記した調書を渡して、本材木町《ほんざいもくちょう》の家に向かった。

自然と足が速くなっている。

三

「貼られておらぬ」

数之進は、冨美の家の前で安堵《あんど》の吐息をついた。ここに来るまでの間、お七札を買うた、いや、買うておらぬと言い合い、友の提案で蕎麦《そば》一杯を賭けたのだ。

「そら、おれの言うたとおりじゃ。大丈夫だったではないか。鳥海様がおられるのに、騙《かた》りにしか思えぬお七札を買うわけがないわ」

一角は得意そうに胸を反《そ》らした。

「鳥海様が、剝《は》がしたのやもしれぬ」

「どこまでも疑り深いのは、そういう気質の三紗《みさ》殿との関わりによるものか。直接、訊いて確かめるがよしじゃ」

一角が戸口で呼びかけると、見たことのない若い女子が出て来た。

「はい？」

髪型や着物姿は町人のそれであり、年はせいぜい十五、六。中店や小店の看板娘という感じだが、くりくりした目が愛らしかった。照れ屋の数之進は狼狽《うろた》える。

「あ、いや、それがしは生田数之進と申す者。こちらは姉の住まいのはずですが、生田冨美はいないのですか」

「ああ、先生の」

女子が奥に引っ込むとき、縫い物の指南を約束した魚屋の若い女房・千代や、数人の女子が奥の六畳間に見えた。玄関の三和土《たたき》には、几帳面《きちょうめん》な富美の性格を示すように、履き物が整然と並んでいる。

「お帰りなさりませ」

すぐに富美が玄関先に出て来た。

「姉上。今の女子や奥にいる女子たちは？」

「縫い物を教えてほしいという方々です。三紗が浅草の店に、『縫い物、指南いたします』という張り紙をしてくれたのですよ。思いのほか集まりまして、お千代さんを含めると六人ほどになりました」

「姉様が」

「わたしの伝手《つて》で五色飴《ごしきあめ》の注文が増えたそうです。蓬春尼様の関わりだと思いますが、そのお返しなのでしょう。わたしが頼んだわけではないのですけれど」

「では、姉様自らですか」

数之進は、はっとした。

〝お釈迦様は亡くなられる間際に『自灯明、法灯明』と仰せになりました。まずは自分自身、次いで仏の教えを頼りとせよ、という教えです〟

同時に蓬春尼の言葉が甦《よみがえ》っていた。富美と三紗は、それぞれが平らかで幸せな日々を送っている。だからこそ、他者のことを考える余裕ができた。辛いことが多かったであろう昔は、思いが及ばなかったに違いない。

「そうか」

これこそが『自灯明、法灯明』なのだと得心した。頭ではわかっているつもりだったが、心では今ひとつ合点がいかなかったのかもしれない。姉たちの話を聞き、「なるほど」とすんなり受け入れられた。

「お千代さんは、どうですか。縫い物で生計《たつき》を立てられそうですか」

「そのことですが」

冨美は玄関を出て、後ろ手に戸を閉めた。

「お千代さんは、三紗の飴屋に奉公してもろうた方がよいかもしれません。不器用なのですよ。縫い物よりも、飴売りの商いが向いているのではないかと思います。三紗に飴作りを指南してもらえれば、家で作って売り歩けますからね。生計を立てられるのではないでしょうか」

「姉上」

数之進の驚きを、一角が口にする。

「すごいですな、冨美殿。赤の他人だったお千代の明日を、そこまで考えられるとは。

それがし、感服《かんぷく》つかまつりました」

真顔になって一礼する。冨美は照れたように微笑《ほほえ》んだ。

「袖《そで》すり合うも多生《たしょう》の縁《えん》。元々魚屋のおかみさんですからね。人と話しながらの小《こ》商《あきな》いが、合うているのではないでしょうか。数之進に異存がなければ、わたしから三紗に話してみますよ」

笑顔が美しくて、数之進はしばし見惚《みと》れた。これが本当に姉上だろうか。故郷にいたときは険《けん》のある暗い顔をしていたものを……今はまるで別人だった。

「なんですか、わたしの顔をじっと見て。なにか付いていますか」

冨美は怪訝《けげん》そうに言い、自分の顔に触れた。

「あ、いえ、なんでもありません。お千代さんに関しては、姉上におまかせいたします。しばらく姉様の店に奉公するのが、わたしも良いと思います。お千代さんのご亭主殿はいかがですか。来ていませんか」

「一度、様子を見に来ましたが、わたしが玄関先で対応して、お千代さんとは話をさせませんでした。未練たっぷりな様子でしたよ」

「お千代の気持ちは、どうなのでござるか」

と、一角が訊いた。冨美が意外なほど親身になっていることから、軒先で身の上相談のような感じになっていた。

「お千代さんもまた、戻りたいと思うているようです。なれど、不安があるのでしょうね。悩んでいるように思えました」

「生田殿、早乙女《さおとめ》殿」

向かいの家から頭格の左門《さもん》の配下――三宅又八郎《みやけまたはちろう》が顔を出した。会話に気づいて遠慮がちに出て来たような印象を受けた。冨美が小さく肩をすくめる。

「申し訳ありません、忘れておりました。三宅様は半刻（一時間）ほど前からお待ちなのです。鳥海様も後でおいでになるとか」

問いかけの眼差《まなざ》しを投げる。又八郎は頷き返した。

「はい」

多くを語らず、家に戻る。

「それでは、姉上。お忙しいときに、お邪魔いたしました」

「どういたしまして……あ！」

冨美の目が突然、通りに向けられた。鳥海左門が風呂敷包みを高く掲げて、表店の〈にしき屋〉のところで足を止めている。いつもの着流し姿に冨美が贈った臙脂色《えんじいろ》の襟巻《えりま》きが、見るからに温かそうな感じで首元を彩《いろど》っていた。二人の間に流れる空気のお陰《かげ》で、数之進まで幸せな気持ちになる。

「鰻《うなぎ》じゃ」

いち早く一角が気づいた。折しも吹き始めた風に乗って、食欲をそそる鰻の匂《にお》いが狭い路地に広がった。

——乾《いぬい》の風（北西風）。

そういえばと思い出していた。二度目の附け火のときも乾の風が吹いていた。火事を広げたい附け火男にしてみれば、強風の日に行うのがあたりまえなのかもしれないが……閃くものがあった。

「われらを呼んでおられるのやもしれぬ」

動かない左門を見て、一角が表店に歩を進める。数之進もあとに続いた。差し出された風呂敷包みを友が受け取る。

「鰻でございますな、鳥海様」

「うむ」

答えた左門は、さりげなく目顔で背後を指して、訊いた。

「角の蕎麦屋の前に立っている牢人ふうの二人連れだが、見憶えはないか」

「ありまする。蓬春尼様の庵《いおり》に呼んだ女子を襲った二人でございます」

一角が即答した。数之進も確かにあのときの侍だと思った。

「間違いありません。尾行《つ》けられたのですか」

「さよう。襲って来るかと思うたが、見張り役のようじゃ。あるいは、帰りに数之進たちを襲撃するつもりなのか」

左門は言い、路地の先を見た。厳しかった表情が、冨美を見たとたん、やさしいものに変わる。ただならぬ気配を察したのか、冨美はそれでも不安そうな顔をしていた。

「牢人ふうの二人は、供をして来た者たちが見張っておる。見張り役の見張り役よ。われらは、しばし食べることを楽しむとしよう」

奥の家に向かった左門に倣《なら》い、数之進と一角は冨美が待つ場所に足を向ける。

「お帰りなさりませ」

恥ずかしそうに会釈して出迎えた冨美は、恋をしたばかりの初《うぶ》な娘に思えた。頰《ほお》を染めた様子がまた、新妻のようで、数之進は自然と顔がほころんでくる。刺客《しかく》と思しき牢人ふうの二人にとらわれた気持ちが、今や鰻のことでいっぱいになっていた。

「鰻でござる」

一角が風呂敷包みを軽くあげて、冨美に渡した。

「それがし、飯を炊《た》きますゆえ、冨美殿はけんちん汁でも作っていただけますするか」

「わかりました」

冨美は自宅へ、そして、数之進たちは向かいの家に入る。又八郎と若い配下が、手前の三畳間で畏《かしこ》まっていた。

「われらはこれにてご無礼《ぶれい》つかまつります」

外の見張り役に就くつもりなのだろう。早くも腰を浮かせた二人を、左門は仕草で止めた。

「見張り役はおるゆえ、案ずることはない。二人の分の鰻も買うて来た。まずは腹ごしらえじゃ。春馬《はるま》たちからの知らせもあるゆえ、飯が炊きあがるまでは合議よ」

「は」

数之進は左門の後ろに続き、一角は土間で竈《かまど》の火を熾《おこ》し始める。奥の六畳間に集《つど》う形になった。

「この件だが」

左門は懐から八百屋お七の火除札を取り出した。

「歩き巫女が気になっていたゆえ、春馬たちにそれとなく、浅草界隈で見かける歩き巫女のことを調べてもろうた。ちょうど三紗殿の店に現れたらしゅうてな。一枚一分と言われたらしいが、三紗殿はすかさず『高い』と言うて値切った由」

楽しそうに笑っている。

「姉様はいくらで買うたのですか」

「一朱と言われて、ふたたび値切ったようじゃ。最後は十六文まで下げたらしいが、それでも高いと値切られて腹を立てたに相違《そうい》ない。歩き巫女が帰りかけたため、仕方なく十六文で手を打ったとのことであった」

「歩き巫女たちがお七札の元締めに支払うのが、一枚十六文前後なのでしょう。一両とふっかければ、儲けが大きくなる。村上様は上客だったようです」

「こういった類の札は、縁起物のひとつと思うたのやもしれぬ。値切るのは験《げん》が悪いと、李兵衛は考えたのであろう。貼っておらぬ家には、何度でも歩き巫女が訪れるようじゃ。同じ女子ではないようだがな」

「さきほど芝居町での話を記して、配下の方に渡したのですが、それはまだ、ご覧になられていませんか」

数之進は訊いた。

「まだじゃ。行き違いになったのであろう」

「庄太夫が懇意にしている歩き巫女がいるらしいのですが」

かいつまんで説明する。件《くだん》の歩き巫女は、浄瑠璃小屋の二月の演し物を八百屋お七にすればいいと進言した。浅草界隈で時々歌祭文なども演っている。右手の甲に星形の痣、仕上げた人相画も渡しておいた。

「ここまで広まると、貼らない家は肩身が狭いやもしれませぬ」

数之進の言葉に、左門は笑みを返した。

「春馬で思い出したが、母御《ははご》は早々と買い求めた由。一分と聞いて呆《あき》れたと言うていたな。お七札に関しては、三紗殿に軍配《ぐんばい》があがったようじゃ」

春馬の母・杉崎文乃《すぎざきあやの》は、三紗が借りた深川の一軒家で惣菜の店を営んでいる。若夫婦とは別居状態だが、その方がうまくいくようだった。

「お七札は、隠富《かくしとみ》に近い感じを憶えます。近頃では富突《とみつき》も一枚一分と高くなりました。支払いが小判で行われるためか、金富などとも呼ばれるようになっております。お七札は値はバラバラのようですが、隠富に似ていると思いました」

数之進はあらためて告げた。

隠富は、影富《かげとみ》や第付《だいつけ》などとも呼ばれた非公認の富籤《とみくじ》の一種だ。ある者、もしくはある団体が、公儀には認められない形で講元《こうもと》になり、民から賭け金を集める違法な籤である。お七札はきわめて怪しい札であり、騙りの気配が濃厚に思えた。

「わしも数之進と同じ考えよ。お七札は、いまや貼られていない家を見つける方がむずかしいほどに広まっておる。講元は笑いが止まらぬであろうな」

同意して左門は、一同を見まわした。

「では、始めるとしようか」

土間にいた一角も六畳間に来る。

いくつかの騒ぎが、複雑に絡み合っていた。

四

「附け火男のことが、少しわかりました」

頭格の又八郎が口火を切る。

「名は徳蔵《とくぞう》、年は三十一。住まいは川越《かわごえ》のようですが、江戸のどこかにも隠れ家があったと思われます。そのあたりのことや仲間についてはまだ、口を割りません。火を附けるのが面白くてやったと言っています」

「こたびの火附けだけでなく、新肴場《しんさかなば》の与一さんの店にも、徳蔵は火を附けたと言うているのですか」

数之進は確認する。手留帳《てどめちょう》と矢立《やたて》を出していた。

「はい。役人の責め苦に耐えかねたのでしょう。さらにお千代の話もありましたので、言いのがれるのは無理と観念したのかもしれません」

「あくまでも、自分ひとりの考えでやったことだと?」

「見せられた口書《くちがき》(供述書)には、そう記されておりました。川越には徳蔵の実家があるのですが、父親の具合が悪いらしく、医者代がかなりたまっていたようなのです。ところが、ここにきて急に羽振りがよくなったとか。近隣の者の話では、借金を綺麗《きれい》に片付けたとのことでした」

医者の薬代は、決して安いものではない。家族のひとりが重篤《じゅうとく》な病にかかった家は、いずこも生活苦で借金がかさみ、にっちもさっちもいかなくなる。数之進は世津《せつ》を思い浮かべていた。

――金子《きんす》がなくて、江戸に帰って来られぬのやもしれぬ。

金を送ったのは帰って来てほしいという祈りにも似た気持ちがあったからだ。しかし、薬代に消えてしまい、世津は旅費がないのかもしれない。他人事ではなかった。

「わたしは、よくわからないのですが」

若手が口をはさんだ。

「徳蔵は、なぜ、二度目のとき、昼間に附け火をしたのでしょうか。一度目のときは未明で暗かったため、それなりに得心できるのですが、二度目の附け火は腑《ふ》に落ちません」

「わたしも二度目が、引っかかっています。先程、鰻のいい匂いがしたとき、急に乾の風のことが浮かびました」

「鰻の匂いが、閃きをもたらしたか」

一角の言葉に小さな笑いが起きる。数之進も笑みを浮かべて、続けた。

「徳蔵が二度目の附け火をした日は、朝から強い乾の風が吹いていたのです。ええと、地図は」

文机《ふづくえ》の上から簡単な江戸の地図を取る。この文机は役目柄、書き物が多いことから、左門が古道具屋で手に入れてくれたものだ。箱膳もそうなのだが、徐々に所帯道具が揃っていた。日本橋近辺の地図を広げる。

「徳蔵が火を附けたのは、金座《きんざ》近くの駿河町《するがちょう》。時も場所も火附けに適しているとは思えませぬ。なれど、火附けがうまくいってしもうた場合」

指で北西風が吹いた先を示した。

「駿河町から品川町、本船町は言うに及ばず、まさに、ここ。本材木町一帯もまた、業火《ごうか》に包まれていたやもしれませぬ」

数之進は問いを投げて黙り込む。新肴場の与一の店には、裏口に紙縒《こよ》りが残されていた。店の中に油を染み込ませた紙や布を置き、そこから紙縒りを長く伸ばして、外で火を附けたのではないかと、数之進は考えている。

むろん、紙縒りにもたっぷり油を染《し》み込ませておいたのは間違いないだろう。魚油《ぎょゆ》の臭いがしたのは、魚屋だからという理由だけではないのかもしれなかった。

「このあたりを狙《ねら》ったという考えでござるか」

又八郎が沈黙を破る。

「それが理由のひとつやもしれませぬ」

「二つ目の理由は？」

すかさず一角が、問いかけた。さすがは盟友、ひとつと言ったからには、二つ目や三つ目があると考えたに違いない。

「試したのやもしれぬ。今ひとつ自信が持てぬのだが、魚屋の与一の店が小火《ぼや》を出したあれもまた、試したように思えてならぬのだ」

独り言のようになっていた。一度目に紙縒りを使って外から附け火をしたのは、姿を見られるのを懸念したからに思えた。理解できなくもなかったが、手の込んだ真似をした裏には、なにか隠されているのではないだろうか。

「試したとは、いかような意味でござりまするか。生田殿の真似をするわけではありませんが、それがし、今ひとつ理解できませぬ。もう少し説明していただけると助かるのですが」

若手の疑問に答える。

「紙縒りをどれぐらいの長さにすれば、ちゃんと火が附くか、試したように思えるのです。附け火を推奨するようでいやなのですが、外にいて火を附ければ、すぐに逃げられるうえ、家の者に顔を見られにくくなります。さらに何軒かを同時に燃やせるではないですか」

「同時に燃やせば、あちこちで火の手があがり、大火に繋がる可能性が高まるのは自明の理。北西の風は昔から、悪霊が吹かす風と考えられていたようじゃ。火が広がって大火になる様は、まさに悪霊の仕業《しわざ》と言えるやもしれぬ」

左門が継いだ。そこで試すという意味に気づいたらしい若手は、大きく目をみひらいた。衝撃が大きかったのか、

「………」

次の言葉が出ないようだった。座敷は重い沈黙に覆われる。尾鹿藩に関わるかもしれない大火がらみの話もあったのだが、早計すぎると思い、数之進は告げるのを控え

た。

「『御用頼みの旗本』、大竹長頼《おおたけながより》ですが」

別の話を口にする。

「大竹長頼の屋敷は、本所のどこにあるのですか。何人かが渡辺甚内《わたなべじんない》の宴に顔を出したようですが、他の者たちの屋敷の場所も知りたいのです。わかりますか」

「大竹長頼の屋敷は」

左門が数之進の地図を取って別の区域に変えた。

「このあたりじゃ」

指さしたのは、麴町半蔵門外《こうじまちはんぞうもんそと》。やはり、と、数之進はこのとき確信したが、別の疑問も湧《わ》いていた。

「なれど、大竹長頼は本所に住まいを持つ旗本ではないのですか。『甲府落《こうふお》ち騙《がた》り』のとき、相談に訪れた涌井藤四郎《わくいとうしろう》様の話では、そう伺うた憶えがあります」

「本所の旗本屋敷には、養子入りした大竹の弟が住んでいる。自分の所在を曖昧《あいまい》にするためなのか、本所住まいの旗本と名乗っていたようだがな。こたび調べ直して、はっきりした次第よ」

「では、涌井藤四郎様に、寄合《よりあい》の旗本と言うていたのも偽りでございますか」

数之進は訊いた。

「そうであろうな。無役の旗本で住まいは本所と、でたらめを教えていたわけじゃ。大竹長頼の屋敷は麹町半蔵門外で間違いない」

左門の答えを聞いて、数之進より先に一角が口を開いた。

「もしや、大竹長頼は定火消《じょうびけし》でござりまするか」

「うむ」

答えがいっそう重くなる。

定火消は明暦の大火翌年の万治元年（一六五八）、幕府が四名の旗本に対して、江戸中定火の番を命じたお役目だ。役料三百人扶持《ぶち》を給し、与力《よりき》六騎・同心《どうしん》三十人を付属させたことにはじまる。

宝永元年（一七〇四）に十名となり、それを固定したことによって十人火消とも呼ばれた。火消屋敷はいずれも江戸城の西北に配置されており、乾の風（北西季節風）の吹く冬季にこの地域から出火すると、江戸市中が風下になるため、特に重要な四カ所——飯田町《いいたちょう》・市谷左内坂《いちがやさないざか》・御茶ノ水上《おちゃのみずうえ》、そして、麹町半蔵門外の四カ所に配置したと考えられていた。

一般の火事を防ぐことよりも、主に江戸城に類焼《るいしょう》するのを防ぐのが目的で作られた組織である。

「渡辺甚内の宴に招かれた他の旗本の屋敷は、どちらにあるのですか」

数之進は知りたくなかったが、訊いた。

「今、調べさせているところじゃ。わかり次第、知らせる」

左門の厳しい口調や顔つきから、なにかを感じたのか、

「大竹長頼の屋敷は御城の北西部、乾の風は悪霊が吹かすと考えられた北西風、徳蔵が二度目の附け火をしたときも乾の風が吹いていた。こたびの騒ぎには、北西の方角が重要な役割を担《にな》っているのか？」

一角が数之進を見やる。本人は謙遜《けんそん》して五両智恵などと言うが、近頃は本当に冴えわたっていた。

「断定はできぬが、おそらく、そうではないかと思うておる」

「冬から春にかけて吹く乾の風は、鳥海様が仰せになられたように、悪霊が吹かせる不吉な風じゃ。大竹長頼は、それを防ぐために配された旗本だが」

物言いたげな目を投げた。だれしも考えたくない真実が、見え隠れし始めている。

数之進は敢《あ》えて告げた。

「火を出さぬため、広げぬための定火消よ。そこで疑問が湧く。なぜ、渡辺甚内は乾

の方角に屋敷を持つ旗本の大竹長頼を宴に招いたのか」

「袖《そで》の下《した》を渡して思いどおりに動かすため、いや、待てまて、さいぜんから薄気味悪い冷や汗が噴き出しておるわ。火事を防ぐべく配された『乾の旗本』が、火附け役を引き受けたとしたら？」

友はそこで言葉を切る。『乾の旗本』に隠された重要な真実を、この場にいる全員が理解していた。

ふたたび不気味な沈黙が訪れた。

五

「あくまでも、わたしの考えだが」

数之進は前置きして言った。

「おぬしが言うように袖の下を渡された『乾の旗本』が、先に立って附け火を行えば、なめるように火が広がるは必至。江戸市中は、かつてないほどの大火に見舞われるであろうな」

一角同様、冷や汗が滲《にじ》んでいる。まさかという否定と、もしやという肯定の板挟みになっていた。

「ありえぬ話だと思います」

若手が耐えきれぬといった様子で意見を述べた。

「仮にも幕府から定火消のお役目を賜った旗本ではないですか。なかでも大竹長頼は、三千石のお旗本です。附け火に走ることなど考えられませぬ。附け火の科人《とがにん》は市中引きまわしのうえ、火炙《ひあぶ》りの極刑です。それを知らぬ者は、いないと思います」

「いっさいがっさいを『なかったこと』にできる者が、後ろにいるとしたらどうじゃ?」

左門が、信じられない問いを返した。

「…………」

数之進はさらに冷や汗が滲んだ。たった今、脳裏に浮かんだ人物の名を、懸命に打ち消している。左門はまさにありえない話をしていた。ありえない話、あってはならない大火、大火で利を得る者は……。

――大火で焼き払われた江戸の町。

大火後、復興の労働力需要を見込んで附け火をする不届き者も残念だが、いる。しかし、思い浮かんでいるのは、そんな小さな利ではない。考えたくなかったが、否定できない流れがあった。

「松平伊豆守様《まつだいらいずのかみ》ですか」

若手は、拍子抜けするような答えを口にした。松平信明《のぶあきら》が加わっているのは、おそらく確かだろう。が、信明にヒトとして許されない蛮行《ばんこう》を『なかったこと』にする力が、はたして、あるだろうか。

「合力《ごうりき》しているうちのひとりでは、あるやもしれぬ」

左門の微妙な返事を、又八郎が受けた。

「関わりがあるかどうか定かではないのですが」

懐から一枚の瓦版《かわらばん》を出して、左門に渡した。読み終えた上役から順にまわされる。江戸市中で数多くの鬼火《おにび》が飛ぶという文言とともに、いくつもの火の玉が空を飛ぶ絵が描かれていた。

「森田座の座元が、似たような話をしていました。伝え聞きのようですが、数多くの光が夜空に昇っていったとか」

数之進の言葉を、又八郎が継いだ。

「実際に池袋村では火事になった由。他にも隅田村や下渋谷村では、小火があったそうです。火事になった池袋村の民は、鬼火が屋根に落ちたのかもしれないと話しておりました。茅葺《かやぶ》き屋根ゆえ、空気が乾いたこの季節には、すぐに燃えあがるのではないかとも言うておりましたが」

「では、亡霊の仕業《しわざ》ですか」

若手は怪訝な表情になっている。数之進と違い、霊や怪異の類《たぐい》は、信じない気質のように感じられた。

「わからぬが……鬼火の類ではないとしたら、どうやって火を附けたと？」

又八郎が訊き返した。

「火矢を放ったのではないですか」

あっさりと言った。ある程度は得心できる答えかもしれない。戦《いくさ》の折、用いられた火矢は、城や住居を業火に包む手段のひとつではある。太平の世になった今、火矢が放たれた光景を憶えている者は少ないことから、火矢を見て火の玉と勘違いしたのかもしれなかった。

「確かに火矢は、火の玉が飛んだように見えるかもしれません。火事になった池袋村の民は、実際に鬼火を見たのですか」

数之進の疑問を、又八郎が受けた。

「火事になる何日か前の夜半、火の玉が躍《おど》るように飛ぶさまを見たと言うておりました。厠《かわや》に行ったときだそうです。恐ろしくて家に逃げ込んだため、その後、どうなったかはわからないと」

「火の玉が躍るように、でございますか」

それがまことであるならば、火矢の可能性は少なくなるが……。

「なれど、鬼火で人の目を引きつけることはできるな。その間に附け火をすれば、あっという間に燃えあがるだろう。鬼火は、囮《おとり》役のような役目なのかもしれぬ」

ブツブツと呟く数之進の背中を、一角が笑いながら軽く叩いた。

「集中するあまり、まわりが目に入らなくなるのが、おまえらしいと言えなくもない。要は鬼火に気をとられすぎてはならぬということだな」

言われて顔をあげる。

「さよう。周囲に目を向けるのが、肝要ではないかと思うておる。鳥海様。配下の方々に今の話を、お伝えいただけませぬか」

「承知した。渡辺甚内の宴に招かれた他の旗本についても急いで調べる。数之進の同役、手嶋幸之助《てじまさちのすけ》だが、二人が尾行した夜は真っ直ぐ藩邸に戻った」

話を変えて、続ける。

「下屋敷の見張り役を務めている春馬の話によると、翌日、秋月《あきづき》藩の家紋が入った御《お》留守居駕籠《るすいかご》が、下屋敷を訪れた由。前夜の御留守居駕籠も、あるいは秋月藩のものだったのやもしれぬ。手嶋幸之助が訪れた夜は、何挺《なんちょう》もの御駕籠が出入りしたとも言うていたな」

「もしかすると」

数之進は、ひとつの仮説を挙げた。

「下屋敷の尼御前が、お七札の講元を務めているのかもしれません。相手によって値段は変えているようですが、儲《もう》けは大きいはず。節約令どころか、贅沢令の布告がなされているのではないかと思うほどに、尾鹿藩の暮らしぶりは贅を極めておりますゆえ」

剃髪した尾鹿藩の比丘尼が、お七札の講元を務めるだろうかという疑問はある。小藩といえども譜代扱いの大名家だ。しかし、それを疑いたくなるほどに下屋敷は人の出入りが多い。さらにお七札を売るのが歩き巫女という点も引っかかっていた。

「数之進は、まことにもって鋭い読みをする。ちょうど歩き巫女の話をしようとしたところじゃ。これも春馬の調べによるものだが、歩き巫女らしき女子が何人か、下屋敷に出入りしていたとか」

「それでは、やはり、尼御前の信如《しんにょ》様が、お七札の講元なのでござりまするか」

一角は驚きを隠せないようだった。数之進は即座に別の意見を口にする。

「あるいは、そう思わせるための動きか」

「む」

友はわずかに首を傾げる。

「そう思わせるための動きとは、さて、いかような意味なのか。村上様が同席なされていれば、顔を見合わせた場面よ。つまり、背後にいるだれかを、われらに気づかせないように、尼御前が囮役になっているという話か？」

「わかっているではないか。まさしく、おぬしの考えどおりよ。派手な動きで目を引く点は、鬼火騒ぎに似ていなくもない」

「なるほど。数之進に言われて気づいたが、手口が似ているな」

「悪事は似たようなやり方になるものよ。お七札の真の講元は、おそらく最後まで姿を現さないだろう。まずい流れになったとき、背後にいるだれかは速《すみ》やかに姿を消して、すべての罪を尾鹿藩が被《かぶ》る。当然、袖の下どころか、蔵《くら》が建つほどの小判が尾鹿藩には支払われるであろうがな」

「ひとつ、気になっているのでござるが」

一角はあらたまった口調で告げ、左門を見やる。

「尾鹿藩の下屋敷に隣接している抱屋敷《かかえ》から、下屋敷に行き来できる出入り口はあるのでござりまするか。それがし、過日、手嶋幸之助を尾行した折、下屋敷をぐるりと見てまわったのでござるが、出入りできそうな感じを受けました。そうなると」

「奥方様も一連のお七札騒ぎに関わっている、か？」

思わず自問まじりの問いが出た。

「そうか。また、おまえに言われて気づいたわ。おれは単に下屋敷と抱屋敷は地続きゆえ、いちいち外に出なくても出入りできるのではないかと思うただけなのだがな。一歩進めて考えれば、おまえの言うようなことになるやもしれぬ」

「ですが、生田殿の調書には、奥方派と尼御前派、さらに国目付の吉井政友が加わって、三つ巴の覇権争いかもしれぬと書いておられたではありませんか」

若手が率直な疑問を投げる。尾鹿藩の御家騒動であるにもかかわらず、どこにも藩主の名が出てこないのが、大きな特徴といえた。

「あらためて問いかけられると答えようがないのだが、対立しているように見せかけているのやもしれぬ。裏ではがっちり手を結び、積もり積もった借財を返して、尾鹿藩を存続させるべく動いていることも考えられる」

「そもそも尾鹿藩には、借財があるのですか」

若手の問いを、左門が受けた。

「借財はある、いや、あったはずじゃ。どれぐらいかはわからぬがな。諸藩の例に違《たが》わず、財政は苦しかったと聞いている。なれど、やけに派手な動きをするようになったため、幕府御算用者の出番になった次第よ」

一度、言葉を切って茶を飲み、大きく息を吐いた。

「お七札の講元を引き受けたことによって、立て直しの目処《めど》が立ったのではあるまいか。あれよあれよという間に、広まってしもうたからな」

「立て直すのが、早すぎるように思います」

又八郎の意見を、数之進は受けた。

「ゆえに以前から『なにか』をしていたのではないかと……お七札の講元よりも早く、なんらかの策を講じていたことも考えられます。なにをしているのかまでは、わからぬのですが」

「これも春馬の調書に記されていたのだが、下屋敷では子どもの声がよく聞こえるとのことじゃ。藩主の愛妾《あいしょう》の数は、今もって把握できておらぬが、みまかられた前藩《さきの》主と同じく、子沢山なのやもしれぬ」

「町人と思しき夫婦は、赤子をおぶっておりました。お七札を買い求めに来たのか、他の用事で訪れたのか。普通、町人が大名家の下屋敷を訪ねる場合、赤子は近所の住人に預けるように思います。よくわからぬのですが、なんというか、こう、胸がモヤモヤしておりまして」

下屋敷では子どもの声がよく聞こえる。町人と思しき夫婦は、赤子をおぶっていた。そして、藩邸の奥御殿にも、子どもがかなりいる。共通するのは『子ども』なのだが、ぴんとこなかった。

「焦《あせ》らず、閃きを待て」

一角が言った。

「危険だが、下屋敷に忍び込んで調べるしかあるまいな。この後、行ってもかまわぬが」

不意に立ちあがって、玄関先に足を向ける。静かにと仕草で告げながら忍び足で三和土に降りる。いきなり戸を開いた。

「あ」

玄関先にいたのは、『甲府落ち騙り』の件で相談に訪れた涌井藤四郎の妻・多喜《たき》だった。おそらく引き戸に手をかけたとたん、先に開いたのだろう。吃驚《びっくり》していた。

「涌井殿のご妻女ではござらぬか。いかがなされた？」

一角が訊いた。

「夫が激昂《げきこう》して、大竹様の屋敷に向かいました。お七札を渡されまして、売るように申しつけられたとか。そうすれば、いくばくかの金子を渡すと言われたそうにございます。どこまで人を馬鹿にするのかと激しく罵りまして」

またしても、お七札の話が出た。旗本に売りつけるには、旗本を使うのが一番とでも考えたのだろうか。

「涌井殿が向かわれたのは、本所の旗本屋敷でござるか」

数之進は玄関先に屈《かが》み込んで確認する。

「は、い」

察しのいい多喜の、不安そうな表情がよけいくもった。怒り心頭に発した藤四郎は、大竹長頼を斬るつもりなのかもしれない。しかし、本所の旗本屋敷にいるのは、長頼ではなく婿入《むこい》りした弟だ。

「とにかく、止めねばならぬ」

数之進は刀と脇差を手に取る。左門や又八郎たちも、立ちあがっていた。一角はすでに支度を整えており、向かいの冨美の家に声をかけた。

「冨美殿。のっぴきならぬ用事ができましたので、われらはこれから出かけます。飯は米を研《と》いで準備をしておきましたゆえ、竈に火をくべてくだされ。戻って来た後、鰻を食いますので」

鰻のことを忘れない冷静さは、さすがと言うべきか。

「承知いたしました」

出て来た富美の返事を聞いたとき、

「村上様」

数之進は、路地を入って来た杢兵衛に気づいた。目が合うと、左門はいるかと言うように顎で家を指した。

「鳥海様」

一度、家に戻る。入って来た杢兵衛は、玄関の上《あ》がり框《がまち》に腰かけていた左門の耳もとに囁《ささや》いた。

「秋月藩に動きが出ました」

手嶋幸之助が今もいるはずの秋月藩。過日、幸之助が佐野太郎兵衛とともに下屋敷を訪ねた件と、関わりがあるのだろうか。

路地を吹き抜ける乾の風が、強くなっていた。

第六章　秋月藩の家督相続

一

三月一日。

江戸城の白書院《しろしょいん》は、厳《おごそ》かな空気に包まれていた。

将軍や大老、老中列座のなかで、秋月藩の跡継ぎが代替わりの朱印状《しゅいんじょう》を下付されようとしている。全員が風折烏帽子《かざおりえぼし》や直垂長袴《ひたたれながばかま》の礼服姿であり、特に今、姿を見せたばかりの十一代将軍・徳川家斉《いえなり》の、高貴な色とされる紫の礼服が目を引いた。

白書院は本丸御殿において大広間に次ぐ高い格式を持つ殿舎だ。上段、下段、帝鑑《ていかん》の間《ま》、連歌の間がほぼ田の字に並び、周囲に入側が巡る平面な造りである。上段は床、違棚《ちがいだな》、付書院《つけしょいん》、帳台構《ちょうだいかまえ》などの座敷飾をそなえ、床が他の部屋より五寸八分（約十七・六センチ）高く設《しつら》えられている。

下段は上段の南に接しており、床の高さは帝鑑の間や連歌の間と同じだが、格天井《ごうてんじょう》は他よりも高い位置に造られていた。そのため、白書院はひときわ広く感じられる。御暇や家督相続、隠居、婚姻の許可を将軍より得る御礼の際の体面の場であった。

――さて、本日の上様《うえさま》のご機嫌やいかに。

村上杢兵衛は、旗本に昇進した功績によって、末席に加わることを許されていた。礼服を揃えるだけでも大変だったが、晴れの場に参加できる喜びは、ひと言では表せない。感無量だった。家斉が上段に着く姿を瞼《まぶた》に焼きつけるべく注視している。

徳川家斉は御三卿《ごさんきょう》のひとつ、一橋治済《ひとつばしはるさだ》の長男として安永二年（一七七三）十月五日に生まれた。文化九年のこのときは、数えで四十の壮健な男盛りを迎えている。数多くの愛妾との間に次々と子をもうけ、代々の将軍では、類を見ない子の多さになっていた。

ちなみに御三卿とは、徳川家の支族である田安《たやす》家、一橋家、清水《しみず》家のことで、尾張、紀伊、水戸の御三家に次ぐ家格を持つ家柄である。大名には取り立てず、十万石の賄料《まかないりょう》だけ与えて城内の田安門、一橋門、清水門の脇に住まわせた。

――お顔の色もよく、お元気なご様子。昨夜も大奥に続く御鈴廊下《おすずろうか》をお渡りあそばされたか。

そう考えて杢兵衛は苦笑した。還暦を過ぎて授かった子は、待望の女子とあって毎日、顔を見るのが楽しみでならない。おまけに旗本への昇進も叶《かな》い、年明けから慶事《けいじ》が続いている。

口さがない連中には還暦過ぎた爺様《じさま》が若い下女に手を出して云々《うんぬん》と、揶揄《やゆ》されたりもするが、ここに列席できたのは家斉が天晴《あっぱ》れと称したからだと聞いていた。

〝還暦を迎えた者が子を授かったのは、徳川家にとっても吉兆《きっちょう》よ。余《よ》もあやかりたいものじゃ〟

というお言葉を、鳥海左門より伝えられていた。家斉は精力ばかりか酒にも強く、浴びるように飲んでも乱れないことで知られている。杢兵衛は子を授かったものの、さすがに酒は弱くなっていた。

――ずいぶんと若い小姓《こしょう》に見ゆるが。

家斉の後ろに控えた二人の小姓に目が向いた。年はせいぜい十七、八。代々小姓役を務める家なのか、あるいは家斉の寵愛《ちょうあい》を受けて務めるようになったのか。今日の主役、黒田長韶《くろだながつぐ》と変わらない年に思えた。

家斉が左側に列していた老中・松平信明に合図の目を投げる。

「筑前国《ちくぜんのくに》黒田甲斐守《かいのかみ》長韶、前へ」

信明は張りのある声で告げた。

「ははっ」

長韶は答えて進み出る。伊豆守が直々《じきじき》に秋月藩の家督相続を担当しているのだろうか。どういう関わりなのかと、つい憶測していた。

――そもそも手嶋幸之助《てじまさちのすけ》なる秋月藩の藩士が、尾鹿藩の勘定方に臨時雇いされたこと自体、不可解な話よ。

数之進が耳にとめた『金平娘《こんぴらむすめ》』によって、九州の諸藩を調べた結果、手嶋幸之助は秋月藩から遣わされたのではないかという答えが導き出された。さすがは数之進と内心、思いつつも素直に表せないのが厄介といえる。

あの夜、幸之助は古参の佐野太郎兵衛とともに、尾鹿藩の下屋敷に行った。秋月藩の家紋入りの御留守居駕籠をはじめとして、何挺もの御駕籠が出入りしていたのを杉崎春馬たちが確認している。おまけに歩き巫女らしき数人の女子も訪れているとなれば、すわ『お七札』がらみかと疑いたくもなるだろう。

そして、秋月藩は本日、晴れの日を迎えた。

「甲斐守は、疱瘡《ほうそう》を患《わずら》ったとか」

家斉が言った。無事、朱印状を下付して、張り詰めていた場が少しなごんでいた。

「は」

若き長韶は、いちだんと畏まる。福岡藩から分立した秋月藩は、夜須《やす》・下座《げざ》・穂波《ほなみ》三郡の内に五万石を分与されて成立した。諸藩の例に洩れず、寛政（一七八九～一八〇〇）末頃から財政の窮乏が激化。札切手仕組、国産方仕組を実施し、金山の開発などを行ったが成果をあげられずに終わっている。

さらに秋月藩の前藩主は病に罹《かか》って、死地を彷徨《さまよ》ったとも言われていた。武家の奥向きの事柄、特に生死に関わる事柄に関しては、伏せられるのが普通であるため、杢兵衛が前藩主の逝去《せいきょ》を知ったのは昨日のことだった。

――はて、疱瘡とな。

思わず首を傾げる。今は長韶の背中しか見えていないが、白書院に入って来たとき、輝くばかりの顔を見ていた。疱瘡の痕《あと》らしきものはなかったように憶えている。いっときは藩主と世継ぎの二人がご不例の噂が流れただけに、恢復《かいふく》ぶりが信じられないほどだったが……若さで病魔を追い払ったのだろうか。

実年は十五、いや、十三、四だろうが、官年は十七として、この場に臨んだのは、おそらく間違いないだろう。

「余も六歳のとき、疱瘡に罹った。多少、面体《めんてい》が変わるのは致し方なきことよ。なれど、痕も目立たず、幸いじゃ。目出度《めでた》いのう」

多少、面体が変わるのは致し方なきこと。杢兵衛はその部分を心の中で繰り返した。やはり、と、強い疑念が湧いている。

——もしや、別のだれかを長留様に仕立《ながつぐ》てあげたか。秋月藩においては、前藩主とお世継ぎの長留様ともども疱瘡に罹って逝去なされたのやもしれぬ。

面体が変わって云々という件は、八代将軍・吉宗公が口にしたとされる言葉だ。御家騒動に繋がらぬよう、将軍自身が告げることによって跡継ぎの地位を確固たるものにしたのは間違いない。

先例に倣《なら》うのは、武家の常道だ。

跡継ぎに恵まれなければ厄介だし、多ければまた、それはそれで御家騒動のもとになる。なにかと悩ましい後継者問題を、複雑なものにしているのは他ならぬ家斉だ。

次々に生まれる子を嫁がせたり、養子として他家に送り込むようになっていた。寛政六年（一七九四）、尾張家九代宗睦《むねちか》の甥の長男・五郎太のもとに家斉の長女・淑姫《ひで》を入嫁させたのだが、その年に五郎太が死去するや、寛政八年（一七九六）に一橋家へ再嫁《さいか》させている。

将軍家からのお輿入《こしい》れや養子縁組は、当然のことながら小判が飛ぶように消える。年一万両ぐらいのお化粧料では、とても賄いきれないとされた。ありがた迷惑な話ではあるものの、断ることなどは絶対にできない。尾張家のような大藩であっても、負担の大きさに悲鳴をあげているのは確かなように思えた。

――はてさて、朱印状を下付された長韶様は、いったい、どなたのお子なのか。

数之進の調書によって、一連の流れは摑《つか》めていた。目を通した当初は杢兵衛自身、まさかとしか思えなかったが、こうやって秋月藩の家督相続を目の当《ま》たりにすると、やはりと疑問が膨《ふく》れあがる。

朱印状を下付されたのは、本当に黒田家の血を引く跡継ぎなのか？

「祝いとして新藩主に、房州《ぼうしゅう》（千葉県）より取り寄せた『白牛酪《はくぎゅうらく》』を授ける。病後によう効くゆえ、食するがよい」

家斉の目顔を受けて、台に載せた品物が運ばれて来た。現将軍の祖父・吉宗は、房州嶺岡《みねおか》に牧場を開いて乳牛を飼育させており、現在、乳牛は七十頭あまりに増えている。『白牛酪』は牛乳を精製したチーズのようなものだが、古代から醍醐《だいご》と称されて家斉の大好物だった。

文武両道を自ら規範として示し、剣術の稽古にも抜かりがないと言われている。健康な身体と若さを維持するために、家康同様、医術や薬草にも通じているようだった。

「ははっ、ありがたき幸せ。恐悦至極《きょうえつしごく》に存じます。それがし、『白牛酪』を食すのは初めてでござります」

長韶は答えた。いまだ緊張が解けぬ様子なのが、ぴんと背筋を伸ばした後ろ姿からも見て取れる。礼服の背に記された黒田家の家紋の藤巴が似合うようになるには、しばし時が要《い》るかもしれなかった。

「麻疹《はしか》に効く『白牛洞《はくぎゅうどう》』も加えておいた。疱瘡で弱っているときは、他の病にも罹りやすくなるゆえ、熱やだるさといった兆しがあったときに飲むがよい」

「ははっ、ありがたき幸せ。恐悦至極に存じます」

同じ返事しか返せない長韶は、おそらく『白牛洞』なる薬の原料がなんであるかを知るまい。牛の糞を乾燥させて黒焼きにしたこの薬は、麻疹の特効薬として珍重されていた。杢兵衛も罹患した折、息子が手に入れてくれたお陰で一命を取り留めたことがある。薬の材料を聞いたときは牛の糞などと思ったが、今では信望者のひとりになっていた。

「秋月藩の政《まつりごと》は、福岡藩の秋月御用請持が担っていると聞いた。今の状態を鑑《かんが》みるに、やむをえぬ事態であろうな。財政再建を図るため、励むがよい」

家斉は、一歩踏み込んだ言葉を述べた。ずいぶん詳しいものよと、李兵衛はあらためて思っている。一角には調べが遅いと非難されそうだが、秋月御用請持なるお役目はたった今、初めて耳にした。

「ありがたきお言葉を賜り、恐悦至極に存じます。民や藩士のために身命《しんめい》を賭《と》して、忠勤する所存にござります」

「うむ」

家斉は頷き、列席していたひとりの大名に視線を向けた。それに気づかなかったのかもしれない、

「安藤丹波守直之殿」

松平信明が呼びかけた。

「あ、え、ははっ」

ぼんやりしていたのか、慌てて畏まる。そういえば、と、李兵衛はつい笑っていた。こたびの潜入先の藩主もまた、列席していたのだが、あまりにも目立たないことから存在を忘れていたのだった。

――酔いどれ藩主が目立つのは、酔うたときだけか。

印象が薄いのは否めない。一角は直之の右手の大きな竹刀ダコを見て、酔いどれ藩

主は真の姿にあらずと言っていたが……晴れの場で会うと、気が弱く、頼りなさそうなところばかりが目についた。

信明は上段の家斉の傍らへ行き、なにやら耳打ちされて直之のところへ行った。とうてい内容を聞き取れるはずもない。ただ、一瞬、驚いたように直之の身体が硬直したのは察せられた。

「上様、ご退出にござります」

申し渡されて、一同、平伏する。家斉が退出したとたん、緊張しきっていた白書院の空気がゆるんだ。参加していた大名や旗本は、三々五々退出して行く。大広間と白書院桜溜を繋ぐ松の廊下で、杢兵衛は左門を待った。

──黒田長韶様。

姿を現した秋月藩の若き藩主を、一礼して見送る。疱瘡の痕がないか素早く見たが、羨《うらや》ましくなるほど綺麗な肌をしていた。確かに痕が残らぬよう、酒と水を混ぜたもので瘡蓋《かさぶた》をそっと拭ったりするが、それでも病んだばかりとなれば、あそこまで綺麗には治らないように思われた。

左門が出て来たので一礼する。

「甲斐守長韶様におかれては、ずいぶんとお変わりになられたものじゃ」

上役は、ぼそっと告げた。

「それでは」

李兵衛はそこで言葉を止める。歩き出した上司の隣に並び、囁き声で訊いた。

「両目付様におかれましては、以前、お目にかかられたことがあるのでございまするか」

敢えて名は告げなかったが、鈍い相手ではない。

「うむ。一昨年だったか。元服の折、ご登城なされた。秋月藩二代目藩主の長重《ながしげ》様は、五代将軍綱吉公の側近として侍したことがあるゆえ、幕府は今も内々では譜代扱いなされているのやもしれぬ。家斉様は長韶様に謁見した折、目を細めておられた」

「さようでござりましたか」

「気づいたか」

不意に問いを投げた。

「は？」

意味をわかりかねて怪訝な顔を返した。数之進と左門がやりとりする際、時々、置いてけぼりにされたような気持ちを覚えることがある。この件に関しては同様の一角によく揶揄《やゆ》されるが、今もそんな感じがした。

「上様の後ろに控えていた二人の若い小姓よ」

答えを告げたようでいて、その実、告げていなかった。若い小姓のようには感じたが、それがどうかしたのだろうか。

「近頃は、とんと目の案配《あんばい》が悪くなりましてございます。そのうえ、遠目でござりましたので」

わからなかったと答えた。

「さようか」

あとは黙り込む。李兵衛は疑問の渦《うず》に落ちた。若い小姓が、どうしたのだろう。それよりも李兵衛は、秋月藩の新たな藩主の方が気になる。左門が見た元服時の長韶こそが、本物だったのではないだろうか。

——表立って養子縁組をすれば、秋月藩の負担が増すは必至。

ゆえに裏で家斉の子を、養子として送り込んでいるのだろうか。あるいは越後国丹波守直之の子なのか。男子を授からなかった藩にとって、跡継ぎを得られるかどうかは、まさに死活問題だ。

ありえない考えだが、頭から否定できない流れになっていた。

——跡継ぎの仲立ちをしているのが、尾鹿藩なのか？

子どもで思い浮かぶのは、生まれたばかりの我が子。頑是無《がんぜな》い赤子の泣き声が、耳の奥底でひびいていた。

二

子どもの泣き声が聞こえている。

尾鹿藩の奥御殿からであり、数之進は勘定方の部屋で、ざわつく気持ちを懸命に抑えつけていた。未明に藩主の直之が登城したのだが、午後になっても帰参の知らせがなされていない。なにかあったのではないかと不安が増した。

──手嶋殿は、落ち着いておられるな。

隣席の幸之助は淡々と役目をこなしている。数之進の推測どおりだった場合、すみやかに姿を消すように思えたが、今もって尾鹿藩にいるのはなぜなのか。秋月藩への特別な計《はか》らいをするために、遣《つか》わされたように感じたのだが……。

「殿のお戻りじゃ」

古参の佐野太郎兵衛が、廊下で大声を張りあげた。

「各々《おのおの》がた、驚くでないぞ。三月三日の上巳《じょうし》の節句じゃ。上様がおいでになられる。

我が藩において上様の『御通抜《おとおりぬけ》』が行われる旨、殿より正式なご通達がなされた。上様が奥御殿の『雛屋』を是非、ご覧になりたいと仰せになられた由《よし》」

おお、と、どよめきのような声が起きた。

御通抜は将軍の短い来訪のことを指している。諸藩にとっては目出度い訪れであるとともに、なによりの栄誉だった。見目麗《みめうるわ》しい姫などがいる場合は、将軍に見初《みそ》められたりもする。武家にとっては、これ以上ないほどの大事であるのは言うまでもない。

「手が空《あ》いている者は、掃除を手伝うように。年末に大掃除をしたが、粗相《そそう》があってはならぬ。念には念を入れて清めねば、とうてい上様にお越しいただけぬわ」

太郎兵衛の呼びかけで、ほとんどの同役が立ちあがった。お役目を終える時間が迫っていたこともあり、他の部屋の藩士たちも廊下に出て来る。太郎兵衛は一族郎党、従えて意気揚々と歩いて行った。

──こういう流れが、できていたのやもしれぬ。

数之進は得心していた。奥御殿の派手やかな設《しつら》えは、貴人を招くためと考えれば辻褄《つじつま》が合う。知らせがギリギリになったのは、単に家斉の都合ではないだろうか。気まぐれな将軍への働きかけは、早い段階で行われていたはずだ。

秋月藩の代替わりが無事、終わって、尾鹿藩はもちろんのこと、家斉や秋月藩も安堵したように思えた。

——あるいは、幕府御算用者の動きを見ていたのか。

阻止されるかもしれないという懸念《けねん》があったのだろうか。通常の代替わりではないがゆえの過剰な反応に思えなくもない。いよいよ将軍自ら動くのかと思い、数之進は鳥肌が立つような感じを覚えた。

幕府御算用者にとって真実の敵。

それは松平信明ではないし、『姿なきウグイス』たちでもない。奢侈淫靡《しゃしいんび》を好み、財政を圧迫する統治者こそが、幕府御算用者を亡き者にしようとする本当の敵ではないだろうか。直接、出て来ることはないと思っていたのだが……思うようにならない諸藩の状況を見て痺《しび》れを切らしたのかもしれなかった。

——幕府は小藩を潰そうとしていた、いや、今も潰そうとしている、はずだ。

両目付である左門には、当初、小藩改易《かいえき》命令と思しきものが、発せられていたのは確かだろう。それをまったく逆の小藩お助け隊として、最初から数之進たちは動いている。左門の直接の上役、松平伊豆守信明は気に入らなかっただろうが、表立って反対することができなかったのか、今に至っていた。

——上様は、激しいご気質のお方だ。

寛政の改革を行った松平越中守定信《えっちゅうのかみさだのぶ》は、武だけでなく、文の面においても武士像の立て直しを試みたと、数之進は考えていた。定信は家斉に対しても厳しい態度で臨《のぞ》んだが、強い反撥《はんぱつ》を覚えたに違いない。寛政の改革は中途半端な形で終わりを告げた。

左門はどうするつもりなのか？

そして、自分は……。

「いかがなされた、生田殿。顔が真っ青でござりまするぞ」

手嶋幸之助が、顔を覗き込んでいた。間近に迫られるまで気づかなかったのは、不覚と言うしかない。

「大事《だいじ》ありませぬ。上様の御通抜と聞き、ちと驚きました次第」

「汗が」

と、差し出された手拭いには首を振る。

「お気遣いなく」

胸元から手拭いを出して額の汗を拭った。藩士たちは驚きと喜びのなか、早めに役目を終えている。勘定頭も特に叱責することなく、何人かの藩士と笑いながら話をしていた。

「生田殿は、『白牛洞』という麻疹の薬をご存じでござるか」

突然、幸之助が訊いた。

「え？」

あまりにも唐突すぎて当惑を返した。

「それがしの弟が麻疹に罹《かか》りまして、一時は危ない状態になり申した。佐野様にご相談申しあげたところ、信如様がお持ちだと伺いましたので、過日、佐野様と下屋敷に参りました次第。手に入れられたのは幸いでござった。弟は無事、平癒《へいゆ》いたしました」

下屋敷に行ったのは、麻疹の薬を手に入れるためだったのだと言っていた。が、信じられるわけがない。そもそも、こういう言い訳をすること自体、不自然ではないか。数之進たちの尾行に気づいていたのは確かなように思えた。

「それはよろしゅうござった。それがし、『白牛洞』は名前だけ聞いたことがあります。牛の糞を乾燥させたうえで焼いた薬だとか。高価で手に入りにくいと聞いておりました」

もしや、と、新たな疑惑も湧いていた。

──『白牛洞』も密かに売《う》り捌《さば》いているのやもしれぬ。

牛を飼っている幕府にとって、材料の牛糞は無料《ただ》同然の代物だ。高値で売れば丸儲けになる。まさか、家斉の命令ではあるまいが、仲立ちをする者はもちろんのこと、牧場の持ち主である家斉も懐が潤《うるお》うのは確かではないだろうか。

「『白牛洞』は牛の糞なのでござるか」

幸之助は驚きを隠せない。話をした本人が原料を知らないのもまた、不自然なことだと思った。

「そのように聞いております」

答えながら胸をよぎるのは、別の疑惑だった。手嶋幸之助は尾鹿藩、もしくは松平信明に、幕府御算用者の見張り役を命じられたのかもしれない。互いに正体を知りつつも、時期が来るまで真実を暴かないのが武家の倣《なら》いだ。

話を変えた方がいいと思ったのか、

「そうそう、昨日は非番でしたので、ぶらぶら歩きをしたのでござるが、不気味な瓦版を手に入れ申した」

幸之助は懐から一枚の瓦版を出して、渡した。鬼火の話ではないのかと思ったが違っていた。

「午年《うま》生まれの女子《おなご》が、口ばしりをするようになった」

数之進は読みあげて、幸之助に視線を戻した。口ばしりは憑依《ひょうい》を表す言葉であり、師巫《しふ》（霊媒呪術家）ではない素人が、いきなり神がかって語り始めることだ。

「さよう。町でも噂になっておりました。何人かいるようなのです。当たると評判になっている娘もいるようで、それがし、見に行ってみましたが」

言葉を切ったのは、勘定頭が目を向けていたからではないだろうか。ほとんど同役はいなくなっていたが、数人は残っていた。

「その話は、わしも聞いた」

勘定頭はこちらに来て、数之進の前に座る。残っていた数人も、まわりに集まって来た。みな瓦版で騒がれている風聞を無視できるほど達観《たっかん》できていない。好奇心満々という顔だった。

「両国橋は回向院《えこういん》近くの小間物屋の娘、玉枝《たまえ》よ。小火《ぼや》が出る場所を、ピタリと当てた由。一度ならず、三度までもとなれば信じるしかあるまいさ。火に関わることであるうえ、午年生まれとあって、憑《つ》いたのは八百屋お七に間違いあるまいと騒がれているそうな」

勘定頭の言葉に、数之進は同意する。

「確かにお七は、午年、それも丙午《ひのえうま》でございます。寛政十年（一七九八）が一番近い午年ですので、玉枝と申すその娘は今、数えで十五。丙午ではありませんが、お七が火炙《ひあぶ》りになったのは、十六でしたので年が近いと思います」

「それでは」

幸之助は、大きく目をみひらいた。

「まことに八百屋お七が、乗り移っているのでござろうか」

「そうかもしれぬが、火事の場所を当てるのは悪いことではない。小火で消し止められるではないか。大火にならぬよう、お七が教えているに相違《そうい》ない。口ばしりが起きるときは、決まって鬼火が飛ぶようじゃ。鬼火というのは、あれか。燃え移るものなのか？」

勘定頭に真顔で問いかけられてしまい、数之進はさすがに首を傾げた。

「それがし、鬼火にはまだ、出くわしたことがありませぬゆえ、わかりかねます。なれど、渋谷村あたりだと思いましたが、鬼火を見たという話はあるようです」

農家が焼けた云々は、敢えて口にしなかった。風聞は尾鰭《おひれ》がついて、事実とはまったく異なる話になりかねない。いいかげんなことは言えなかった。

「鬼火もまた、まことの話か。さて、いつまでも油を売っているわけにはいかぬ。われらも掃除に加わるとするか」

腰をあげた勘定頭に続こうとしたとき、

「数之進」

　一角が勘定方の部屋に来た。

「殿のお召しじゃ」

　短く告げて歩き始める。よけいな言葉はいっさいなく、笑みも浮かべていなかった。友の真剣な表情が事の重大さを示しているように思えて……数之進は小さく震えた。

三

　型通りの挨拶の後、

「忌憚《きたん》なき意見を聞かせてほしいと思うてな。来てもろうた」

　直之は、口火を切った。中奥の御座所にいるのは数之進と一角のみ。ここへ来たときに控えていた小姓方の二人は人払いされていた。

「は」

　数之進はいっそう畏まる。緊張が高まるのを止められない。すぐに話すかと思ったが、なかなか言葉が出なかった。

　――われらに確かめたいのではないか。

話の内容は想像できたが、こちらから言えるわけもない。重苦しい沈黙が流れた。

「殿」

一角が小声で促した。直之はわかっていると言うように頷いたが、それでも逡巡《しゅんじゅん》しているのが見て取れた。

「廊下に」

人はおらぬかと目を投げる。すぐに一角が動いて、庭に面した廊下や御座所の奥に続く出入り口の廊下を確かめた。

「だれもおりませぬ」

「さようか」

ひとつ咳払《せきばら》いして、続けた。

「常々、気になっていたことがあるのじゃ。はたして、幕府御算用者は、本当にいるのだろうか、とな。余は風聞の類《たぐい》ではないのかと思うておる。かような噂を流せば、お上の意向に反する者が動くだろう。公儀はそういった不届きな輩《やから》を、密かに粛正《しゅくせい》しているのではないか？」

自問含みの問いは、ずしりと心にひびいた。幕府御算用者は架空の存在であり、頼りにする藩があった場合、裏切り行為とみなして改易する。当初の目論見《もくろみ》は直之が告げたとおりで、そのせいか誤った考えを持つ者が少なくなかった。

「ひとつめのご質問に関しましては、それがし、幕府御算用者は間違いなくいると思うております」

数之進は力強く言い切る。はっとしたように直之は目を瞠《みは》った。流れを見て必要と思ったときには、幕府御算用者の手札を出そうと、このとき決めた。

「ふたつめのご質問に、僭越《せんえつ》ながらお答えいたします。不届きな輩を密かに粛正するという話は、真実ではございませぬ。幕府御算用者の支配役を務める両目付・鳥海左門様は、困窮する諸藩を助け、財政を立て直すことをこそ、目的としておられます。立ちゆかなくなった小藩に御算用者を送り込むのは、改易のために非《あら》ず。救うためにございます」

真っ直ぐ目を見て告げた。少し熱が入りすぎたかもしれないが、いつも自らに言い聞かせている。たとえ命を失うことがあれど悔いなし、と。

「なれど」

直之は言い淀んで言葉を止めた。一角がじりっと膝《ひざ》でにじり寄る。

「殿。言葉にしなければ伝わりませぬ。得心できぬことがあれば、なんなりとお訊《たず》ねくだされ。わかる限りのことは、お答えいたします」

「『手暗《てぐろ》三人衆』よ」

　ぽつりと言った。

「彼の者たちこそが、幕府御算用者と聞いた。諸藩を救うためではのうて、潰すために動いていると公言した由。過日、書簡にて伝えられたのじゃ。ゆえに不安が湧く。なにが真実で、なにが偽りなのか。だれが味方で、だれが敵なのか」

「…………」

　数之進は一角と顔を見合わせる。三人という数だけでもわかるが、おそらく林忠《はやしただ》耀《てる》、岡部平馬《おかべへいま》、渡辺甚内《じんない》たちだろう。幕府御算用者の偽物《にせもの》として、裏工作を始めているに違いなかった。

「彼の者たちは、幕府御算用者ではございませぬ」

　ふたたび言い切って、続けた。

「ご老中・松平伊豆守様の配下でございます。鳥海左門様の手下こそが、真実の幕府御算用者。騙《だま》されてはなりませぬ」

　手札を出すべきか、数之進は悩んでいる。直之のこういった言動こそが、幕府御算用者を始末するための罠《わな》かもしれない。判断を誤れば命が危険に曝《さら》されることになるのは必至。腹の探り合いになっていた。

「うむ」

直之は曖昧《あいまい》に同意し、物言いたげな目を向けた。幕府御算用者だと言うのであれば証《あかし》を見せよ、というような感じがした。

「ひとつ、伺《うかが》いたき儀がございます」

数之進は別の話を振る。かねてより気になっていることを確かめたかった。

「申せ」

「は。領地における鍛冶《かじ》の話をした折、釘《くぎ》のことが出ました。うたた寝しておられた佐野太郎兵衛様が、『ここにきて、かなり作られるようになっている、相当な量である』とお答えになられたのが、いささか気になっております」

「なにが気になっているのじゃ」

直之が訊いた。顔が少し強張《こわば》ったように見えた。

「その話の後、殿が八百屋お七の火除札《ひよけふだ》を出されたことでございます」

率直な疑問をぶつけた。深読みしすぎなのかもしれないが、数之進は大火を示唆《しさ》したように感じている。国許で釘が大量に作られるのはすなわち、大火が起きたときの準備に他ならないのではないか。

「『火が降れば降るほど鍛冶屋繁盛し』とは巷の俗諺《ぞくげん》でございますが、うまく表現したものよと、それがしは思うております」

言葉を切った数之進を、一角が「そうか」と継いだ。やっと得心できたに違いない。近々、大火が起きるのを知っているからこそ、急いで釘を作らせたのではないか。榊原三十郎が「釘か」と言った後、奇妙な間が空いたのも同じ理由からではないのか。

さらに鳥海左門と密議をした折、同じ話が出た。上役は「数之進は、釘が気になるか」と告げたが、理由を察していたからに他ならない。

江戸の町を紅蓮《ぐれん》の炎で焼きつくす。

煮《に》売《う》り屋《や》という商いができたのは、明暦三年（一六五七）の大火以後と言われているが、大火によって米価があがるうえ、焼け野原となった地を再興するために経済が動くのである。為政者《いせいしゃ》はそれを狙っているのだろう。どれだけ多くの被災者が出ようとも、彼の者たちには関係ない。

泣くのは常に弱い者だ。

――大火の企みが実行されるのは、三月三日やもしれぬ。

決行日の推測も浮かんでいる。家斉の御通抜が執《と》り行われる日の夜こそが、附け火の凶行が行われる日ではないのか。将軍が御城という安全圏に戻った夜、風向きを見て手暗三人衆が動くのではないか。

「…………」

今度は直之が、黙り込んだ。悪事に加担する恐ろしさに耐えかねて、太郎兵衛が釘の話をした後に、お七札を出したように思えた。

「物産掛と芸目付を兼ねておられる榊原様も釘の話が出たとき、『釘か』と仰せになりましたが、奇妙な間が空きました。次の言葉が出るかと思い、待っていたのでございますが、結局、なにも仰せになりませんでした」

大火が起きるのを知っていながら、素知らぬふりをして、藩の財政再建をするのか。人の命よりも小判を稼ぐ方が、大切なことなのか。

「余は」

直之の目から大粒の涙があふれ出した。

「藩を守りたい、奥や藩士を救いたい。今のままでは、それがならぬ。いったい、どうしたらよいのか」

小判は得られるかもしれないが、人としての道には外れることだと充分すぎるほどに理解していた。自分を責め、なにか策はないかと考えて、酒に溺《おぼ》れたのかもしれない。酔いどれ藩主は異常事態を訴えるための、無意識の行いだったのかもしれないが、直之の苦悩は無理からぬことといえた。

「殿」

数之進は、懐から手札を出して、一角に渡した。友は嗚咽《おえつ》を洩らす藩主のもとへ行き、手札と手拭いを渡した。

「これは」

目をあげた直之に答えた。

「『自《みずか》ら反《かえ》りみて縮《なお》くんば、千万人《せんまんにん》と雖《いえど》も吾《わ》れ往《ゆ》かん』。奥方様とのやりとりに出た言葉でございますが、われら身命を賭して、殿をお守りする覚悟でございます」

一角も隣に戻って、数之進ともども平伏する。

内省し正しいと確信したことは、千万の敵がいても私は突き進む、という意味だ。勇気は無鉄砲ではなく、内省による揺るがない確信から生まれる。意味がわからないほど酒に冒《おか》されてはいないだろう。

「あいわかった」

涙を拭って直之は言った。八百屋お七の火除札、子に関わる不審な出来事、そして、大火を予感させる危険な流れを変えるのは、並大抵のことではない。家斉の『御通抜』が大きな転機になるのは、おそらく間違いなかった。

「つきましては、殿にいくつかご提案がございます」

数之進は千両智恵を発揮する。

ここまで深く将軍家が入り込んだ事態を、収束《しゅうそく》させられるか否か。

幕府御算用者の真価が問われるときだった。

四

直之との密談の後、数之進と一角は、藩主の供をして尾鹿藩の下屋敷に向かった。家斉の御通抜が明後日に迫るなか、一刻も早く真実を摑まなければならない。下手に知らせるとすべてを隠されてしまうと思い、わざと先触れなどは送らずに訪れていた。

藩邸の奥御殿も気になるが、まずは下屋敷である。

「殿の御駕籠だと？」

表門の門番は、怪訝そうに眉をひそめた。

「いいかげんなことを言うでない。殿がおいでになるなど聞いておらぬわ。よりにもよって、よく考えたものよ。屋敷内に入り込み、賭場《とば》でも開くつもりなのであろう。その手はくわぬ」

渡り徒士《かち》や下級藩士たちが、武家屋敷で賭場を開くのは珍しいことではない。しかし、家紋入りの御駕籠といった道具を準備するだろうか。門番は潜り戸を閉めようとしたが、いち早く一角が戸を押さえた。

「安藤丹波守直之様、下屋敷を御通抜なさるお考えだ。今宵、信如様はおいでか」

下屋敷の主を呼んで来いと告げる。直之が乗った駕籠の供をして来たのは、数之進と一角、そして、左門の二人の配下だけだ。ちょうど藩邸の外で見張り役と連絡役《つなぎ》を務めていた頭役の又八郎と若手が加わっていた。

駕籠の陸尺《ろくしゃく》（担ぎ役）も交代で担ったのは、直之が不安を訴えたからである。命を狙う者の姓名はあきらかにしなかったが、藩主を亡き者にしようと画策する輩が少なからずいるらしい。用心のうえにも用心をと気配りしていた。

「おられると思うが」

門番は怪訝な表情のままだった。駕籠の中でやりとりを聞いていたのだろう。たまりかねたように直之が姿を現した。

「余は安藤丹波守直之である。信如様か、抱屋敷《かかえ》の奥に伝えよ。先触れを遣わす暇がなかったゆえ、知らせてはおらぬがな。相談いたしたき儀があって訪れた次第。今宵は下屋敷に泊まるつもりじゃ。この旨、しかと伝えるがよい」

胸を張ったが、下屋敷を訪れることなどめったにないのはあきらか。そのうえ、門番が藩主の顔を見知っているかと問われれば、だれもが否と答えるに違いなかった。持っていた提灯《ちょうちん》で直之を照らしたものの、案の定という感じで首をひねる。

「さあて、わしは殿のお顔を知らぬゆえ」

「信如様か、抱屋敷の奥方様を呼んで来い。今宵はことさら冷える。いつまでも殿をお待たせできぬぞ」

一角が強い口調で告げた。話している間も、赤子や子どもの泣き声が風に乗って聞こえて来る。夜を迎えてなお、下屋敷は賑やかな様子だった。

「はあ」

首をひねりつつ、門番はいったん中へ入る。頭のおかしな連中と思ったのだろうが、無視するわけにもいかず、とりあえずは上役の指示を仰ぎに行ったのかもしれない。

寒風が吹きすさぶなか、数之進は直之を御駕籠の中に戻した。

「しばしお待ちを」

「うむ。余の御通抜という言い方は、面白かった。上様に先駆《さきが》けてということじゃな」

「は」

静かに戸を閉める。

「数之進」

一角が、闇に覆われた道の先を指した。ほどなく下屋敷の見張り役をしていた杉崎春馬ともうひとりの配下が現れる。左門の配下が六人揃ったとなれば、これまでの経緯を報告し合う場となるは必至。

「昼間、輿《こし》や大八車が裏門に入って行きました。護衛役と思しき者たちは、しきりに周囲を気にしておりましたが、これらは、まだ、外に出て来ておりません。さらに、一昨日あたりからだったと思いますが、妊婦《にんぷ》の訪れが増えております」

春馬が言った。

「裏門を使うていたのですか」

数之進が訊き役を務める。

「はい」

「中に入った妊婦たちは、出て来ましたか」

「いいえ、表門と裏門を見張っておりましたが、いずれも出てまいりません。昨夜から今日の昼間にかけては、鳥海様が表門の監視役を務めてくださいましたので、間違いないと思います」

人手不足の御算用者は、支配役自ら探索や監視を務めるのが常だ。

「妊婦の様子を教えてくださいか。裕福な感じでしたか」

「いえ、貧しい農民や町人という印象を受けました。今にも生まれそうなほど大きな腹をしておりましたのが、共通しております」

春馬が小声で言った。仕草で腹が大きい様子を示している。数之進は「おかしい」と首を傾げた。

「お、出たな、おまえの十八番《おはこ》が。こたびはなにがおかしいのじゃ」

一角に促されて答えた。

「わたしは妊婦は他の場所で、子を産んでいるのではないかと思うていたのだ。そして、その子どもを子が授からぬ者に売っているのではないか、と」

「売る？　子どもをか!?」

頭役の又八郎が、大きな声をあげた。思わず出たという感じで、慌て気味に周囲を見やる。首をすくめて訊いた。

「屋敷内では、子どもの売り買いが行われていると？」

「そうではないかと思います。わたしが来たとき、子どもをおぶった夫婦者が出て来たのです。そのときは深く考えなかったのですが、尾鹿藩を調べ始めると、子どもがらみの話がよく出ることに気づきました」

「数之進の言うとおり、藩邸の奥御殿や下屋敷でも泣き声をよく耳にする。下は赤子から上は前髪立ちの十三、四歳までと、年齢差はあるものの、奥御殿を住まいにしている様子に思えた」

一角は仲間内の口調になっている。すぐには言葉が出なかったのだろう、一瞬、他の四人は黙り込んだ。子を売買するのは珍しいことではなく、子沢山の貧しい親が泣くなく幼い子どもを遊郭《ゆうかく》に売ることは日常的に行われている。しかし、そこに小藩が関わっている話は聞いたことがなかった。

「それで、なにが『おかしい』のじゃ」

再度、友が促した。

「今までは、表立って妊婦を下屋敷に来させたりはしなかった。ところが、ここにきて急に招き入れるようになっている。養子縁組の仲立ちだった裏の商いが、じつは捨て子の救済措置なのだと、外に向かって公言しているのではないかと考えた次第よ」

「裏の危うい商いを、ご公儀が奨励している表の商いに変えるためにか？」

又八郎の的確な問いに、数之進は同意する。

「はい」

藩主の直之に幕府御算用者の手札を見せたものの、お互いなにもかも話したわけではなかった。数之進はある程度のところで止めたし、むろん、直之もそうだろう。腹を割って話すには、今少し時が必要だった。

「断定はできませんが、尾鹿藩は貧しくて子を養えない親の、駆け込み寺になっているのかもしれません。確かに人助けの善行ですが、小藩が担《にな》うのはいかがなものかと思います次第」

捨て子は人の出入りが多い江戸よりも、地方の諸藩の方が引き取り手が少ないのは自明の理だ。比較的、もらい親が現れやすい江戸と違い、地方は定めが整えられていない。密かに行われる間引き（子殺し）は人口を減らすだけでなく、働き手を少なくしている。

幕府はそれを防ぐため、さまざまな策を打っているが、思うようになっていないのが現状だった。

「奇抜な策を考えるものよ。生田殿の調書を読むたび、わしは驚きに言葉をなくす始末じゃ。かような話があるわけがない、とな」

又八郎は苦笑いしていた。思いもよらない事実に、数之進も狼狽《うろた》えることが多いものの、できるだけ頭を柔軟にして対応してきた。

「慣れることはできませぬが、藩士のため、民のためと考えるようにしております」

「先程、早乙女殿の話に出た件ですが」

春馬がふたたび口を開いた。

「尾鹿藩の藩邸の奥御殿で見たという前髪立ちの男子が、もしかすると、秋月藩の新たな藩主やもしれぬというのが、鳥海様からのお言伝《ことづて》でございます。これを預かってまいりました」

と、懐から調書を出して渡した。いつものように左門自ら書き記したものに違いない。墨の匂いが立ちのぼる調書を、数之進は懐に収めた。暗すぎて読めないからである。

「鳥海様は、数之進の調書を熟読しておられるようじゃ。言われてみればだな」

一角が、ひとりごちる。

「元服を迎えたと思しき男子は、奥御殿には他におらなんだ。やけに目立っていたゆえ、よけい気になった次第よ」

「他にも不穏な流れがあります。ご覧いただくとおわかりになると思いますが」

春馬は数之進の懐を目で指して、続けた。

「『手暗三人衆』なる輩が、われらこそ、諸藩で風聞が広がりつつある幕府御算用者だと名乗りをあげた由。財政難の小藩に対しては、厳しい指南をするという触れを内々に通達したそうです」

「同じ話を丹波守様より伺いました」

数之進は意識して声をひそめた。

「尾鹿藩の騒動を利用して、われらを潰すお考えなのではないかと思います。鳥海様のご存念を確かめたことはありませぬが、それがしは従う所存です」

「それがしも同じ考えでござる」

すぐに一角が受ける。

「幕府御算用者になりたいと申し入れたとき、鳥海様にこの命、預けましたゆえ、異存はございませぬ」

どんな命令を受けようと、両目付・鳥海左門に従うと決めていた。われらを潰すという数之進の言葉はすなわち、幕府御算用者を抹殺《まっさつ》するという意味であり、後ろにいるのは将軍・家斉だとわかっているに違いない。

「それがしは今一度、考えてみたいと思います」

若手が正直な考えを告げた。頭役の又八郎は、軽く相方の肩を叩いた。

「無理をすることはない。危険なお役目であることは、鳥海様が最初に仰せになられた通りよ。もし、迷いがあるようならば、今すぐ降りてもかまわぬ」

「いえ、こたびのお役目は遂行いたしたく存じます。かような考えは許されぬのやもしれませぬが、それがし、尾鹿藩でなにが行われているのか、興味がござりますゆえ」

好奇心や報酬に釣られて動くことを責められなかった。数之進とてはじめは、姉たちが作った多額の借財を返済するためである。戦のない時代が続き、命のやりとりをしない状況になっている。他者のために命を懸《か》けられるかと問われたとき、はたして、何人が即座に応と答えられるだろう。

「涌井藤四郎殿だが」

又八郎が言った。

「気乗りしない様子だったが、お七札を売る件を承諾させて、講元のひとりと思しき大竹長頼に接近させた。大竹はトカゲの尻尾《しっぽ》切りに遭うやもしれぬがな。動きを摑むぐらいはできるはずじゃ」

「右手の甲に星形の痣を持つ歩き巫女は、いかがですか。見つかっておりませぬか」

数之進の問いに、又八郎は小さく首を振る。

「まだじゃ。もしかすると、中に」

ちょうど又八郎が目を向けたとき、表門や潜り戸で人の気配がした。

「ようやく、ご返答のようだな」

一角の言葉が終わらないうちに、小袖姿の女子が小走りにこちらへ来た。下屋敷を取り囲む塀沿いに近づいて来る。提灯を持つ二人の侍女をともなっていたのは、真葛《まくず》だった。直之かどうかの確認役なのは間違いない。

「これは、奥方様」

蹲踞《そんきょ》した一角に、全員が倣《なら》い、畏まる。真葛は御駕籠のそばに屈み込み、戸を小さく叩いた。侍女たちも隣に屈み込んで、提灯を戸に近づける。

「殿。真葛でございます」

「おお、夜半にすまぬ」

直之は自ら戸を開けた。

「身体は大丈夫か、変わりはないか」

はじめに身籠もった妻を労《いたわ》る言葉が出た。

「はい」

笑みを浮かべて答えた。声だけでもわかっただろうが、提灯に照らされた顔を見て、真葛は潜り戸付近に控えていた門番や藩士を肩越しに振り返る。

「なにをしているのですか、早く御門を開けなさい。そのほうたちの主、丹波守直之様ですよ。殿のお成《な》りです」

「は、はい」

表門は、にわかに慌ただしくなる。真葛が藩士ではない又八郎たちを咎《とが》めるかと思ったが……気づかなかったのか、気づかないふりをしたのか。

制止や誰何《すいか》の声は発せられなかった。

――やはり、殿は奥方様と仲睦《なかむつ》まじくお過ごしなのやもしれぬ。

数之進たちが屋敷へ入ろうとしたとき、

「今宵はずいぶんと御門前が立て込んでおるな」

背後で男の声がした。

五

男は何人かの供を連れており、その中のひとりは今し方、話に出たばかりの涌井藤四郎だった。

「大竹長頼でござる」

又八郎が、数之進の耳もとに囁いた。

なるほど、と、得心する。『乾《いぬい》の旗本』と数之進たちが呼ぶ定火消《じょうびけし》の男は、皮肉めいた笑みを浮かべていた。抜け目なさそうな目が、数之進たちの間を忙《せわ》しく行き来している。供をして来た配下は藤四郎を含めて四人。彼の者はいささか当惑した様子に思えたが、下手なことは言わぬがよしと判断したらしく、特に言葉は発しなかった。仕草でしきりに後ろを指していた。

——歩き巫女か。

一行は、後ろに四、五人の歩き巫女を連れていた。お七札を売り歩き、塒《ねぐら》へ帰って来たように見える。もしかしたら、右手の甲に星形の痣《あざ》を持つ女子がいるかもしれなかった。

「三宅殿」

数之進は右手の甲を指した。無言で頷き返した又八郎は、若手とさりげなく動こうとしたが、

「おや、奥方様ではござらぬか」

長頼がそうはさせじとばかりに身体で行く手を塞《ふさ》いだ。

「さらに御門の前に停められているのは、釘抜《くぎぬき》の家紋が入った御駕籠。もしや、殿のお成りでございまするか。下屋敷への訪《おとな》いとはこれまた、珍しいことがあるものよ」

「早う御駕籠を中へ」

真葛は長頼を完全に無視した。先に立って歩き、駕籠や数之進たちを下屋敷内に招き入れようとする。この言動が気に入らなかったのはあきらか。

「お待ちを！」

長頼は両手を広げて表門の前に立った。

「門番、信如様にはお知らせしたのか」

「あ、いえ、奥方様がおいでになりましたので」

「お知らせして来い。奥方様、下屋敷は信如様のお屋敷。たとえ殿といえども、勝手に入れませぬ。確かめますゆえ、お待ちくだされ」

長頼が門前に移ったのを見た一角は、素早く巫女たちに近づいた。星形の痣を持つ巫女を確かめに行ったのだろう。友が目立たぬように、数之進は長頼と対峙《たいじ》するべく前へ出た。視線を遮《さえぎ》るためであるのは言うまでもない。意図を察した又八郎たちも、うまく陣形を取った。

——星形の痣を持つ巫女がいれば、下屋敷のだれかが講元という話が、真実味を増すのは確かだ。

言いのがれるのもまた、確かだろうが、お七札と下屋敷の繋がりをはっきりさせられる。すべてを眼前の大竹長頼に押しつけて、真実の講元は表に出てこないかもしれないが、それでも小さな点を繋いでいくしかなかった。

「そこを退《ど》きなさい。殿のお成りですよ」

真葛は気丈に告げた。長頼の配下のひとりが下屋敷の藩士を呼びに行ったのか、いつの間にか表門には、十人ほどの藩士が集まっていた。腰に携《たずさ》えた刀の柄を左手で持ち、威嚇《いかく》するように睨《にら》みつけている。

「ずいぶんと荒っぽい出迎えですね。中に入られると都合の悪いことでもあるのですか。信如様には、殿とわたくしからお話しいたします。門を開けなさい」

「御通抜じゃ」

直之が駕籠の戸を開けて言った。

「恐れ多いことやもしれぬが、上様に倣い、今宵の訪いを決めた次第よ。下屋敷も余の屋敷のひとつじゃ。奥が言うたように、義母上《ははうえ》には中でご挨拶いたす。駕籠を中に入れよ」

「信如様のお許しがなければ、御門は開けられませぬ」

長頼は頑《かたく》なに言い張る。直之は駕籠から出て、門を開けろと迫った。大奥に奉公していた信如の威光を笠《かさ》に着て藩主の訪いを拒むとは……もしや、と、数之進の胸には疑問が湧いている。

——今日は『集金日』なのか？

月が変わったばかりの日は、お七札を売った金子を真実の講元に運ぶ日なのではないか。

二月の末に集めた小判や銭を選《よ》り分けて、冥加金《みょうがきん》の名目でお届けするのが、朔日《ついたち》であるように思えた。

何人かの話によると、お七札の値は相手によって変わるようだ。下は十六文から上は一両のようだが、当然、小銭が大量に集まる。運ぶためには輿や大八車が必要になるかもしれなかった。

春馬の話に出た一部が甦《よみがえ》っていた。

——あるいは、時間稼ぎをしているのやもしれぬが。

藩主夫妻は協力者に思えたが、あらかじめ大竹長頼に連絡を取っていたのではないだろうか。数之進たちを屋敷内に入れないための策なのか。

「いたぞ」

一角が小声で囁いた。足音や気配をさせないため、声を発するまで気づくことができなかった。

「巫女たちは、みなお七札を持っている。大竹に命じられて、売り歩いていると言うていた。夕方、武家屋敷、これはおそらく大竹の屋敷だろうが、そこに集まってこの屋敷に来るとか」

「講元がだれかまでは」

数之進の問いには小さく首を振る。

「わからぬ。なれど、大竹が頭役として動いているのは、まず間違いなかろうな。星形の痣を持つ女子は熊野の歩き巫女だが、他の女子は振り売りや細々と小商いをして生計《たつき》を立てていた由。去年の十二月に、声をかけられて始めたようじゃ。巫女装束などは用意されていたというからな。かなり大がかりな話よ」

訊かれるまま女子たちは素直に答えたようだが、いざお取り調べとなったとき、はたして、今のように答えるだろうか。

「殿。かようなところで押し問答を続けるのは、あまりにも、なさけのうございます。抱屋敷においでくださいませ」

真葛が見かねたように切り出した。それがきっかけとなって、鳥海隊は分かれる。数之進と一角は直之の供役、春馬たちは下屋敷の裏門掛、そして、又八郎と若手は表門掛となった。藩主であるにもかかわらず、駕籠の担ぎ手はいない。数之進と一角がもう一度、陸尺役を務めて抱屋敷に運んだ。

──われらがいなくなれば動きが出るはずだ。

数之進の考えどおり今日が集金日だった場合は、目立たない夜に運ぶだろう。真っ直ぐ真実の講元へ行くのではなく、両替商の家に向かうように思えた。人手があれば両替商の家近くで到着を待つのが得策だが、そこまで手配りできなかった。

「奥方様。お待ちください」

一角が言い、立ち止まる。少し遅れて数之進も、抱屋敷の表門の前に立つ人影を確認した。いったん駕籠を降ろして、真葛や侍女を後ろにやり、二人は静かに近づいて行った。

──幽霊か？

数之進はすでに腰が引けている。立っていたのは年若い少女で、振り乱した髪や裸足の足が目についた。表門の近くに設けられた石灯籠《いしどうろう》の灯《ひ》を受け、両目がやけに光っているように感じられた。

「何者じゃ」

一角が訊いた。少女は表門に向けていた顔を、ゆっくり二人に向ける。緩慢《かんまん》な動きが、よけい薄気味悪かった。

「穢《けが》れがある」

門を指さしてぼそっと告げた。年は十四、五歳ぐらいだろうか。町娘といった感じの着物姿で、髪をきちんとまとめれば可愛くなるに違いない。数之進は亡霊かもしれないと思っていたが、裸足のままなのが気になった。

「足が冷たかろう。これを履くがよい」

予備の草鞋《わらじ》を出して足下に置いてやる。少女の目は数之進と草鞋をしばし行き来していたが、危険ではないと判断したのかもしれない。草鞋を履き、二人に向き直った。

「本所の方角、附け火、小火《ぼや》があちこちで起きる」

抑揚のない声で告げる。乾の風ではなく本所の方角と聞いて「そうか！」と閃いた。あのあたり、両国橋回向院の近くには、広大なあれがあるではないか。真実の敵の思惑は読めたが、念のために訊き返した。

「附け火はいつ起きるのだ？」

「三月三日」

はっきり答えた。年齢や町人と思しき着物姿が、数之進にふたたび閃きをもたらした。

「もしや、そなたは玉枝《たまえ》さんか？」

「玉枝というのは、この身体を持つ女子の名。わらわは玉枝に非《あら》ず。お七なり」

「お七」

一角が呟き、「おお！」と声をあげた。

「八百屋お七か、いや、お七さんか？」

すでに神霊化され始めたお七を、呼び捨てにはできなかったのだろう。玉枝に憑依したお七は、こくんと頷いた。

「なぜ、尾鹿藩の抱屋敷に」

思わず出た数之進の問いを受ける。

「下屋敷に剣呑《けんのん》な邪気《じゃき》あり。そして、こちらの屋敷には穢れの気配あり。気づいたときには、ここに来ていた」

やりとりが気になったのか、

「どこの、だれじゃ」

直之と真葛が、後ろに来ていた。

「この者は口ばしりの噂で瓦版を賑わせている女子、玉枝でございます。両国橋は回向院近くの小間物屋の娘でございまして、小火が起きる場所を言い当てる由。自分は八百屋お七だと申しております。どうも尾鹿藩の下屋敷と抱屋敷に、なにかを感じたようでございまして」

「使いを出して家人に迎えを頼みましょう。とにかく中へ」

真葛が女性らしい気配りを見せる。

「殿のお成りです。御門を開けなさい」

表門の前に立ち、凜《りん》とした声をあげた。直之に対する敬意を周知させるためであるとともに、自分の屋敷を訪ってくれる喜びも感じられた。やさしい面になっている。

直之は二人の侍女と歩いて屋敷に入り、数之進たちは駕籠を担ぎ入れた。

「いかがした？」

敷地内に入ろうとしない少女を振り返る。

「穢れがあるゆえ、入れぬ」

そう言った後、背伸びするようにして表玄関を見やった。

「桃《もも》じゃ、邪気を祓《はら》う桃の良き香りがする」

おそるおそるという感じで入る。確かに玄関の大きな花瓶に桃の一枝が活けられていた。すでに盛りを終えた花だが、素晴らしい薫りを放っている。数之進と一角は、少女とともに表玄関へ入った。

「大儀《たいぎ》であった」

直之は玄関の上がり框に腰かけている。

「花が、余を歓迎してくれておるな」

「はい。この桃の木だけが、遅れて咲きました。今宵は下屋敷にお泊まりかと思うておりましたが、お支度だけは調《ととの》えておこうと思いまして」

真葛が弾《はず》むような声で答えた。

「あまり気遣わずともよい。腹の子にさわるゆえ」

「お気遣い、嬉しゅう存じます」

頬を染めたその表情が、幸せにあふれていた。侍女が用意して来た足を洗う湯桶《ゆとう》を、一角が受け取る。

「それがしが」

直之の世話掛を買って出た。数之進は刀と脇差を外して、しばし平らかな気持ちに浸っていたのだが……急に廊下の先が騒がしくなる。早くお医師を、もう駄目かもしれませぬといった女子たちの緊迫したやりとりが聞こえた。

六

「穢れじゃ」

少女はもう一度、繰り返して、廊下の先を指さした。活けられた桃の傍らに立ち、玄関の三和土《たたき》から動こうとしなかった。

「何事ですか」

真葛の問いかけより早く、若い侍女がこちらに来た。

「昨日の夕刻、生まれた男児の具合がよくありません。下屋敷の吉井様にお医師の手配をお願いしたのですが」

「吉井政友は、下屋敷にいるのか」

直之は玄関にあがって奥方に確かめた。

「そうだと思います。わたくしは会うていませんが、何日か前から来ているという話は聞きました」

「なるほど。それゆえの門前払いであったか」

苦笑まじりに言った。まさに門前払いだったわけであり、吉井政友がお七の火除札の講元や養子縁組の纏《まと》め役を担っているのが、今の言葉に表れているように感じられた。

――それにしても、抱屋敷で妊婦が子を産むとは。

下屋敷がその場ではないのか。どういう経緯があるのか。疑問はあったが、なによりも大切なのは人の命だ。

「それがし、薬草を携えております。助けられるかどうかはわかりませぬが、お許しいただければ赤子《あかご》を診《み》ます」

数之進の申し出に、真葛が頷いた。

「頼みます」

先に立って案内する。奥まった座敷は、沈鬱《ちんうつ》な空気に覆われていた。母親は懸命に乳を吸わせようとしていたが、赤子はすでに顔が青黒く変色している。診るまでもなかった。

「…………」

数之進は無言で首を振る。おそらく驚風《きょうふう》――漢方医学で言うところの幼児のひきつけを起こす病と思われた。脳膜炎《のうまくえん》の類と言われているが、胎毒《たいどく》の影響もあるかもしれない。母親は痩《や》せ細って栄養状態が良いようには見えなかった。

――お七の言うた穢れとは、このことか。

見事に当てていた。それでは、乾の風ではなく、本所の方角というあれも事実なのだろうか。数之進は乾の旗本である大竹長頼が指揮を執り、附け火を行うのではないかと思っていたのだが……。

「母親が無事なので安産ですね」

真葛は、一般的なことを敢えて告げる。助かった母親を励ます意味もあったろう。数之進は「はい」と小さな声で答えた。

やりとりが耳に入ったのか、

「お医師なのですか、うちの子を、うちの子を診てください」

母親が嬰児《えいじ》を差し出した。侍女のひとりがそれを止め、真葛は数之進を促して、廊下に出る。

「母親の具合が悪かったので、預かってほしいと信如様に頼まれたのです。下屋敷は色々と忙しいらしく、落ち着かないからという理由でした。殿に使いを出してお伺いしたところ、人助けゆえ仕方あるまいと申されまして」

問わず語りの答えを告げた。あくまでも下屋敷とは一線を画しており、やむなく行った人助けだと言いたいのかもしれない。当初、藩主とは対立しているような印象を受けたが、吉井政友たちを欺《あざむ》くためだったのかもしれなかった。

──そういうふうに思わせておけば、尼御前や吉井政友たちから話が得られる。

事実、信如は妊婦を預けた。推測どおりであるのは、ほぼ間違いないように思われた。

「母親にこれを」

数之進は、懐から薬草を入れた巾着《きんちゃく》を取り出した。いくつか入れておいた小袋のひとつを真葛に手渡した。

「滋養強壮《じようきようそう》や沈痛《ちんつう》効果のある五加木《うこぎ》です。お産の後となれば、痛みがありましょう。多少なりとも、やわらげばと思います」

「わかりました。すぐに煎《せん》じて飲ませます」

「数之進」

やりとりに割って入ったのは一角だった。玄関先で早くも下駄を履いている。又八郎の相方が、三和土に立っていた。数之進は玄関へ行き、いったん外した刀と脇差を、ふたたび腰に携える。

「剣呑な邪気、附け火の科人《とがにん》、本所の方角」

袖を摑んで告げた少女の手をそっと外した。

「そなたはここで待つがよい」

言い置いて、一角や若手と下屋敷を走り出る。外は風が強くなっていた。

「輿と大八車が出て来た後、裏門掛の杉崎殿たちが尾行しようとしたのだと思います。ところが突然、輿の警護役だった者が斬りつけて来たとか」

若手が走りながら言った。

「笛《ふえ》の音が聞こえたため、お頭と一緒に動こうとしたのですが、生田殿たちに知らせろと命じられました次第」

緊急時は笛を使えと左門に言われていた。通常、昼間はウグイス、夜はフクロウの鳴き声で呼ばれるのだが、そんな悠長な状態ではなかったのだろう。闇に沈む道の前方に、いくつかの提灯の灯が揺れている。

刃鳴りや叫び声が聞こえてきた。

「早乙女一角、助太刀《すけだち》いたす！」

一角が大声を張りあげて、刀を抜いた。加勢の叫びを聞いて逃げればよしという気持ちがあったに違いない。一行は目の部分だけが空いた黒い頭巾を被っている。数之進と若手も刀を抜き、斬り合いの現場に突進した。

停められた輿や大八車の護衛役は、総勢二十人ほどだろうか。下屋敷の裏門を出てすぐに斬りかかったのは、応援を呼びやすいからに思えた。こちらはわずか六人、相手は三倍以上の数だ。

さらに増えた場合には、とうてい防ぎきれなくなる。

——ここで、われらを始末するつもりか。

手練《てだ》れを揃えたのは確かで、護衛役たちからは凄《すさ》まじい殺気が感じられた。数之進は一角と背中合わせになって迎え撃つ。左右から突き出される刀を避けながら、深く踏み込んだ。右側のひとりの利き手を思いきり斬りつけながら、返す刀で左側のひとりの腹を浅く突いた。

「うっ」

怯《ひる》んだ二人がさがると、代わりの二人が前に出て来る。左門の武道場で稽古に励む成果が表れていたが、長引けば不利になるのは確かだ。新手が下屋敷から出て来ないうちに逃げなければならなかった。

——ここで御算用者の手札を出せば、応援が出て来るのは間違いない。

輿は戸が閉められており、荷車の荷物は大きな布で覆われている。あるいは布ではなく油紙かもしれないが、荷を改めるのは困難だった。

「隙を見て退《ひ》くぞ」

又八郎が告げたものの、すぐさま激しい斬り合いとなる。数之進と一角の小さな砦《とりで》に、若手が加わって三人の陣形を作った。又八郎と春馬たちも三人で同じように対峙する。うまく抱屋敷まで移動できれば、なんとかなるはずだが……。

「賊《ぞく》じゃっ、賊が現れた！」

ひとりが叫び声をあげた。聞き憶えのある声は、国目付の吉井政友であろう。寄生地主として下剋上《げこくじょう》を企んでいるのかもしれない男は、企みを実現するべく死に物狂いになっていた。

「各々《おのおの》がた、お出会いめされよ。『上様への献上品』を奪おうとしておる賊じゃ。盗人《ぬすっと》はこの場で成敗してくれるわ。お出会いめされよ、賊でござる！」

罠《わな》であるのが、はっきりした。表門の潜り戸から飛び出して来た藩士は十人ぐらいだが、戦っていた数人はすみやかに下屋敷内へ戻る。数之進たちを疲れさせて息の根を止めるつもりなのだ。

──荷のことしか考えなんだのは、わたしの不覚。

どちらが早く先を読めるか、勝負はそこにかかっている。『よもや上様への献上品』を公《おおやけ》にするとは思わず、仲間たちを死地に曝《さら》してしまった。盗賊に貶《おとし》められたうえ、命を奪われるしかないのだろうか。逃げる隙を見出《みいだ》せなかった。

「おれが盾《たて》になる」

一角が告げた。

「その間に、おまえは三宅様たちと行け。鳥海様にお知らせしろ」

「できぬ」

数之進は答えて、上段に構えた相手の胸元をつらぬいた。今までは主に足を狙い、歩けなくさせていたのだが、もはや手加減するどころではない。一角が深く踏み込み、数之進はさがった男の背後にまわる。

「はぁっ」

後ろから袈裟《けさ》斬りをお見舞いした。正々堂々と戦いたいが上覧試合ではない、真剣の戦いだ。素早く三人の陣形に戻る刹那《せつな》、

「あうっ」

横から伸びた刀が、数之進の右脇腹に突き刺さる。とっさに左へ逃げ、幸いにも深く斬られずに済んだ。

「数之進!?」

「大事ない、掠《かす》り傷《きず》だ」

「うおぉっ」

いきなり一角が吼《ほ》えた。脇差を抜き放ち、二刀流になって襲いかかる。数之進が斬られたのを見て激昂《げっこう》したのは間違いない。腹を刺されたひとりがのけぞって倒れ、ひとりの首から鮮血が噴き出した。

「それまで！」

突如、力強い声がひびきわたった。

「鳥海様」

数之進は安堵しながら隣に畏まる。左門は二人の配下を随《したが》えていた。二人を斬り捨てて興奮冷《さ》めやらぬ一角も、素早く蹲踞《そんきょ》の姿勢を取る。他の四人も後ろに控えたが、仲間を殺《や》られた尾鹿藩士たちはおさまらなかったのだろう、

「てやぁっ」

ひとりが斬りかかったものの、左門は刀を素早く一閃《いっせん》させる。浅く斬りつけた右手首から刀が離れて、落ちた。

「それがし、幕府両目付・鳥海左門。どうやら互いに誤解があった様子。これ以上の邪魔はせぬゆえ、荷を運ばれるがよい」

武家の得意技、なかったことにする策を出した。

戸惑ったような間の後、

「ご免」

吉井政友らしき男が動いた。仲間たちを促して、輿と荷車を運び始める。残った数人が命を落とした者や怪我人《けがにん》を、すみやかに下屋敷へ運び入れた。動き出した『上様への献上品』の列を、少女が指さしている。真葛と侍女が守るように隣に立っていた。

「附け火男、本所の方角、あちこちで起きる小火、三月三日」

白い指は、一番後ろにいた男に向けられている。

数之進たちの視線に気づいたのか、睨みつけながら通り過ぎて行った。もしかすると、大竹長頼かもしれない。

――そうか。

ここでまたしても閃きが訪れた。附け火をした徳蔵が、どうして、目立つ昼間を選んだのか。あのときも、そう、乾の風が吹いていた。

乾の風、乾の旗本。

乾の方角だと思い込ませるためだったとしたら、得心できる。附け火が行われるのは、本所の方角ではないのか。

定火消の役目を担う者が、附け火をしたとき――。

業火に包まれる江戸の町が視《み》えた。

第七章　御通抜《おとおりぬけ》の罠

一

そして、三月三日。

尾鹿《おじか》藩の藩邸では、華やかな宴が催されている。早朝に訪れた家斉《いえなり》は、そのまま奥御殿に案内されて、離れの『雛屋《ひいなや》』やいくつかの座敷に飾られた雛人形《ひなにんぎょう》、さらには中庭に設けられた屋台を見てまわっていた。

鰻屋《うなぎや》、蕎麦屋《そばや》、餅屋《もちや》などに混じって、なぜか三番目の姉・三紗《みさ》の飴屋《あめや》〈みはる〉も屋台のひとつとして並んでいる。これが存外《ぞんがい》、人気を博しており、家斉は飴をなめながら座敷を眺めていた。本日は奥御殿への出入り自由とあって、藩士たちもまた、談笑しながら、和やかに中庭で屋台の品を味わいつつ、楽しんでいた。

――手嶋《てじま》殿。

数之進《かずのしん》は、同役の幸之助《さちのすけ》が気になっている。秋月《あきづき》藩の藩士としてのお役目――おそらく、跡継ぎの養子縁組については終わったはずなのに、なぜ、まだいるのか。家斉の御通抜《おとおりぬけ》に興味を持ち、今少し残ることにしたのだろうか。

――御家騒動の顚末《てんまつ》を見届けるよう、命じられたことも考えられるな。

しかし、秋月藩は尾鹿藩の本家ではないし、姻戚《いんせき》関係があるわけではない。剣呑《けんのん》な空気になりかねない流れも考えられるため、数之進であれば即刻、退場したいところだった。

〝国目付《くにめつけ》の吉井政友《よしいまさとも》は、寄生地主《きせいじぬし》となって領地を支配しようとしていることが、あきらかになった〟

と、昨夜、左門《さもん》との密議で伝えられていた。手暗《てぐろ》三人衆の配下として動く吉井政友、そして、吉井政友の手足となって動く乾《いぬい》の旗本《はたもと》・大竹長頼《おおたけながより》。物産掛であり、芸目付《げいめつけ》でもある猪武者《いのししむしゃ》・榊原三十郎《さかきばらさんじゅうろう》がどちらに属しているのかまでは、わからない。あるいは中立を保っているのかもしれなかった。

手暗三人衆の後ろに控えているのは、たった今、御通抜を実行中の徳川家斉であるのは確かだろう。家斉は尾鹿藩が八百屋お七《しち》の火除札《ひよけふだ》の講元《こうもと》であることや、後継者問題を抱える諸藩に対して、密かに養子縁組を執《と》り行っている件などを『なかったこと』にするために、やむなく姿を現したように思えた。

——やむなく、ではないやもしれぬが。

苦笑を禁じえない。家斉は藩主夫妻と信如《しんにょ》の案内で座敷をまわっているのだが、相《そう》好《ごう》を崩《くず》しているのが遠目にも見て取れた。無事、『上様への献上品』を受け取ってご満悦《まんえつ》なのだろう。尾行した又八郎《またはちろう》たちによると、輿《こし》と荷車は数之進の考えどおり、いったん金座《きんざ》に運ばれたようだ。輿には小判、荷車には銀貨や銭が積まれていたに違いなかった。

座敷を出ると、家斉の後ろに笛《ふえ》や鼓《つづみ》の楽隊が続く。移動するに従って、楽の音《ね》が廊下に流れた。

「大変じゃ」

どこかへ行っていた一角《いっかく》が戻って来る。

「どうしたのだ」

「いいから、来い。驚きすぎて腰をぬかすでないぞ」

「大仰《おおぎょう》なことを」

笑って、友の後に続いた。古い雛人形が飾られた座敷、諸藩の珍しい雛人形が並べられた座敷では、酒肴《しゅこう》のもてなしが調《ととの》えられている。家斉は一番最初の古い雛人形の座敷で、着飾った侍女たちに酒を注《つ》がれていた。

「上様はお楽しみのようだな」

数之進も自然と笑みを浮かべている。生臭《なまぐさ》い浮き世とは無縁の場に足を踏み入れて、敵対関係にあることをいっとき忘れていた。笛や鼓の音が流れるなか、一番奥まった座敷に着いた。

「『生雛人形《いきひなにんぎょう》』か」

そう記された座敷には、緋毛氈《ひもうせん》が敷かれた二段の大きな雛壇《だい》が設けられており、内裏雛《りびな》と三人官女に扮した者が澄まし顔で座っている。人形ではなく、人間が雛人形になっていたのだった。

「ずいぶんと凝《こ》った趣向……」

内裏雛に目をやった瞬間、

「あ、姉様《あねさま》!?」

思わず大きな声が出た。女雛に扮していたのはだれあろう、杉崎《すぎざき》三紗ではないか。がくっと力が抜けた数之進を、一角が素早く支えた。

「だから言うたではないか、腰をぬかすでないぞ、と」

「い、いや、まさか、姉様が」

　なぜ、どうしてという疑問が渦巻《うずま》いている。冨美《ふみ》と繋《つな》がりのある蓬春尼《ほうしゅんに》の伝手《つて》で信如に会い、俗に言うところの袖《そで》の下《した》を送った結果、ここにいるのは間違いなかった。

「親父殿も来ているゆえ、小判掛《がかり》を受け持ったのであろうさ。考えたのは、三紗殿であろうがな。五色飴《ごしきあめ》を売り込むつもりのようだが、いやはや、神出鬼没《しんしゅつきぼつ》というか。われらの予測を裏切る女子《おなご》じゃ」

「感心している場合ではない。上様がおいでになる前に、退出させなければならぬ。杉崎殿はいかがしたのか。反対できなんだのか」

「なにも言っておらぬのであろう。それにしても、よう化けたものよ。十七、八にしか見えぬ。蓬春尼様であったか、上様は三紗殿のような瓜実顔《うりざねがお》の別嬪《べっぴん》が好きと聞いた憶《おぼ》えがある。うまくいくと、違うか、下手をするとお目に止まってとなるやも」

「困る！」

　二度目の大きな声を、慌てて小さくする。

「姉様は人妻だ。飴を売り込みたい気持ちはわからぬではないが、たとえ上様のお目に止まろうとも、大奥になどあがれるはずがない。いったい、なにを考えておられるのか」

「なにも考えておらぬのさ。思い立ったが吉日《きちじつ》、これは三紗殿にとってだがな。われらにとっては凶日《きょうじつ》の始まりよ」

話しているうちに、家斉一行が問題の座敷に入った。澄まし顔の三紗は、瞬《まばた》きするのを我慢《がまん》しているのか、切れ長の目を開いて正面を見据《みす》えている。紅《べに》をひいたおちょぼ口が、弟の目から見ても愛らしかった。

「おお、これは、なんと」

家斉が生きた雛人形を見たとたん、おもむろに三人官女が動き始める。楽隊の音に合わせて、優雅に舞っていた。家斉は用意されていた座敷の上座に腰を落ち着け、満面の笑みを浮かべている。三人官女が舞うなか、男雛が立ちあがり、最後に女雛が静かに座敷へ降りた。

生田《いくた》家の三姉妹は、幼い頃から書や論語は言うにおよばず、裁縫《さいほう》や華道、香道、踊りといった芸事《げいごと》を嗜《たしな》んでいる。三人官女が内裏雛の引き立て役となって、いっそう華を添えていた。

五人は、踊りを終えて畏《かしこ》まる。

「不束《ふつつか》ながら、上様に雛の舞いを御奉納《ごほうのう》いたしたく思い、一指《ひとさ》し舞わせていただきました。お楽しみいただけましたなら幸いにござります」

代表して三紗が告げた。

「苦しゅうない。面《おもて》をあげよ」

家斉自ら声を掛け、五人は顔をあげる。庭から見ていてもわかるほどに、家斉は三紗に食い入るような眼差《まなざ》しを注いでいた。

「そのほう、名は？」

好色心《すきごころ》を刺激されたのは確かだろう、熱を帯びたような目をしていた。対する三紗は冷静そのもの。いつも以上に落ち着いていた。

「杉崎三紗と申します」

「さようか」

「上様」

案内役のひとりだった信如が割って入る。廊下に平伏《へいふく》した。

「杉崎三紗には、夫がおります。あまりにも美しいため、わたくしが頼んで女雛に扮《ふん》してもらいました。浅草の奥山《おくやま》で五色飴を商う〈みはる〉の女主でございまして、先程、上様がひときわ愛《め》でておられた飴は、彼の者が考えた品にございます」

肩越しに中庭の屋台を振り返る。この推《お》し方から察するに、相当、袖の下を摑《つか》まされたようだ。おそらく後のことを考えて、事実を告げたに違いない。家斉は遠目でもわかるほどに落胆《らくたん》を見せた。

「人妻であったか」

諦《あきら》めきれない様子が、横顔に漂っている。古来、家臣の妻を無理やり奪う支配者も少なくない。数之進はハラハラしていた。

「直答をお許しいただけますか」

大胆にも三紗は問いを投げた。

「許す。申せ」

「はい。江戸には裕福な者がいる反面、貧しい女子もおります。わたくしはそういう者たちに五色飴の作り方を伝えて、生計《たつき》が立つようにいたしたく存じます。上様にお許しいただけますれば、なによりの励《はげ》みとなりますが、いかがでございまするか」

よどみなく自分の考えを申し述べる。肚《はら》の据《す》わり方が並大抵ではなかった。我欲《がよく》は善行に隠れて目立ちにくくなるうえ、偽《いつわ》りではないのだから、答えは決まっている。

「他者を思う気持ち、天晴《あっぱ》れなり。食してみたが、口のなかに入れた瞬間に溶ける感じがたまらぬ。いくらでも味わいたくなる飴じゃ。大奥御用達《ごようたし》として特別に取り立てようではないか」

「えぇっ」

と、声をあげたのは信如だった。いっせいに向けられた視線を感じ取ったのは確かだろう、狼狽《うろた》えたように言い添えた。

「上様のお引き立てがあれば、鬼に金棒。杉崎三紗は果報者でございます。三紗殿、もう一度、御礼を」

「はい。『道を得《う》る者は助け多く、道を失う者は助け寡《すくな》し』と孟子《もうし》の語にござります。上様にお目見得《めみえ》がかないましたのは望外《ぼうがい》の喜びでございました。御城に五色飴をお届けできますことを、心より嬉《うれ》しく思います」

仁義の道を体得した者は助けられる場合が多いが、失った者は助けられない場合が多い。という意味だが、孟子の語を口にしたことにより、いっそう株をあげたのは確かだった。

「女子ながら、よう学んでおる。これを」

家斉は持っていた扇子《せんす》を、供の小姓《こしょう》に渡した。これ以上ないほどに気に入ったことが、破顔したままの顔に表れている。後日、大奥にあがるよう命じられるのではないかと、数之進は気が気ではなかった。

「扇は女子にとっては、殿方の刀と同じものと考えます。佩刀《はいとう》いたしましたこと、このうえなき名誉。ありがたき幸せに存じます」

畳に額をこすりつけんばかりの三紗に、家斉は頷《うなず》きながら目を細めている。立ち去りがたかったのはあきらか。いつまでも動かないことに焦《じ》れたのかもしれない。

「上様」

信如が小声で促した。

「うむ」

渋々という感じで答えた後、

「杉崎三紗。身体をいとえよ」

大奥の女子に呼びかけるがごとく、親しみを込めて声を掛けた。三紗はいっそう畏まって平伏する。

「はい。上様から賜《たまわ》りし扇とお言葉、一生の宝といたします」

家斉は頷きつつも立ちあがらない。人がいなければ、手を握りしめていたかもしれなかった。それほどに執心《しゅうしん》しているのが見て取れた。

「上様」

二度目は、直之《なおゆき》が呼びかけた。これで仕方なく重い腰をあげる。廊下に出る直前、今一度、三紗を見やって……仕方なさそうに歩き出した。

「次は尾鹿藩の特産品、尾鹿堆朱《ついしゅ》をご案内いたします」

直之が告げたものの、家斉は上《うわ》の空《そら》という体《てい》だった。それではとばかりに、真葛《まくず》が説明役を買って出る。工芸品の粋に達した盃《さかずき》や水差しの説明に、気のない返事をしていた。家斉の頭を占めているのは、美しい人妻の艶《なま》めかしい裸身かもしれない。盛りあがらないまま、書院に案内されて行った。

「生田数之進、早乙女《さおとめ》一角」

直之に呼ばれて、素早く廊下に歩み寄る。

「二人も同席せよ」

「は」

数之進は友と答えた。鳥海《とりうみ》左門がどこかにいるはずだが、姿は見かけていない。家斉への初お目見得《めみえ》とあって緊張してくる。

豪胆《ごうたん》な三紗の、爪《つめ》の垢《あか》でも煎《せん》じて飲みたかった。

二

二人は、書院の廊下に控えた。

上座には家斉、下座には直之と真葛、さらに右側の列には榊原三十郎と佐野太郎兵《さのたろべ》衛《え》、左側の列には信如や吉井政友といった尾鹿藩の立役者が顔を揃《そろ》えている。このお目見得の後、数之進が直之に提言した上覧試合が待っていた。

「上様におかれましては、それがしの屋敷を御通抜いただきまして、恐悦《きょうえつ》至極《しごく》に存じます。ご報告いたしたき儀がございまして、かような場をもうけさせていただきました。中庭の屋台などは、いかがでございましたか」

直之が訊《き》いた。

「面白い趣向であったわ。余はなによりも生雛人形が、目と心に焼きついたがの。艶《あで》やかでありながら、楚々《そそ》とした風情《ふぜい》がたまらぬ。この世は広いと、つくづく実感した次第よ」

吐《と》息《いき》まじりに呟《つぶや》く。

「もっと早くに出会《でお》うていれば」

これは正直すぎたかもしれない。三紗の話であるのは確かだが、聞き流すのが得策だろう。直之は当然、聞こえなかったふりをした。

「上様には、我が藩の下屋敷において日々、行われております尊い行いをお伝えいたしたく存じます」

目配せを受けて、信如が膝《ひざ》で少しだけ、にじり出る。

「我が藩では、貧しい妊婦《にんぷ》や捨て子を預かっております。ご公儀のお目付役にお知らせいたしますると、やかましく見分《けんぶん》されるため、妊婦は行き場がありませぬ。そこで殿に進言いたしました次第にございます」

おそらく、お七札の講元や嫡子《ちゃくし》を授からない藩への養子縁組などを、裏で行っていたのだろうが、すべてを『なかったこと』にするための言上《ごんじょう》に思われた。

〝裏の危うい商いを、ご公儀が奨励《しょうれい》している表の商いに変えるためにか？〟

と、御算用者の頭役・三宅《みやけ》又八郎は、数之進に的確な問いを投げた。まさに今、そのとおりの場面になっている。数之進たちを呼んだのは、藩の現在《いま》を知らしめるために違いない。だが、すなわち直之が完全に味方かどうかまではわからなかった。

「さようか」

家斉は短く答え、仕草《しぐさ》で先を促した。

「捨て子の拾い主が養育願いを出し、宗門人別帳《しゅうもんにんべつちょう》に入れることを願い出れば、養育料として米三俵を下付されます。貧しい者にとって米三俵は大きな魅力《みりょく》でしょう。なれど、ちゃんと育てられるかと言えば」

信如は言葉を切って首を振る。米三俵を目当てに願い出る者も少なからずいる。また、捨て子はその子を欲しいという養い親が見つかるまでは、町役人が預かるという仕組みができてはいた。しかし、良い親元に引き取られる子が、どれほどいることか。

「ちと訊きたいのじゃが、つまり、尾鹿藩は下屋敷において、妊婦や嬰児《えいじ》の世話、さらには養い親と子の養子縁組の仲立ちを行っているわけか？」

家斉は、かなり踏み込んだ問いを発した。数之進たちだけではなく、事前に家斉とも稽古《けいこ》をしていたのは確かなように思える。あるいはやりとりを記した文書を渡しておいたのか。

——隙《すき》がなさすぎる。

出来すぎた芝居を観ているようだった。

「はい」

信如は、大きく頷いた。

「こういった噂は、自然に広がるのかもしれませぬ。話を聞いたという町人が、人目を忍ぶようにしてまいります。なれど、子を引き取ってある程度まで育て、遊郭《ゆうかく》に売るつもりかもしれません。事前によく調べたうえで養い親になるのを認めております。縁あってここに来たからには、幸せになってほしいですから」

少し寂《さび》しげな表情になる。

「わたくしは子を授かりませんでしたが、それだけに愛おしくてならないのです。助けられる命は助けたいと、心から願っております。上様には、是非、真実をお伝えいたしたく思い、お話しさせていただきました」

畏まって深々と一礼した。数之進はいやでも緊張感が高まってくる。家斉は廊下に控えている二人には、興味がないように振る舞っていた。ちらりと目を投げるでもなく、無視し続けている。

——それが逆に不気味だ。

冷や汗が滲《にじ》むのを止められない。幕府御算用者《ごさんようもの》を潰すつもりなのか。今日で御役御《おやくご》免《めん》にする気持ちなのか。そうなったとき、左門はどうするのか。

なにが起ころうとも従おうと決めていた。

「殊勝《しゅしょう》な心がけ、感じ入ったわ」

家斉は告げた。

「これからも貧しい民を助けるがよい。褒美《ほうび》については、おって沙汰《さた》する」

「ははっ」

直之が平伏する。信如がさがって平伏し、これで終わりかと思ったとき、

「おそれながら申しあげます」

右側の列にいた榊原三十郎が声をあげた。

「直答を許す。申せ」

「は。下屋敷には、歩《ある》き巫女《みこ》が頻々《ひんぴん》と出入りしている様子。それがし、もしや、下屋敷のどなたかは、八百屋お七の火除札の講元ではないかと思いました次第。信如様のご存念やいかに？」

驚くべき問いを口にした。火除札の講元を暴《あば》くのは、歩き巫女が文字どおり歩いて集めた小判の行方を調べることになり、下手をすれば多額の『上様への献上品』を受け取ったであろう家斉をも糾弾《きゅうだん》することになる。

「………」

書院は静まり返った。

──尼御前《あまごぜん》派と思しき吉井政友の、追い落としを謀《はか》ったか。

思い切った賭けに出たのではないだろうか。薄々幕府御算用者の動きを察しているとすれば、この後の展開が読めているはずだ。寄生地主であり、下剋上《げこくじょう》派かもしれない政友を、完膚《かんぷ》なきまでに叩き潰すつもりなのかもしれなかった。

──上様はどう出るか。

息を詰めて事の成り行きを見守っている。

「存念やいかに？」

驚いたことに家斉は、信如に答えを求めた。大奥出身の尼御前にすべての罪を着せ、上級藩士を救う考えなのか。女子を生贄《いけにえ》にした方がいいと思ったのか。

あきらかに信如は狼狽《うろた》えた。

「わ、わたくしの与《あずか》り知らぬことでございます。お七札に関しては、吉井政友様が支配役を務めておいでですので」

愚《おろ》かな返答になる。お七札を売っていたことを認めたうえ、政友が支配役であることも認めていた。

書院の視線が、いっせいに集まる。

「それがしは与り知らぬことでございます。濡《ぬ》れ衣《ぎぬ》でござります。榊原殿に伺いたい。なにか証《あかし》が、あるのでござるか」

政友は開き直った。そうするしかなかった。かつて『断金《だんきん》の交《まじ》わり』を誓《ちか》ったであろう者たちが、対立の度を深めている。真偽《しんぎ》のほどやいかにと居合わせた全員の目が政友に向けられていた。

「中庭をご覧あれ」

三十郎は一礼して立ちあがる。下座や廊下に控えていた数之進たちは、通れる隙間《すきま》を空けて中庭の方へ身体を向けた。家斉も小姓を伴って、廊下に来た。

「歩き巫女たちにござります」

指し示した先の庭には、六人の歩き巫女が平伏している。彼の者たちを束ねていた『乾《いぬい》の旗本』の大竹長頼はいなかったが、左門はわざと泳がせているのかもしれない。歩き巫女を揃えたのは、上役の手配りのように思えた。

「上様の御前《ごぜん》じゃ。偽りは許されぬ」

三十郎が厳しい口調で切り出した。

「そのほうらは、歩き巫女として八百屋お七の火除札を売っていたと聞く。この旨《むね》、間違いないか、答えよ」

「は、はい」

「間違いありません」

二人が震えながら答えた。

「だれの命で動いたのか」

三十郎は続ける。

「吉井政友様です、吉井様のご命令だと聞きました」

平伏したまま代表して答えた巫女の右手には、星形の痣《あざ》が見て取れた。茶番であるのは間違いないが、家斉にしてみれば、だれかを首謀者に仕立てあげなければならない。左門は『上様への献上品』を見咎《みとが》めなかったが、その代わりにと家斉に問いを投げたことにもなる。

〝こたびの不始末、いかがなさるおつもりでござりまするか。上様のご存念やいかに？〟

「………」

人身御供《ひとみごくう》として差し出されたのは、吉井政友だった。

政友は言葉を失っていた。このまま黙っていれば、彼《か》の者ひとりの命で済むだろう。

直之はどう出るか、数之進の提言を実行するのか。

去就《きょしゅう》を見守っている。

「上様」

書院に控えていた藩主が声をあげた。

「む」

家斉は肩越しに見やる。

「それがし、吉井政友と真剣にて立ち合いたく存じます。上覧《じょうらん》試合をお許しいただけますれば、ありがたき幸せに存じます」

命を懸《か》けた決着のつけ方を提示した。居合わせた藩士たちは当然、ざわめいたが、数之進も内心驚いている。上覧試合を提言したのは事実だが、使うのは竹刀か木刀であって真剣ではなかった。

――そこまでやらなければ藩内の『大掃除』は無理とご判断なされたか。

悲愴《ひそう》な覚悟が伝わってくる。

「殿」

真葛が思わずという感じで言った。

「木刀の立ち合いで充分だと存じます。真剣を用いるのは……」

「上様にご覧いただきたいのじゃ、それがしの想いを」

尾鹿藩への気持ちを伝えたいと答えた。また、命を懸けなければならないほどに闇が深くなっているのを察しているに違いない。榊原三十郎や尼御前、さらには国許から出て来た国目付・吉井政友の陰《かげ》に隠れてしまい、今ひとつ統治者としての存在感を示せなかった酔いどれ藩主は、己《おのれ》の存在を内外に知らしめようとしていた。

「丹波守《たんばのかみ》の覚悟、感じ入ったわ。上覧試合を許す」

家斉は破顔《はがん》している。自分の命を懸けるわけではなし、好きな武術の試合、それも真剣の勝負を観られるとあって嬉しそうだった。

「ははっ、ありがたき幸せ。審判役は、芸目付の榊原三十郎にまかせたいと思いまする」

　直之は答えた。かつては『断金の交わり』そのままだった三人が、思いもよらない形で立ち合う結果になっている。

　吉井政友は、まさか真剣での試合をするはめになるとは思っていなかったのだろう。顔が青ざめていた。

三

　支度《したく》を終えた直之と政友は、中庭の空いている場所に急遽《きゅうきょ》、設《しつら》えられた場で対峙《たいじ》していた。床几《しょうぎ》に座した家斉の隣に、審判役の榊原三十郎が控えている。真剣での立ち合いとはいえ、命を奪うのが目的ではない。いつでも止められるよう、三十郎も襷掛《たすきが》けをして袴《はかま》の股立《ももだ》ちを取っていた。

　直之は右手に刀、左手に脇差《わきざし》という二刀流の構えになっている。わずかな期間ではあるものの、左門の屋敷の武道場へ行き、稽古《けいこ》を行っていた。そのとき、助言されたのではないだろうか。

　――宮本武蔵《みやもとむさし》の二天一流《にてんいちりゅう》を選ぶとは。

左門が勧《すす》めたのかもしれないが、数之進は上覧試合を提言した者として、責任を感じている。直之が勝てばいいが、もし、負けた場合は示しがつかなくなるのは必至《ひっし》。なにがなんでも負けられない試合だった。

はたして、その重圧が、直之にどう働くか。どちらかと言えば、おとなしく、やさしい気質である。重圧に負けてしまうのではないかと不安が湧《わ》いていた。

「どちらかが先に一本、取った時点で勝ちとする。はじめ！」

審判役の言葉で、二人は一礼する。尼御前はさすがに血腥《ちなまぐさ》い場面を避けたのか、姿を消していた。真葛は腹の子にさわると直之に言われたが、見届けますと答えたため、家斉の後ろに控えている。だれも言葉を発しない。

中庭の一郭は、緊迫した空気に包まれていた。

「はっ、はっ、はっ」

政友は息を吐きながら、出方を見るように間合いを取っていた。二刀流に戸惑《とまど》いを覚えているのは間違いない。尾鹿藩は新陰流《しんかげりゅう》を御家の流派としているため、あまり立ち合ったことがないのは確かだろう。

二刀を持たせるのは、重い刀を片手で振ることを習得させるための手段とされた。馬に乗っているとき、走るとき、険《けわ》しい道や人混みにおいては、両手で持って戦うのはむずかしい。両手で刀を持つ形は実戦向きではないと、宮本武蔵は考えたのだ。

——吉井様は躊躇《ためら》っている。

打って出るべきか、受けにまわってやりすごすべきか。かつては友であり、現藩主である直之の様子を窺《うかが》っているように見えた。政友が左に動こうとした刹那《せつな》、直之は右手の刀を突き出した。驚いてさがったそこに、今度は左手の脇差が伸びる。

「くっ」

政友はかろうじて弾《はじ》き返し、素早く間合いを取ったが、間髪《かんはつ》入れず直之は攻めた。腰を深く沈めた姿勢で、右斜め上に鋭い逆袈裟《ぎゃくけさ》斬りを放つ。二度目の攻撃も政友は受けたが、左手の脇差が腹めがけて突き出された。

手加減したのだろう、政友の腹に切っ先は刺さることなく、脇差は引かれた。一本を取るかと思ったが、三十郎は声をあげない。中立派か、藩主派か、はたまた尼御前派なのか。張り詰めた白っぽい顔からは、読み取れなかった。

「ふっ」

と、直之は右手の刀で打ちに出る。最初に使った二天一流『二の腰の拍子』だが、政友はまたもや退《ひ》こうとした。直之は打つように見せかけただけであり、実際には打っておらず、相手の緊張がゆるんだところを左手の脇差で打ちに出た。二度目なのに読めなかった点に稽古不足が浮かびあがっている。

――吉井様は身体の切れが悪い。

足捌《あしさば》きが遅れがちで、気持ちだけが先走っているように見えた。焦《あせ》りもあるだろう、よもや真剣での勝負になるとは思わず、油断しきっていたのかもしれない。命を懸けた者との差が、すでにはっきりと表れていた。

下段からだった直之の攻めが、上段、中段と自在に変化する。さらには右の脇や左の脇からも、刀や脇差が突き出された。政友は押される一方であり、激しい攻撃をやっとという感じで受けていたが、このままでは負けると肚《はら》をくったか。間合いを取るや、上段に構えた。

「はぁっ」

振り降ろされた一撃を、直之は刀と脇差を十字に構えて受け止める。次の瞬間、気合いもろとも弾き返していた。

「くっ」

政友は二歩、さがったものの必死に踏みとどまる。すかさず踏み込めば一本取れただろうに、突然、直之はだらりと両手をさげた。足を開いて立ち、右手の刀と左手の脇差は力なく地面に向けられているように感じられた。さあ、どこからでもかかって来るがよいと挑発しているようにも思える。

「う」

政友は、攻めあぐねていた。右、左と揺さぶるように動くが、直之は大地に根が生えたがごとく動かない。

不動の姿勢を取っていた。悟《さと》りきったような両の目を、真っ直ぐ政友に向けている。思うのは昔の日々だろうか。『断金の交わり』と互いに認め合った盟友への憐憫《れんびん》の眼《まな》差《ざ》しにも思えた。

「…………」

青眼《せいがん》に構えた政友は、あきらかに呑《の》まれていた。直之の激しさを受け止めきれず、次の一手が出ないのかもしれない。構えていた刀の切っ先がわずかに動いた刹那、

「とう！」

気合いもろとも直之は、体当たりするように突っ込んだ。顔面めがけて右手の刀が動く、左手の脇差が突き出される。刀は威嚇《いかく》の一撃であり、脇差が喉元《のどもと》に伸びた。

「うっ」

政友はなんとか受け止める。互いの身体が近づいて、顔と顔が触れ合うほどに迫った。直之は右手の刀も添えて、二本の刃《やいば》で政友の刀を押している。気迫だけでなく、

力でも負けてしまい、政友はじりじりとさがり出した。

酔いどれ藩主のどこに、これだけの力があったのだろう。一角の考えどおり、右手の大きな竹刀ダコは伊達《だて》ではなかったことになる。刃越《やいばご》しに睨《にら》み合いながら、直之は政友を少しずつ押して行った。

負ければ自刃《じじん》を決めているのだろうか。

決してさがらなかった。二人とも額に汗が噴き出している。直之はとうとう松の巨木まで政友を追い詰めた。もう後がない。

「はあぁっ」

裂帛《れっぱく》の気合いもろとも押し切ろうとしたそのとき、

「一本!」

ようやく三十郎が声をあげた。緊張しきっていた空気がゆるむ。政友は居住《いず》まいを正して地面にひれ伏した。

「まいりました」

「殿」

真葛はたまりかねたように歩み寄る。家斉も立ちあがって、葵《あおい》の御紋《ごもん》入りの新しい扇を開いた。

「丹波守、見事であった。おって褒美《ほうび》を取らせる。いや、加増しようではないか。二天一流の技、この目でしかと見届けたぞ」

「ははっ、ありがたき幸せ。お褒《ほ》めに与《あずか》りまして恐悦至極に存じます」

平伏した直之の後ろに、いつの間にか鳥海左門が現れていた。気配を感じさせず、まるで影のように立っていた。数之進と一角は、ほとんど同時に歩み寄り、上役の左右に蹲踞《そんきょ》する。

──上様の対応やいかに。

早鐘《はやがね》のように打ち出した心《しん》ノ《の》臓《ぞう》を意識してしずめる。懐から静かに幕府御算用者の手札を取り出した。

「拙者《せっしゃ》、幕府御算用者、生田数之進」

「同じく早乙女一角」

「この場はわれらが与り申し候。両目付・鳥海左門景近《かげちか》様である」

数之進は御算用者の手札を掲げて告げた。家斉は唇をゆがめたものの、特に言葉を発することなく座り直した。直之をはじめとする者たちは、その場に平伏する。佐野太郎兵衛は数之進が幕府御算用者とは思ってもいなかったのか。少しの間、口をぽかんと開けていたが、

「佐野様。両目付様の御前でござりまするぞ」

隣にいた手嶋幸之助に言われて平伏した。

「ご無礼つかまつりました」

左門は、立ったまま見まわして、告げる。

「尾鹿藩においてはかねてより、いささか不審《ふしん》の儀《ぎ》あり。榊原三十郎の訴えでは、国目付の吉井政友は、国許で藩主の領地を買《か》い漁《あさ》っているとか。寄生地主となっていると聞いたが」

背後に控えていた又八郎たちは、領地の庄屋を伴っていた。三十郎に書状を渡した男である。ちらりと目をあげた政友の頬が強張《こわば》る。もはや、これまでと観念した瞬間かもしれなかった。

「国目付の吉井政友」

左門の呼びかけで身体が震え出した。

「は」

平伏して顔はあげていない。家斉の前だが、左門は畏まらずに立っていた。

「上様の御前で偽りは許されぬ。お七札の講元を務め、丹波守様の領地を買い求めているのは事実なのか。真偽のほどや、いかに？」

「…………」

すぐには答えられなかった。否定しても無駄なのはわかっているだろう。だれかが責を負わねば、家斉が我が身の闇を隠すべく、この場で切腹、悪くすれば斬首《ざんしゅ》を申しつけることも考えられた。今すぐ腹を切るか、後日になるか。それだけの違いなのだが、藩主の直之ほどには覚悟ができていなかったようだ。

「吉井政友」

もう一度、問いかけようとしたとき、

「間違いございませぬ」

蚊《か》の鳴くような声で答えた。

「すべては、それがしひとりの考えによるもの。八百屋お七の火除札を売《う》り捌《さば》き、巨額の富を得た次第。殿のご領地を買い占めていたのもまた、事実でございます。何事につけても頼りにならぬ丹波守様の追い落としを謀《はか》りました」

告げているうちに覚悟ができたのか、除々に顔をあげ始める。やがて、真っ直ぐ背筋を伸ばして左門を見あげた。

「この儀、間違いござらぬ」

せめて最後は侍らしくと思ったに違いない。上覧試合のときの躊躇《ためら》いや当惑は、見事に消え失せていた。

「さようか」

左門は頷いて、家斉のもとへ行き、平伏する。数之進たちは動かずに、その場で深々と頭をさげた。はたして、家斉はどう対応するだろうか。目の上の瘤《こぶ》とも言うべき幕府御算用者を、この機会に潰すつもりなのか。

「尾鹿藩の騒動は、かような仕儀に相成《あいな》りましてござります。はからずも上様にご覧いただくこととなり、まことに申し訳なく思います次第。見苦しい場面となりましたこと、恥《は》じ入《い》るばかりに存じます」

左門が平伏するのに倣い、直之や真葛といった尾鹿藩の者たちも一礼する。とそのとき、遠くから半鐘《はんしょう》の音が聞こえてきた。

──第二幕の始まりか。

不本意ながら血を見る騒ぎになるは必至。と思った刹那、閃《ひらめ》きを覚えたが、口にするのは控えた。家斉は黙っている。潰すべきか、存続させるべきか。将軍自身も決意にまではいたらないのか、なかなか答えなかった。

永遠にも思われた長い沈黙の後、

「大儀《たいぎ》」

たったひと言、告げた。すぐに立ちあがろうとした気配を感じたため、数之進は左門のもとへ行き、小声で閃きの内容を伝えた。

以心伝心だったのだろう、

「上様」

左門は言った。

「む」

立ちあがりかけていた家斉が座り直した。

「吉井政友でございまするが、多くの知己《ちき》がいる様子。火事場の差配《さはい》も得意と聞いておりますゆえ、是非、われらへの合力《ごうりき》を頼みたく存じます。お許しいただけまするか」

「吉井政友をか?」

家斉は当惑の渦に落ちた、ように見えた。意図するところが、まったくわからなかったに違いない。

「は。万が一、吉井政友に逃げられました場合には、鳥海左門、幕府御算用者の支配役を辞して、自刃する覚悟にござります」

「…………」

数之進は震えた。思いつくまま提言したが、確かに左門の言うような事態になりかねない。あらためて、上役の豪胆《ごうたん》さを知る結果になっていた。

「両目付の覚悟、天晴《あっぱ》れなり。すでに罪人となった尾鹿藩の国目付を連れ出すのは許されぬことだが、特別に許して進ぜよう。連れて行くがよい」

心なしか、声が弾《はず》んでいるように感じられた。うまくいけば、幕府御算用者を潰せるかもしれないと思っているに違いなかった。

「ははっ、ありがたき幸せに存じます」

左門は答えて、平伏する。

江戸の町を救うために、幕府御算用者は立ちあがった。

四

数之進たちが向かった先は、本所《ほんじょ》の方角——両国橋回向院《りょうごくばしえこういん》近くの一帯だった。

乾の旗本・大竹長頼の動きが目立ったことから、当初は定火消《じょうびけし》が附け火に加担するのではないかと思い、乾（北西）に気持ちが向いた。しかし、御城に近い場所に住む彼の者たちが、そこまでやるかと考えたとき、口ばしりの女子が現れた。

〝附け火男、本所の方角、あちこちで起きる小火《ぼや》、三月三日〟

ご託宣《たくせん》を信じるかどうか、多少、迷いはあったものの、御城にまで火事を広げることなく、ある程度の被害を与えるには、両国橋の東側が適していると思ったのだった。

――株価を操るためには附け火しかない。

だいたいにおいて米が少なくなれば株価はあがり、現在のように米が余れば株価はさがる。たとえ民が犠牲になろうとも、自分たちの懐《ふところ》が潤《うるお》えばいいと考えたのはあきらか。あらかじめ尾鹿藩に釘を作らせておいたのは、大火になった場合を考えてのことだろう。藩の台所は豊かになるうえ、真実の首謀者《しゅぼうしゃ》には黄金色《こがねいろ》の献上品が入る。

藩主の直之はそれゆえに苦しみ、酒に溺《おぼ》れたりもしたが、そういった苦悩を経た結果、命を懸ける決意をした。

「火が」

数之進たちは、塀《へい》に覆われた両国の御米蔵《おこめぐら》に来ていた。本所にあるこの場所は、大量の米が納められた土蔵が建ち並ぶ区域であり、周囲はほとんどが大名家や旗本、御家人の屋敷で占められている。町屋は竪川《たてかわ》沿いにわずかに認められるだけなのだが、そのわずかな場所で火があがっていた。

「飛び火するやもしれぬな」

左門が言った。隣には、家斉に同道を許された吉井政友がいる。腰縄《こしなわ》を打つこともなく、配下のひとりのような感じで伴っていた。

鎖や縄で繋がないのが、腑《ふ》に落ちなかったのかもしれない。すでに科人《とがにん》なのは明白であるうえ、切腹、あるいは侍としては恥ずべき斬首の刑が待っている。にもかかわらず、左門は自由に歩かせていた。

「なぜ、でござるか」

政友は訊いた。心から不思議そうだった。

「すでに裁きは下されておる。それに、われら侍は常に縛《しば》られている存在。これ以上の縛りは必要あるまいと思うた次第よ」

左門は軽口まじりに答えた。将軍や藩主、お役目の上役等々、武士は決して自由な身ではなかった。扶持米《ふちまい》で生計《たつき》を立てられればよいが、それとてままならぬ日々だ。ゆえに悪事に走って、金を得ようとする。

「なるほど」

政友は、ふっと唇をゆがめた。笑みを浮かべたようにも見えた。隙あらば逃げようと思っていたのかもしれないが、このとき、それは消え失せたように感じられた。もっとも月にかかっていた雲が晴れたのを見て、数之進はそう感じただけなのだが……。

「様子を見てまいります」

　申し出た一角とともに、竪川に向かって走る。川沿いの町屋では、あらかじめ手配しておいた町火消たちが燃えあがった家屋を壊したり、川から汲みあげた水で懸命に火を消していた。八百屋お七の口ばしりや、数之進自身の考えによって、両国橋の東側にほとんどの町火消を配していた。

「生田様、早乙女様」

　町火消の組頭のひとりが、二人のもとに駆け寄って来る。伊兵衛の仲立ちによって相談の場を持ったのがきっかけとなり、親しくなっていた。

「状況はどうですか」

　数之進は問いかける。吹き荒《すさ》ぶ乾の風は焦げ臭く、舞いあがる埃《ほこり》で景色が霞《かす》むほどだった。目が痛くてたまらない。

「未明から警戒していたんですが、いきなり燃えあがる店がありましたので吃驚《びっくり》でさ。ですが、すぐに消し止められました。小火で終わっています」

　賊《ぞく》はおそらく紙縒《こよ》りを伸ばして外から火を附け、次々に燃えあがらせようとしたに違いない。やはり、真実の首謀者は、どうすれば確実に火事を広げられるか、附け火男に試させたように思えた。

――考えたのは『手暗三人衆』やもしれぬ。

まず浮かんだのは、林忠耀《はやしただてる》だ。三人のなかでは一番若いが、奸智《かんち》に長《た》けているような印象を受けた。

「お、また」

組頭は遠くを見やって、会釈《えしゃく》する。足早に離れて行くのを見送った後、二人は左門のもとに戻った。御米蔵に入る手筈《てはず》を整えていた又八郎が、ちょうど戻って来る。両目付と配下たちは、開けられた門から御米蔵に入った。

「われらはここで二手に分かれる。賊を見つけたときには、素早く合図せよ。何人いるか定かではないゆえ、無理をしてはならぬ。よいな」

「ははっ」

又八郎が率いる六人と、左門が率いる六人に分かれた。もっとも鳥海隊の人数には、吉井政友も含まれるため、正しくは五人である。連絡を入れておいたにもかかわらず、御米蔵の役人は姿を見せなかった。

――袖の下で、すべては見て見ぬふりか。

皮肉めいた考えが浮かんでいた。あたりはすでに日が暮れて、闇に沈み始めている。ところどころに設けられた石灯籠の明かりが、うすぼんやりと周囲の輪郭《りんかく》を浮かびあがらせていた。総勢十一人の鳥海隊だけで附け火を防ぎきれるだろうか。

敷地内には建ち並ぶ米蔵沿いに水路が設けられており、その両端に道が整えられていた。河岸に横付けされた船から蔵にすぐ運び込めるようになっている。御蔵橋《おくらばし》をくぐり抜けて行けば、江戸湾に出られる造りだった。

注意深く道や水路を見ていたとき、

「鳥海様」

一角が、小さな声で注意を促した。中程の蔵の戸が開けられて、黒い人影が出入りしている。米を運び出しているのか、大八車に米袋を運んでいた。

「わしの後ろに着け」

左門は自ら先兵役《せんぺい》を買って出る。吉井政友が警告を発するのではないかと思ったが、今のところはおとなしくしていた。夜空に輝いていた月が、ふたたび雲に隠れたのを利用して、六人は忍び足で中程の蔵まで進む。

「両目付、鳥海左門である」

左門は大声で申し渡した。

「刀を捨てよ。抵抗せずに従った者には、栄誉ある切腹の沙汰《さた》をくだす。抗《あらが》った者はこの場で斬り捨てるゆえ、今すぐに決めるがよい」

ほとんど同時に、数之進は笛で又八郎隊に知らせている。左門に吉井政友の同道を提案したのは、犠牲者を少なくしたいからだった。頭役が捕縛《ほばく》されたのを見れば、士気が落ちるのは間違いない。頭ひとつ分、大きな人影はいち早く逃げた。

「待てっ」

追いかけようとした一角を、左門は制した。

「又八郎が捕らえる」

「は」

答えて、さがる。賊は十人ほどで思っていたよりも少なかった。目だけ空けた頭巾《ずきん》を被《かぶ》っているため、だれがだれなのかはわからない。だが、向こうからは見えたのだろう。

「吉井、裏切ったな！」

ひとりが唸《うな》るように言った。声から大竹長頼なのが察せられた。悔しそうに歯ぎしりしているかのようで、ここまでは数之進の狙《ねら》いどおりに進んでいた。闇に覆われた彼方《かなた》からは、刃鳴りの音がひびいて来る。逃げた長身の賊が、又八郎たちと刃をまじえているに違いない。

もはや、これまでと観念したのか。

「鳥海様。それがしに刀を貸していただけませぬか」

政友は意外な申し出をする。一対一の勝負と思ったのか、大竹隊は少しさがって見守る体勢を取った。

――尾鹿藩の下級藩士や雇《やと》われ牢人《ろうにん》やもしれぬ。

数之進は侍ではないかと思った。

「二度目の真剣勝負か」

驚いたことに、左門はあっさり応じた。腰に携えていた刀を外すや、政友に渡して、数之進たちを仕草でさがらせる。斬りつけて来たらどうするのか。大竹隊と合力して立ち向かうことも考えられたが……政友は一礼して刀を腰に差し、ずいっと前に出た。

「う」

長頼は一瞬、狼狽《うろた》えたように見えた。勝っても逃げられはしないし、運が悪ければ死ぬ可能性もある。それでも侍として受けて立とうと思ったのか。あるいは、政友の気持ちを感じ取ったのか。刀の鯉口《こいぐち》を切って間合いを取った。

二人同時に刀を抜く。

「てやぁっ」

政友はいきなり打って出た。相手が青眼に構える隙さえ与えず、踏み込んで刀を突き出した。間一髪、長頼はさがったが、政友は続けざまに斬りつける。藩主・直之との立ち合いでは思うような動きができず、痛恨の思いが残ったのかもしれない。まるでやり直しているかに見えた。

「うっ、くっ」

長頼は受けるのが精一杯だ。受け損ねた一撃が、右手首を切りつける。怯《ひる》んだ隙を突いて政友は深く踏み込んだ。

「あぅっ」

勝負は一瞬でついた。胸に伸びた刀の切っ先が、突き刺さっていた。力を込めれば致命傷になっただろう。が、政友は直前で刀を引いた。

「ぐ」

と、長頼は膝から崩《くず》れ落《お》ちる。後ろに控えていた大竹隊は、次々に刀と脇差を地面に投げ出して、地面に畏まった。折良く長身の男を捕らえた又八郎たちが、こちらにやって来る。藩主の直之に完敗した時点で吉井政友は、すでに覚悟を決めていたのかもしれない。意外なほど簡単に、捕り物騒ぎは落着した。

半鐘の音はまだ、ひびいている。

夜空に火の粉が舞いあがるのが見えた。

五

「勘定方にご奉公した手嶋幸之助は、腹違いの弟でござる」

藩主の直之は言った。

「前藩主《さきの》は、愛妾《あいしょう》だけでも十数人おりまして、子どもにいたっては正しい数がわからぬ有様。幸之助は、縁あって秋月藩の手嶋家に養子入りいたしました次第。こたびは色々と繋いでくれ申した」

繋いだなかには、秋月藩の後継者問題もあっただろう。子沢山の尾鹿藩が、藩主候補に名乗りを挙げたのは想像するに難くない。そこで手嶋家に養子入りしていた幸之助が役に立った。

「幕府御算用者に密《ひそ》かに連絡を取りましたのも、幸之助でござってな。それがしは、今ひとつ賛成できかねておりました。そもそも幕府御算用者などという御役目が本当にあるのかと、半信半疑でございましたゆえ」

悩む直之を後押ししたのが、奥方の真葛だった。

「嫁いだときから、お慕《した》い申しておりました」

頬《ほお》を染《そ》めて告白する。

「なれど、殿は頑《かたく》なにお心を閉ざしておられました。愛妾を持つのが悪いとは申しませぬ。跡継ぎを得るには、必要なことと思うております。ですが、わたくしも女子。表向きだけではなく、真実の夫婦になりたいと思い、幸之助殿に相談したのです」

心得ましたと幸之助は快諾《かいだく》し、直之と真葛の仲を取り持った。

「ついでに幸之助は、助言をいたしましてな」

直之は笑って言った。

〝藩内の膿《うみ》を綺麗《きれい》に洗い流すには、今までどおり、藩主夫婦は仲違《なかたが》いしているのが得策であろうと存じます。尼御前派、国目付の吉井政友派、そして、中立派と思しき榊原三十郎らの動きを摑むには、反目《はんもく》し合うているように見せるのが、よろしいのではないかと〟

思いもかけぬところに千両智恵《せんりょうちえ》の持ち主がいた。気づかれぬように探った幸之助は、吉井政友に下剋上《げこくじょう》の危険な気配を感じ取る。

「肚《はら》をくくれと迫られ申した」

直之の表情は、真剣なものに変わっていた。将軍・家斉の御通抜のときに、真剣勝負をするしかない。気迫に負けた吉井政友は、御米蔵での戦いに臨《のぞ》んだ。

〝とうの昔に御米蔵は、燃えあがっているはずでござった〟

訥々《とつとつ》と政友は語った。

〝ところが米を燃やすのは、もったいないとなったのでござろう。とりあえず、米を船に積んでなどとやっている間に、両目付様が到着した次第。われらの企みがしくじったのは、下級藩士や旗本の暮らしを理解しておらなんだからやもしれませぬ〟

〝米を燃やして株価を操るのが目的だったはずなのに、大竹長頼たちは従わなかった、いや、従えなかったに違いない。長頼は金には困っていないはずだが、合力した尾鹿藩の下級藩士たちは米のありがたさを知っている。

売れば金になる、もったいないではないか、とにかく売ろうという話になったのは、捕らえられた大竹隊が告げていた。はからずも直之の『もったいない精神』が、江戸の町を業火《ごうか》から救ったのだった。

〝殿の悲痛な覚悟に、それがし、感じ入りました。あれこそが、何度となく夢見た姿でござりました〟

と、吉井政友は落涙した。直之、吉井政友、榊原三十郎は、かつては『断金の交わり』と呼ばれた盟友たち。二人の者が心を一つに合わせたならば、鋭利さは金をも断ち切るという意味であり、二人の者ではなく三人だが、夢はたった一つだったろう。

「尾鹿藩を守《も》り立てること。われら三人が想うたのは、それだけでござった」

直之は寂しそうに続けた。

「かような形で政友を喪《うしな》うことになるとは……それがしの不徳の致すところでござる。もっと早く決断できていれば」

尾鹿藩の御家騒動の決着として、家斉は吉井政友に斬首を命じた。侍としてはこれ以上ないほどの不名誉な死である。これに対して直之は、猛然と異を唱えた。

〝藩士の不始末《ふしまつ》は、藩主の不始末。吉井政友に斬首を命じるのであれば、それがしにもお命じください。一緒に散りたく思います〟

今までの唯々諾々《いいだくだく》と従う藩主ではなく、はっきり意見を言えるようになっていた。家斉にしてみれば『上様への献上品』のことがある。よけいな話を広められてはかなわないと考えたのか。吉井政友は切腹を認められて、侍らしく散った。

「両目付様は、まことに良い配下をお持ちでございまするな」

直之はしみじみした口調で告げた。

「『自ら反《かえ》りみて縮《なお》くんば、千万人《せんまんにん》と雖《いえど》も吾《わ》れ往《ゆ》かん』。これは奥がよく口にする言葉でございまするが、さらに『われらは命を懸けて、殿をお守りいたします』と言われたときには、涙が出ました」

話しながら泣いていた。

「二人は御算用者として尾鹿藩を探索するために、仮の藩士になっただけの関わりでございます。知己《ちき》となって日も浅い。にもかかわらず、命を懸けると断言しました。迷いのない真っ直ぐな目でござった」

涙を拭って続けた。

「あの日を見て、決めたのでござる。藩士のために死のう。死んでもよい、と」

迷い、悩み、苦しんだ結果、今がある。犠牲は少なくなかっただろうが、藩を一つにまとめることができた。

「生田殿より授けられし粕酢《かすず》を、藩の特産品として、政《まつりごと》の立て直しをするべく準備を進めております。いささか時はかかるやもしれませぬが、必ずや下級藩士にも豊かな暮らしを与えたいと思うております」

複雑に絡《から》み合った糸をほぐしたのは、奥方の深い愛だったのかもしれない。

尾鹿藩の潜入探索は、こうして終わりを告げた。

六

そして、三月二十九日。

八百屋お七の誕生日であるとともに命日でもある。芝居町とも呼ばれる木挽町《こびきちょう》は、華やぎと活気に包まれていた。

「『八百屋お七の恋火』、ただ今、本日初回の興行中でございます。二回目以降は木戸《きど》券《けん》をお配りいたしますので、お列《なら》びいただかなくても大丈夫です。料理屋や茶店でゆるりとお待ちください」

浄瑠璃《じょうるり》小屋の前では、庄太夫《しょうだゆう》の息子の庄悟郎《しょうごろう》が声を張りあげていた。列んで待つよりはと数之進が木戸券の配布を勧めたのだが、芝居町界隈《かいわい》の店も賑《にぎ》わって店主たちに喜ばれている。良い効果が生まれていた。

小屋や店には『八百屋お七祭り』の幟《のぼり》がはためき、いっそう祭りの雰囲気を高めている。数之進と一角に気づいた庄悟郎が、会釈しながら近寄って来た。

「月末にもかかわらず、繁盛《はんじょう》しているようだな」

「はい。お陰様で賑わっております。列ばなくて済むのはありがたいという、ご年配の方々からのお声も頂戴いたしました。森田座《もりたざ》さんをはじめとする江戸三座の混雑ぶりも聞いております。やはり、木戸券を配るようにしたとのことでした」

庄悟郎は破顔している。

「毎年、『八百屋お七祭り』をしようという声もあがっております。儲けられるだけではなく、お七さんの供養《くよう》にもなりますから」

「それがよかろうな。数之進のお陰と思うのであれば、われらは当然、桟敷席《さじきせき》の招待客ということになる。いかがじゃ」

一角の申し出に、数之進は首を振る。

「代金は払うがよしだ。自分で払うからこそ、思う存分、楽しめる。無料《ただ》では落ち着かぬゆえ」

「さすがは苦労性と貧乏性の持ち主よの。無私の心と千両智恵は、我欲に負ければ授からなくなるとでも思うておるのか」

「だからこその、苦労性と貧乏性ではないか」

「なるほど」

一角がぽんと手を打ち、笑い合った。初回の公演が終わって、客が小屋から出て来る。そのなかに両国橋回向院近くの小間物屋の親子がいた。八百屋お七の口ばしりを行った玉枝《たまえ》の功労に対して、数之進は小屋や料理屋の主たちに呼びかけ、芝居町に限っては三月いっぱいの無料招待を提案したのである。

「玉枝さんこそが、こたびの立役者《たてやくしゃ》よ」

数之進は手放しで褒めた。

「本所という地名を口にしたとき、御米蔵のことが浮かび、手筈《てはず》を整えられた次第。大火にならなんだのは、まことにもって幸いであった」

「そんな」

玉枝は恥ずかしそうに言い、母親の陰に隠れる。口ばしりのときの他を寄《た》せ付けない独特な雰囲気は、跡形《あとかた》もなく消え去っていた。やはり、八百屋お七が憑《つ》いていたのだと実感せずにいられない。

「生田様の手配りで、思いもかけず、観劇を楽しませていただいております。店の近くにおいでの節は、是非、お立ち寄りくださいませ」

父親の挨拶に頷き返して、玉枝親子とは別れた。次に足を向けたのは、芝居町に出店された飴屋〈みはる〉の支店。早くも二店目、しかも各小屋や店の入り口に置き場所を設けてもらうという破格の扱いだった。

「さあ、口のなかに入れたとたん、とろける不思議な五色飴でございます。月末までは一袋たったの四文でお分けしております。お土産にも喜ばれますよ。いかがですか、一袋お持ちになりませんか。なくなり次第、店は閉めますのでご了承ください」

三紗がにこやかに呼びかけていた。四文という無料同然の値段であることから、飛ぶような売れ行きで残り少なくなっている。夫の杉崎春馬《はるま》は浅草の奥山店にいるのか、伊兵衛《いへえ》が手伝い役を務めていた。

「どこにでも顔を出すな、親父殿は。どうせまた、鼻の下を伸ばして店の資金を出してやったのであろうが」

一角の悪態を、伊兵衛は笑顔で受ける。

「なにを仰いますやら。この店は三紗様がご自分で出したお金でございます」

「さようか。なれど、邪魔者であるのは確かであろうさ。そのうち、馬に蹴《け》られてあの世行きぞ」

「おかわいそうに、早乙女様は真実の恋を知らぬようでございますね。三紗様のためならば、本望でございますよ。そういう女子に出逢えたことこそが、わたしにとっては幸いでございます。生き甲斐ができましたので」

金ではない、大切なものを得られたのだと言い切った。暮らしの心配をしないで済む楽隠居《らくいんきょ》の身なればこそだが、数之進はふと想い人のことを考えていた。

――お世津《せつ》さん。

母親の看病で越後国《えちごのくに》に帰ったまま、戻って来ない。何度か文《ふみ》を出したが、返事も届いていなかった。もう一度、文と一緒に金子《きんす》を送ってみようか。御役目が終わったとたん、毎日、そんなことを考えていた。

「考えすぎるな」

一角が軽く肩を叩いた。

「じきに戻って来る。おまえのことを忘れたわけではないゆえ、案ずるな」

森田座の方を見やりながら、いつもの慰《なぐさ》めを口にする。朝からやけに落ち着きがないように思えた。

「うむ」

目を転じれば、そこには芝居茶屋から出て来た冨美と左門がいた。森田座の観劇をするのだろう、仲睦《なかむつ》まじく小屋に入って行く。数之進たちは声をかけずに、会釈して二人を見送った。

ほどなく、座元や役者たちが舞台衣装で飛び出して来る。森田座では文化六年（一八〇九）に初めて、お七役を務めた役者が、浅黄麻《あさぎ》の葉柄の衣装を着けて以来、江戸中に流行《はや》っていた。主役の役者はまさに浅黄麻の衣装で、出入り口に畏まっている。

だれかを見送るらしく、総出という感じがした。

「林忠耀《はやしただてる》じゃ」

友が小声で囁《ささや》いた。松平《まつだいら》伊豆守信明《のぶあきら》の供をして来たに違いない。森田座からいち早く出て来るや、停められていた乗物の戸を開けた。もうひとりの岡部平馬《おかべへいま》も後ろに控えている。長身の渡辺甚内《わたなべじんない》は御米蔵騒ぎのときに捕らえたため、小伝馬町の牢屋敷で裁きを待っているのだが……。

〝渡辺甚内はお解《と》き放《はな》ちになるやもしれぬ〟

昨日、左門はいつになく暗い顔で告げた。

〝伊豆守様直々《じきじき》のお声がかりらしゅうてな。われらは蚊帳《かや》の外に置かれてしもうた。彼の者はあのとき、御米蔵にはいなかったことになるであろう。つまり、われらが捕らえたのは、幽霊だったというわけよ〟

苦笑まじりのそれが、せいいっぱいだったかもしれない。数之進は気になっていたことを問いかけた。

〝尾鹿藩において納戸頭を務めていた松井善五郎《ぜんごろう》なる者は〟

〝杢兵衛の調べによると、松平越中守《えっちゅうのかみ》定信様の配下だったらしい。幕府御算用者の働きぶりを確かめたかったのやもしれぬ〟

それ以上は語らなかった。松井善五郎は数人で行った歓迎会の折、同席していた男だ。幕閣内でも幕府御算用者のことが、話にのぼるようになっているのだろうか。見えない対立が、垣間見えたように思えて……左門の気苦労がしのばれた。それにしても、と、数之進は考えている。

──真実の敵は『上様への献上品』が、殊《こと》の外《ほか》、お気に召したのであろうな。

尾鹿藩の下屋敷が、跡継ぎのいない諸藩への養子縁組や、八百屋お七の火除札の講元を執《と》り行っていたのはまず間違いない。だが、家斉の御通抜によって、それらの悪事はすべて『なかったこと』にされてしまった。いったい、どれほどの小判が家斉の懐に入ったのか。当然、信明もおこぼれを頂戴しているだろう。手暗《てぐろ》三人衆に肩入れするのは、そのあたりが理由ではないだろうか。

──幕府御算用者を潰されなんだのが、せめてもの幸いか。

数之進たちは、信明が乗物に乗り込むまで、その場に平伏している。潰されるのはすなわち、命を奪われることだ。今回はなんとか切り抜けられた。しかし、次はどうなるかわからない。

──胸がざわつく。

林忠耀を見たとたん、落ち着かない気持ちになっていた。三人のなかで一番若いのに、一番邪悪《じゃあく》な印象を受けるのは、どうしてなのか。心を読んだわけではないだろうが、忠耀はちらりと冷ややかな目を投げる。

　目が合った瞬間、

「…………」

　悪寒を覚えた。急に周囲が暗くなり、乾の風が強くなったように感じられた。それは予感だったのかもしれない。背筋がゾクゾクするのを止められなかった。

「松平伊豆守様、お発《た》ちぃ」

　忠耀が胸を反《そ》らして告げた。誇らしいというよりは、得意そうだった。元服を終えたばかりの若さゆえ、仕方ないのかもしれないが幼い印象を受けた。

　林忠耀――のちに鳥居《とりい》家に養子入りして、鳥居甲斐守耀蔵《かいのかみようぞう》を名乗ることになる男だ。町奉行時代、『蛮社《ばんしゃ》の獄《ごく》』と呼ばれる騒ぎを起こし、渡辺崋山《わたなべかざん》や高野長英《たかのちょうえい》らを捕らえた挙げ句、大弾圧を加えたとされた。あきらかに冤罪《えんざい》であったにもかかわらず、開明派を殺し、歴史に『ようかい（燿甲斐）』の名を残すことになるのを、数之進はまだ知らない。

「お。まことの春が、訪れたようじゃ」

　一角が目顔で道の先を指した。松平信明の乗物が立ち去った先に、二人の女子が立っていた。

「あ」

数之進は息を吞む。夢ではないかと思い、すぐには信じられなかった。世津が、待ちかねていた女子が、一角の想い人・辰巳芸者の小萩《こはぎ》と一緒にこちらへ歩いて来るではないか。

「小萩が似た女子を見かけたと言うてな。昨日、知らせてくれたのじゃ。どうやら世津は、返事を出せなかったのを気にやんでいたらしゅうてな。おまえに逢《あ》うのを躊躇《ためら》っていたとか。江戸に着いた時点ですぐさま逢いにくればよいものを」

友の声が遠くなる、目の奥がじんとして、熱いものが込みあげてくる。世津は申し訳ないと思っていたのか、堅い表情をしていたが……数之進は歩み寄り、思わず手を握りしめていた。

冷たく感じられた乾の風が、いつの間にか、暖かい春風に変わっている。それに気づかせてくれたのは世津だった。

眩《まばゆ》いほどの日射しが、二人に降り注いでいた。

あとがき

『新・御算用日記』、二巻目です。

一巻目の『新・御算用日記　美なるを知らず』は、無事、重版がかかりました。あらためて御礼申しあげます。本当にありがとうございました！

主人公の生田数之進と早乙女一角は、さまざまな問題を抱えた小藩に潜入して探索します。潜入先の諸藩につきましては、当初は実名で出していたのですが、途中からやはり仮名の方がいいだろうとなりまして今に至っています。

今回の潜入先は越後国村上藩をモデルにしました。米を作る場合、あまりにも寒いことから、作付けする農家は晩稲《おくて》や早稲《わせ》を使い分けたりして、収穫高をあげるべく努力しています。自然相手の仕事が大変なのは、今も昔も変わりません。特に最近は温暖化の影響で作物が育ちにくくなりました。これはあきらかに私たち人間のせいだと思いますが……。

文中に登場する『三ツ判山吹』という粕酢《かすず》を生み出した中野又左衛門は、ミツカングループの創業者だそうです。へぇえ、あのミツカン酢かと、かなり前に資料を読んだ時点で興味を持ちました。進取の気性に富んだ人物だったのでしょう。廃棄されていた酒粕に目をつけた点は、さすがと言うしかありません。

日本の老舗《しにせ》店は、江戸時代創業というところが少なくありません。誇らしいかぎりです。大変なときですが踏ん張って、さらに五十年、百年と続いてほしいですね。

歌舞伎や浄瑠璃、そして、さまざまな職人技が発展したのも江戸時代です。理由は言うまでもないでしょう。徳川政権下で太平の世が長く続いたからです。そうなんですよ。あたりまえの話ですが、平和だからこそ文化や商いが発展するわけです。世界を見まわしたとき、小さな紛争がなくなることはありませんでした。泣くのはいつも弱い者ばかり。今回もそういう部分を取り入れさせていただきました。

幕府御算用者は小藩の味方です。現代で言えば中小企業の相談役（コンサルタント）でしょうか。日々、厳しさがつのるなか、お楽しみいただければ幸いです。

令和四年三月末日　　六道慧

●参考文献

「大江戸曲者列伝　太平の巻」野口武彦　新潮新書
「江戸の料理と食生活」原田信男（編）小学館
「現代こよみ読み解き事典」岡田芳朗・阿久根末忠（編著）柏書房
「大江戸万華鏡」加藤秀俊・稲垣史生他（編）農山漁村文化協会
「人づくり風土記　新潟」農山漁村文化協会
「人づくり風土記　和歌山」農山漁村文化協会
「人づくり風土記　愛知」農山漁村文化協会
「江戸の金・女・出世」山本博文　角川ソフィア文庫
「江戸の放火　火あぶり放火魔群像」永寿日郎　原書房
「21世紀は江戸時代」農山漁村文化協会
「江戸の女の底力　大奥随筆」氏家幹人　世界文化社
「江戸怪奇異聞録」広坂朋信　希林館
「江戸の暗号」土方勝一郎　祥伝社新書
「黒衣の参謀学　歴史をあやつった11人の僧侶」武田鏡村　徳間書店

「世界史を大きく動かした植物」稲垣栄洋　PHP研究所
「大江戸暗黒街　八百八町の犯罪と刑罰」重松一義　柏書房
「外来植物が変えた江戸時代　里湖・里海の資源と都市消費」佐藤静代　吉川弘文館
「江戸移住のすすめ」冨岡一成　旬報社
「中国名言集　一日一言」井波律子　岩波現代文庫
「財務の教科書　『財政の巨人』山田方谷の原動力」林田明大　三五館
「江戸の役人事情　『よしの冊子』の世界」水谷三公　ちくま新書
「江戸の名物家臣列伝　わが藩にこの人あり」新人物往来社
「徳川将軍と柳生新陰流」赤羽根竜夫　南窓社
「江戸の名奉行　43人の実録列伝」丹野顯　文春文庫
「江戸の台所　江戸庶民の食風景」人文社
「江戸の病」氏家幹人　講談社選書メチエ
「江戸の女百事典」橋本勝三郎　新潮選書
「すし物語」宮尾しげを　講談社学術文庫
「近世日本の文化と社会」大石慎三郎（編）雄山閣出版
「大田錦城伝考（下）」井上善雄　加賀市文化財専門委員会・江沼地方史研究会

「松平信綱」大野瑞男　吉川弘文館
「武士の評判記『よしの冊子』にみる江戸役人の通信簿」山本博文　新人物往来社
「松平定信」高澤憲治　吉川弘文館
「江戸時代全大名家事典」工藤寛正（編）東京堂出版
「新潟県史　通史編3　近世　一」新潟県
「新潟県史　通史編4　近世　二」新潟県
「村松町史　上巻」村松町史編纂委員会　村松町教育委員会事務局
「見附市史　上巻（二）」見附市史編集委員会　見附市役所
「豊橋市史　第二巻」豊橋市史編集委員会　豊橋市
「豊橋市史談」大口喜六　参陽印刷合資会社

この作品は徳間文庫のために書下されました。

徳間文庫

新・御算用日記

断《だん》金《きん》の交《まじ》わり

2022年6月15日　初刷

著者　六《りく》道《どう》慧《けい》

発行者　小宮英行

発行所　株式会社徳間書店

東京都品川区上大崎三―一―一　〒141―8202

目黒セントラルスクエア

電話　編集〇三(五四〇三)四三四九

販売〇四九(二九三)五五二一

振替　〇〇一四〇―〇―四四三九二

印刷
製本　大日本印刷株式会社

ISBN978-4-19-894754-5　（乱丁、落丁本はお取りかえいたします）

徳間文庫の好評既刊

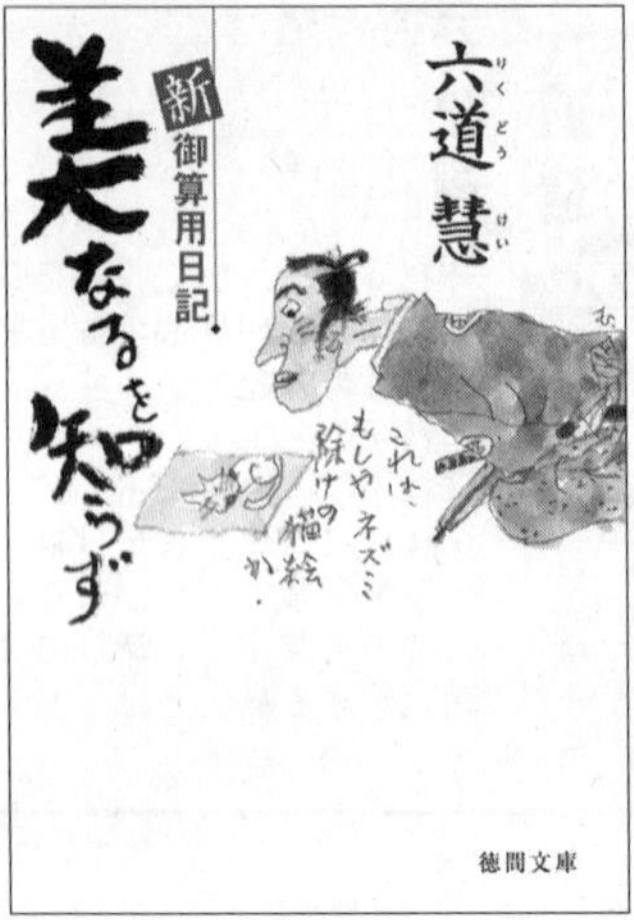

六道 慧

新・御算用日記

美なるを知らず

書下し

幕府両目付《ばくふりょうめつけ》の差配《さはい》で生田数之進《いくたかずのしん》と早乙女一角《さおとめいっかく》は、本栖藩江戸藩邸《もとすはんえどはんてい》に入り込んだ。数之進は勘定方《かんじょうかた》、一角は藩主に仕《つか》える小姓方《こしょうかた》として。二人は盟友と言える仲。剣の遣《つか》い手である一角は危険が迫った時、数之進を救う用心棒を任じている。〝疑惑の藩〟の内情を探るのが任務だが、取り潰《つぶ》す口実探しではなく、藩の再建が隠れた目的だ。本栖藩では永代橋《えいたいばし》改修にまつわる深い闇《やみ》が二人を待ち受けていた。